Ian Fleming
JAMES BOND (007)

Pozdrowienia z Rosji

PRZEŁOŻYŁ
I OBJAŚNIENIAMI OPATRZYŁ

Robert Stiller

Przedsiębiorstwo
Wydawnicze
Rzeczpospolita SA

Tytuł oryginału
From Russia with Love

Redakcja
Marek S. Nowowiejski

Korekta
Marcin Rutecki, Aleksandra Aleksandrowicz

Projekt okładki i strony tytułowej
Marcin Kulesza/Fabryka Wyobraźni

Skład i łamanie
Akapit, Jakub Nikodem

Druk
Opolgraf S.A.

Copyright © Glidrose Productions Ltd 1957

Copyright © for the Polish translation
by Robert Stiller, Józefów 2008

Copyright © for the Polish edition
Przedsiębiorstwo Wydawnicze „Rzeczpospolita" S.A.
Warszawa 2008

Wydanie I
Warszawa 2008

ISBN 978-83-60192-74-0

Przedsiębiorstwo Wydawnicze „Rzeczpospolita" S.A.
Al. Jerozolimskie 107
02-011 Warszawa

www.pwrsa.pl
ksiazki@pwrsa.pl
Infolinia 0-800-777-778

Od Autora

Nie odgrywa to większej roli, ale tło tej opowieści jest w znacznej mierze jak najprawdziwsze.

Smiersz, czyli skrót nazwy *Смерть Шпионам* – po rosyjsku Śmierć Szpiegom – rzeczywiście istnieje i jest obecnie najbardziej tajnym wydziałem rządu sowieckiego.

Z początkiem roku 1956, kiedy książka ta była napisana, siły Smierszu w kraju i za granicą wynosiły około czterdziestu tysięcy ludzi, a kierował nimi generał Grubozabojszczikow. Mój opis jego postaci odpowiada prawdzie.

Obecnie kwatera główna Smierszu znajduje się tam, gdzie umieściłem ją w IV rozdziale: przy ulicy Srietienka 18 w Moskwie. Wiernie opisana jest sala konferencyjna, a spotykający się tam przy stole szefowie wywiadu to autentyczni urzędnicy, często wzywani do tej sali w celach podobnych jak te, które opisałem.

Ian Fleming
Marzec 1956

Część pierwsza
Plan

I Czyżby kraina róż?

Nagi mężczyzna, rozłożony twarzą ku ziemi nad basenem pływackim, mógł być martwy.

Mógł zostać wyłowiony z basenu i położony na trawie do obeschnięcia, do czasu przybycia wezwanej policji albo najbliższych krewnych. Nawet stosik przedmiotów ułożonych na trawie przy jego głowie mógłby się składać z rzeczy osobistych, starannie pozbieranych i umieszczonych na widocznym miejscu, aby nikt sobie nie pomyślał, że coś zostało ukradzione przez ratujących.

Sądząc po tych błyszczących przedmiotach, był on albo jest człowiekiem zamożnym. Nie brakowało tam charakterystycznych oznak członkowskiej przynależności do klubu ludzi bogatych, jak: spinacz do banknotów, wykonany z meksykańskiej monety pięćdziesięciodolarowej i mieszczący pokaźny plik banknotów, porządnie zużyta już złota zapalniczka Dunhilla, owalna złota papierośnica o falistych brzegach i z dyskretnym turkusowym guzikiem wskazującym na firmę Fabergé, oraz tego rodzaju książka, którą bogacz wyciąga z biblioteki, ażeby ją zabrać do ogrodu:

Bryłka złota, stara powieść P. G. Wodehouse'a. Nie brakowało też masywnego złotego zegarka na rękę na znoszonym brązowym pasku ze skóry krokodyla. Był to Girard-Perregaux, model zaprojektowany specjalnie dla lubiących takie gadżety, z centralnym sekundnikiem i dwoma okienkami na tarczy, pokazującymi dzień miesiąca i miesiąc oraz fazę księżyca. Zawiadamiał właśnie, że jest godzina druga trzydzieści dnia 10 czerwca i księżyc w trzeciej kwadrze.

Niebieska z zielonym ważka wybłysnęła spomiędzy krzaków róż na krańcach ogrodu i zawisła w powietrzu kilka cali nad podstawą kręgosłupa mężczyzny. Zwabił ją złocisty połysk czerwcowego słońca na skraju delikatnych, jasnych włosków nad kością ogonową. Od morza nadszedł podmuch świeżego wiatru. Małe pólko włosów pochyliło się z lekka. Spłoszona ważka uleciała w bok i zawisła nad lewym ramieniem mężczyzny, patrząc w dół. Młoda trawa u jego otwartych ust poruszyła się. Duża kropla potu stoczyła się bokiem z mięsistego nosa i migotliwie upadła w trawę. To wystarczyło. Ważka śmignęła pośród róż i ponad ostro poszczerbionym szkłem na szczycie wysokiego muru wokół ogrodu. Może i dobry pokarm, ale się poruszył.

Na ogród, w którym leżał, składało się jakieś pół hektara dobrze utrzymanego trawnika, otoczonego z trzech stron zwartą gęstwą krzewów różanych, z której dobiegał nieustający brzęk pszczół. Spoza ich sennego brzęku słychać było przyciszony grzmot morza u stóp urwiska na krańcach ogrodu.

Ale z ogrodu nie było widać morza... i niczego z wyjątkiem nieba i chmur ponad murem wysokim na cztery metry. Wyjrzeć z tej posiadłości na zewnątrz dałoby się tylko z dwóch sypialni na górnym piętrze willi, tworzącej czwarty bok tego bardzo nieprzystępnego ogrodzenia. Stamtąd można by ujrzeć przed sobą rozległy przestwór błękitnej wody, jak również z obu stron okna sąsiednich posiadłości oraz wierzchołki drzew w ogrodach: wiecznie zielonych śródziemnomorskich dębów, pinii, rzewni i gdzieniegdzie palm.

Willa była nowoczesna – przysadziste wydłużone pudło bez żadnych ozdób. Po stronie ogrodu znajdowała się płaska, otynkowana różowo fasada, przebita czworgiem okien w żelaznych ramach i pośrodku szklanymi drzwiami, wychodzącymi na mały prostokąt bladozielonej glazury, wtapiający się w trawnik. Druga strona willi, oddalona o kilka metrów od zakurzonej ulicy, była niemal identyczna. Lecz po tej stronie cztery okna były zakratowane, a drzwi pośrodku wykonane z dębu.

Na piętrze znajdowały się dwie średniej wielkości sypialnie, a na parterze salon i kuchnia, z odgrodzonym miejscem na klozet. Łazienki wcale nie było.

Senną, komfortową ciszę wczesnego popołudnia zakłócił warkot nadjeżdżającego drogą samochodu. Pojazd zatrzymał się przed willą. Zatrzaskiwane drzwi szczęknęły metalicznie i odjechał. Rozległ się dwukrotny dzwonek. Nagi mężczyzna nad basenem nie poruszył się, ale na odgłos dzwonka i odjeżdżającego samochodu bardzo szeroko otworzył na moment oczy. Jego powieki były niczym czujnie nadstawione uszy zwierzęcia. Natychmiast przypomniał sobie, gdzie jest, oraz dzień tygodnia i porę dnia. Rozpoznał odgłosy. Powieki o bardzo krótkich rzęsach w kolorze piasku znów opadły sennie na wyjątkowo blade, niebieskie, matowe i nieobecne oczy. Drobne, okrutne wargi rozwarły się w szerokim, wyłamującym szczęki ziewnięciu, od którego aż ślina mu napłynęła do ust. Wypluł ją w trawę i czekał.

Przez szklane drzwi weszła młoda kobieta z nieporządną sznurkową torbą, w białej bawełnianej koszuli i krótkiej, nieatrakcyjnej, niebieskiej spódniczce. Męskim krokiem podeszła po glazurze i kawałku trawnika do nagiego mężczyzny. Torbę położyła na trawie o kilka metrów od niego, usiadła, zdjęła tanie i dość zakurzone obuwie. Po czym wstała, rozpięła koszulę, zdjęła ją i porządnie złożywszy, umieściła przy torbie. Pod koszulą nic na sobie nie miała. Przyjemnie opalona skóra i ramiona, ładne piersi, wszystko tryskało zdrowiem. Kiedy odchyliła ręce, by rozpiąć guziki z boku spódniczki, pod pachami ukazały się małe kępki jasnych włosów. Wrażenie zdrowej wiejskiej dziewuchy potęgowały jej szerokie biodra w wyblakłych, niebieskich, elastycznych kąpielówkach oraz grube, krótkie uda i nogi, które ukazała, rozbierając się. Starannie ułożyła spódniczkę przy koszuli, otworzyła siatkową torbę, wyjęła starą butelkę po wodzie sodowej, zawierającą jakiś gęsty, bezbarwny płyn, podeszła do mężczyzny i uklękła przy nim na trawie. Wylała trochę tego płynu, jasnej oliwy – doprawionej, jak wszystko w tej części świata, wonią różaną – pomiędzy jego łopatki i pozginawszy na wstępie palce, jak pianistka, przystąpiła do masowania mu z tyłu szyi mięśni mostkowo-sutkowatych i czworobocznego.

Ciężka robota. Mężczyzna był nadzwyczaj silny i wydatne mięśnie u podstawy karku ledwie ustępowały pod jej kciukami, choćby i wspartymi cisnącym w dół ciężarem jej ramion. Zanim się z nim upora, będzie oblana potem i tak skrajnie wyczerpana, że zwali się do basenu, a później będzie leżeć w cieniu i spać, póki nie przyjedzie po nią samochód. Ale nie to jej doskwierało, gdy dłonie automatycznie trudziły się na jego plecach. Lecz groza, instynktownie odczuwana wobec najświetniejszego ciała, jakie zdarzyło się jej kiedykolwiek oglądać.

Nic z tej grozy nie ujawniało się w płaskiej, beznamiętnej twarzy masażystki, a jej z lekka skośne, czarne oczy pod krótką grzywką czarnych, szorstkich włosów były puste jak bryzgi ropy naftowej, lecz ukryte w niej zwierzę skomlało i kuliło się, a tętno – gdyby przyszło jej do głowy, żeby je zmierzyć – okazałoby się wysokie.

I znowu, jak tyle razy przez ostatnie dwa lata, zastanowiła się, dlaczego tak nie znosi tego wspaniałego ciała, i znów niejasno usiłowała zrozumieć swe uczucie odrazy. Może się tym razem pozbędzie doznań, które, jak odbierała to z wyraźnym poczuciem winy, są dużo bardziej nieprofesjonalne od seksualnego pożądania, jakie wzbudzali w niej niektórzy z pacjentów.

Poczynając od takich drobnostek: jego włosy. Spojrzała z góry na okrągłą, niedużą głowę na żylastej szyi. Pokrywały ją zbite rudozłote kędziory, które powinny się jej mile kojarzyć z pedantycznie ułożonymi włosami na oglądanych zdjęciach klasycznych posągów. Ale te kędziory były jakby za ciasne, za grubo zbite ze sobą i z jego czaszką. Aż zęby jej od tego cierpły. A te złote kędziorki z tyłu sięgają tak nisko w dół szyi, niemalże – pomyślała profesjonalnie – do piątego kręgu szyjnego. I tu zatrzymują się nagle jako prosta linia małych, sztywnych, złocistych włosków.

Znieruchomiała, żeby dać przez chwilę odpocząć swoim dłoniom, i usiadła bardziej w tył na biodrach. Piękna górna połowa jej ciała już połyskiwała od potu. Tylną stroną przedramienia otarła sobie czoło i sięgnęła po butelkę z oliwą. Wylała mniej więcej łyżkę stołową na małe, owłosione miejsce u nasady jego kręgosłupa, ugięła palce i znowu się nachyliła do przodu.

Ten niby-ogonek ze złocistego puchu nad szczeliną pośladków u kochanka byłby zabawny, podniecający, lecz u tego mężczyzny wydaje się zezwierzęceniem. A może czymś wręcz... gadzim! Ale gady nie mają włosów. Cóż ona poradzi, że wyczuwa w tym coś gadziego? Przeniosła dłonie w dół, na dwa wzgórki mięśni pośladkowych. To jest moment, w którym wielu jej pacjentów, zwłaszcza tych młodych, z drużyny piłkarskiej, zaczyna sobie żartować. A potem, jeśli nie zachowa ostrożności, nastąpią propozycje. Czasami mogła je uciszyć za pomocą bezlitośnie ostrego dźgnięcia w nerw kulszowy. Kiedy indziej, zwłaszcza jeśli mężczyzna był atrakcyjny, następowała rozchichotana sprzeczka, krótkie zmagania i szybkie, rozkoszne poddanie się.

Z tym mężczyzną to co innego, aż niesamowicie innego. Od pierwszego razu był jak kawał nieżywego mięsa. Przez dwa lata nie odezwał się do niej ani słowem. Kiedy skończyła z plecami i przyszedł czas na odwrócenie się, ani jego oczy, ani ciało nie okazały jej ani razu śladu zainteresowania. Gdy klepnęła go w ramię, po prostu obracał się i gapił w niebo spod przymkniętych powiek, czasami tylko wydając przeciągłe, dygotliwe ziewnięcie, będące jedynym znakiem, że ma w ogóle jakiekolwiek ludzkie reakcje.

Dziewczyna zmieniła pozycję i zaczęła mu z wolna obrabiać prawą nogę aż po ścięgno Achillesa. Osiągnąwszy je, spojrzała na to świetne ciało. Czy jej odraza jest *tylko* fizyczna? Czy chodzi o ten czerwonawy kolor oparzenia słonecznego na skórze z natury białej jak mleko, jaki miewa przypieczone mięso? Czy o samą fakturę jego skóry, te głębokie, z rzadka rozrzucone pory na satynowej powierzchni? Czy o gęsto rozsiane pomarańczowe piegi na ramionach? Czy też o jego bezpłciowość? Obojętność tych wspaniałych, bezczelnie wezbranych mięśni? A może to coś duchowego: zwierzęcy instynkt mówiący jej, że w tym przedziwnym ciele kryje się zła osobowość?

Masażystka podniosła się i stanęła, obracając z wolna głowę z boku na bok i gimnastykując barki. Wyciągnąwszy ramiona w bok, a potem do góry, potrzymała je tak przez chwilę, aby krew odpłynęła w dół. Podeszła do swojej torby ze sznurka, wyjęła ręcznik i otarła sobie twarz i ciało z potu.

Kiedy obróciła się do mężczyzny, on się już przekręcił znowu na wznak i leżał teraz, z głową wspartą na otwartej dłoni, obojętnie wpatrzony w niebo. Wolne ramię odrzucił na trawnik i czekał.

Podeszła i uklękła na trawie za jego głową. Wtarła sobie w dłonie trochę oliwy, uniosła jego luźną, na wpół otwartą dłoń i przystąpiła do ugniatania krótkich, grubych palców.

Zerknęła nerwowo w bok na jego czerwonawobrązową twarz pod zbitą czupryną złotych kędziorów. Na pozór wszystko jak trzeba: ładny jak chłopak od rzeźnika o pełnych, różowych policzkach, zadartym nosie i okrągłym podbródku. Ale kiedy się bliżej przyjrzeć, było coś okrutnego w tych wąskich, trochę odętych wargach, coś świńskiego w dużych dziurach zadartego nosa, martwota zaś w bardzo wyblakłych, niebieskich oczach przenosiła się na całą twarz i nadawała jej wyraz jak u topielca czy trupa w kostnicy. Jak gdyby, pomyślała sobie, wziąć twarz porcelanowej lalki i tak pomalować ją, żeby mogła przestraszyć.

Masażystka obrabiała ramię aż do ogromnego bicepsu. Skąd on wziął takie fantastyczne muskuły? Czy to bokser? Co robi z tym swoim straszliwym ciałem? Krążą pogłoski, że ta willa należy do milicji. Dwaj służący to najwyraźniej jakiś rodzaj strażników, ale nie zajmują się kuchnią ani też porządkami w domu. Każdego miesiąca ten mężczyzna regularnie wyjeżdża na kilka dni i wtedy mówią jej, żeby nie przychodziła. A od czasu do czasu dają znać, że nie będzie potrzebna przez tydzień, dwa tygodnie albo miesiąc.

Kiedyś, po jednej z takich nieobecności, jego szyja i górna część tułowia okazały się pokryte mnóstwem obrażeń. Przy innej okazji czerwony rożek na wpół zagojonej rany ukazał się spod kilkudziesięciu centymetrów chirurgicznego przylepca, umieszczonego na żebrach na wysokości serca. Nigdy nie odważyła się zapytać o niego w szpitalu albo na mieście. Kiedy pierwszy raz ją posłano do tego domu, jeden ze służących zapowiedział jej, że gdyby rozmawiała o czymkolwiek, co tu zobaczy, pójdzie do więzienia. Kiedy wróciła do szpitala, kierownik kadr, który dotąd w ogóle nie zauważał jej istnienia, wezwał ją i powiedział to samo. Że pójdzie do więzienia. Mocne palce dziewczyny wpijały się nerwowo w wielki mięsień naramienny na barku. Od początku wiedziała, że to sprawa Bezpieczeństwa Państwowego. Może to ją właśnie odrzucało od tego wspaniałego ciała. Może właśnie strach przed tą organizacją sprawował pieczę nad tym ciałem. Zacisnęła powieki na myśl, kim też on może być, co na jego rozkaz można z nią zrobić. Czym prędzej otworzyła je. Żeby nie zauważył. Ale oczy obojętnie patrzyły w niebo.

A teraz – sięgnęła po oliwę – kolej na twarz.

Kciuki dziewczyny ledwie zdążyły dotknąć oczodołów u jego zamkniętych powiek, kiedy w domu rozdzwonił się telefon. Dźwięk niecierpliwie wdarł się do cichego ogrodu. Mężczyzna natychmiast odruchowo ukląkł na jedno kolano, jak sprinter czekający na wystrzał. Lecz nie poderwał się. Dzwonienie ucichło. Czyjś głos zamamrotał. Dziewczyna nie słyszała, co mówi, ale brzmiał pokornie, jakby odbierał instrukcje. Głos ucichł i jeden ze służących pokazał się na chwilę u drzwi, uczynił przyzywający gest i wrócił do domu. W połowie gestu nagi mężczyzna już biegł. Zobaczyła, jak brązowe plecy mignęły w otwartych szklanych drzwiach. Lepiej, aby jej tu nie znalazł, kiedy znów wyjdzie:

nic nierobiącej, może podsłuchującej? Zerwała się na równe nogi, postąpiła dwa kroki do betonowej krawędzi basenu i z wdziękiem dała nurka.

Chociaż wyjaśniłoby to jej instynktowne reakcje na mężczyznę, którego ciało masowała, jednak lepiej dla spokoju ducha dziewczyny, że nie wiedziała, kim jest.

Naprawdę nazywał się Donovan Grant albo „Czerwony Grant". Ale przez ubiegłe dziesięć lat używał nazwiska Krasnogranitski; w kodzie po prostu „Granit".

Był to główny wykonawca wyroków śmierci, przekazywanych przez Smiersz, morderczy *apparát* egzekucyjny MGB, a w tej chwili przekazywano mu właśnie odnośne instrukcje bezpośrednią linią telefoniczną MGB z Moskwy.

II Rzeźnik

Grant po cichu odłożył słuchawkę na widełki i siedział, wpatrując się w telefon.

Stojący nad nim strażnik z głową jak kula armatnia przemówił:

– Lepiej się zbierajcie.

– Dali wam jakieś pojęcie o zadaniu? – Grant mówił doskonale po rosyjsku, ale z silnym obcym akcentem. Można by go wziąć za mieszkańca którejś sowieckiej republiki nadbałtyckiej. Głos miał wysoki i bez wyrazu, jakby recytował jakieś nudziarstwo z książki.

– Nie. Tylko że jesteście potrzebni w Moskwie. Samolot już w drodze. Będzie tu mniej więcej za godzinę. Pół godziny na zatankowanie, a potem trzy lub cztery godziny, zależnie od tego, czy wylądujecie w Charkowie. W Moskwie

będziecie przed północą. Lepiej pakujcie się już. Ja wezwę samochód.
– Tak. Macie rację. – Grant podniósł się nerwowo. – Ale nie wspomnieli nawet, czy to już akcja? Chciałoby się wiedzieć. To linia zabezpieczona. Mogli coś napomknąć. Zwykle tak robią.
– Nie tym razem.

Grant wyszedł z wolna przez szklane drzwi na trawnik. Jeśli zauważył dziewczynę siedzącą na oddalonym brzegu basenu, to nie dał po sobie poznać. Schylił się, podniósł książkę i złote trofea swego zawodu, wszedł do domu i po krótkich schodach do swej sypialni.

Wyposażenie posępnego pokoju składało się tylko z żelaznego łóżka, z którego wymięte prześcieradła zwisały po jednej stronie aż do podłogi, trzcinowego krzesła, niemalowanej szafy i tandetnej umywalki z blaszaną miednicą. Na podłodze leżały porozrzucane tygodniki angielskie i amerykańskie. Stos tanich wydań o krzykliwych okładkach i kryminałów w twardej oprawie zalegał przy ścianie pod oknem.

Grant schylił się i wyciągnął spod łóżka sfatygowaną walizkę ze sztucznego tworzywa. Zapakował do niej trochę porządnie upranych, tanich, lecz przyzwoitych ubrań, wyjętych z szafy. Po czym cały obmył się pośpiesznie w zimnej wodzie, oczywiście mydłem o różanym zapachu, i wytarł się w jedno z prześcieradeł z łóżka.

Pod domem rozległ się warkot samochodu. Grant szybko włożył ubranie, tak samo nieciekawe i nijakie jak to, które spakował, nałożył też na rękę zegarek, do kieszeni resztę swoich rzeczy, wziął walizkę i zszedł po schodach.

Drzwi frontowe były otwarte. Zobaczył, że jego dwaj strażnicy rozmawiają z kierowcą sfatygowanej limuzyny ZIS. *Bloody fools*, pomyślał. (Ciągle jeszcze myślał przeważnie po angielsku). Pewnie każą mu przypilnować, żebym jak należy wsiadł do samolotu. Chyba nie potrafią sobie wyobrazić, jak cudzoziemiec może mieć ochotę na pobyt w ich zakazanym kraju. Ich zimne oczy przyglądały się drwiąco, jak Grant stawia walizkę na stopniu we drzwiach i grzebie w stercie okryć zwieszających się z kołków na drzwiach do kuchni. Odszukał swój „mundur", zgrzebny płaszcz od deszczu i czarną wełnianą leninówkę sowieckich urzędników, nałożył je, podniósł walizkę, wyszedł i wsiadł do wozu obok cywilnego kierowcy, potrąciwszy po grubiańsku jednego ze strażników.

Obydwaj odstąpili, nic nie mówiąc, ale popatrzyli na niego twardo. Szofer zdjął nogę ze sprzęgła i samochód, już na wrzuconym biegu, szybko ruszył po zapylonej drodze.

Willa znajdowała się w pół drogi między Teodozją i Jałtą; była to służbowa dacza, jedna z wielu na południowo-wschodnim górskim wybrzeżu Krymu, stanowiącym część rosyjskiej Riwiery, ulubionym przez dygnitarzy. Czerwony Grant wiedział, jaki to niesłychany przywilej, że pozwolono mu zamieszkiwać tutaj, a nie w jakiejś ponurej willi na przedmieściach Moskwy. Gdy samochód wspinał się w góry, myślał sobie, że bez wątpienia traktują go tak dobrze, jak tylko potrafią, mimo że troska o jego dobrobyt ma podwójne oblicze.

Przebycie siedemdziesięciu kilometrów do lotniska w Symferopolu trwało godzinę. Na drodze nie było innych samochodów, a trafiające się niekiedy wozy z winnic na dźwięk ich sygnału czym prędzej zjeżdżały do rowu. Jak w całej Rosji, samochód kojarzył się urzędowo, a urząd zawsze mógł oznaczać zagrożenie.

Po drodze wszędzie były róże, pola róż na przemian z winnicami, wzdłuż drogi żywopłoty z róż, a na podjeździe do lotniska znajdował się wielki okrągły klomb obsadzony ich odmianami w kolorach czerwonym i białym tak, aby tworzyły czerwoną gwiazdę na białym tle. Grantowi rzygać się od nich chciało i pragnął już być w Moskwie, z daleka od ich słodkiej woni.

Minęli wjazd na cywilne lotnisko i jakieś półtora kilometra sunęli wzdłuż wysokiego muru do wojskowej części lotniska. Przy wysokiej bramie z drutu kolczastego szofer pokazał przepustkę dwóm wartownikom uzbrojonym w pistolety maszynowe i wjechali na płytę. Wokół stało kilka samolotów, wielkie transportowce wojskowe w barwach ochronnych, małe dwusilnikowe samoloty szkolne i dwa śmigłowce floty. Kierowca zatrzymał się i spytał człowieka w kombinezonie, gdzie znaleźć samolot Granta. Z czujnej wieży kontrolnej natychmiast rozległo się metaliczne kwakanie i głośnik odszczeknął:

– W lewo. Daleko po lewej. Numer V-BO.

Szofer posłusznie jechał po płycie, gdy żelazny głos znów zatrzymał go szczeknięciem:

– Stać!

Szofer wcisnął hamulec. Nad ich głowami rozległ się ogłuszający ryk. Obaj skulili się odruchowo, kiedy klucz złożony z czterech MIG-ów 17 wypadł z zachodzącego słońca i przemknął nad nimi, ich krótkie klapy hamulcowe były opuszczone do lądowania. Jeden po drugim siadły na olbrzymim pasie, z przednich opon buchając kłębkami błękitnego dymu, i z wyjącymi silnikami pokołowały do odległej linii granicznej a następnie zawróciły w stronę wieży kontrolnej i hangarów.

– Ruszać!

Podjechali jeszcze sto metrów do samolotu o znakach rozpoznawczych V-BO. Dwusilnikowy Iliuszyn 12. Aluminiowa drabinka zwisała z drzwi kabiny i przy niej się zatrzymali. U drzwi pojawił się jeden z członków załogi.

Zszedł po drabince i uważnie sprawdził przepustkę szofera i dokumenty osobiste Granta, po czym gestem odprawił kierowcę, a Granta wezwał, aby wszedł za nim po drabince. Nie zaproponował, że poniesie mu walizkę, lecz Grant wniósł ją na górę, jakby ważyła tyle co książka. Załogant wciągnął za nim drabinkę, zatrzasnął szeroką klapę i poszedł naprzód do kokpitu.

Do wyboru pozostało dwadzieścia pustych miejsc. Grant usadowił się jak najbliżej klapy i zapiął pas. Z otwartych drzwi do kokpitu dobiegły trzaski rozmowy z wieżą kontrolną, dwa silniki zawyły, krztusząc się, zapaliły i samolot zawrócił szybko jak samochód, pokołował do startu na pas północ-południe i bez dalszych formalności rozpędził się po nim i wzbił w powietrze.

Grant odpiął pas bezpieczeństwa, zapalił trojkę ze złotym ustnikiem i usadowił się wygodnie, by podumać o swej dotychczasowej karierze i najbliższej przyszłości.

Donovan Grant był owocem związku, jaki zawarli o północy zawodowy niemiecki ciężarowiec i kelnerka z południowej Irlandii. Związek ich trwał przez kwadrans na wilgotnej trawie za namiotem cyrkowym pod Belfastem. Po czym ojciec dał matce pół korony i matka zadowolona poszła do domu, do łóżka w kuchni kawiarni przy stacji kolejowej. Kiedy już spodziewała się dziecka, poszła pomieszkać z ciotką w małej wiosce Aughmacloy, okraczającej granicę, i tam sześć miesięcy później umarła na gorączkę połogową, wydawszy na świat chłopca ważącego pięć i pół kilo. Przed śmiercią zapowiedziała, że chłopiec ma nosić imię Donovan (ciężarowiec używał przezwiska „Mocarny O'Donovan") i jej własne nazwisko Grant.

Ciotka niechętnie opiekowała się chłopcem, który wyrósł zdrowy i nadzwyczaj silny, ale bardzo milczący. Nie miał przyjaciół. Nie chciał rozmawiać z innymi dziećmi, a kiedy potrzebował od nich czegokolwiek, brał to z pomocą pięści. W miejscowej szkole bano się go i nie lubiano, ale zasłynął w boksie i zapasach na lokalnych jarmarkach, gdzie krwiożercza furia ataku, w połączeniu z chytrością, pozwalała mu zwyciężać dużo starszych i większych chłopców.

Z powodu tych walk wpadł w oko tym z Sinn Féin, dla których Aughmacloy stanowiło główny szlak przerzutowy tam i z powrotem w kontaktach z północą, a także lokalnym przemytnikom. Po ukończeniu szkoły zajął się brutalną robotą dla jednych i drugich. Dobrze mu płacili, ale unikali go, ile się dało.

Mniej więcej w tym czasie, około pełni księżyca, zaczął odczuwać dziwne i gwałtowne żądze cielesne. Kiedy mając szesnaście lat, w październiku, po raz pierwszy doznał „czadu", jak określał to na własny użytek, wyszedł z domu i zadusił kota, przez co „poczuł się lepiej" na cały miesiąc. W listopadzie był to duży owczarek, a na Boże Narodzenie poderżnął gardło krowie, o północy w oborze u sąsiadów. Po każdym takim wyczynie „czuł się dobrze". Miał na tyle rozsądku, aby zrozumieć, że we wsi zaczną się niebawem zastanawiać, co to za tajemnicze śmierci, więc kupił rower i odtąd raz w miesiącu jeździł nocą po okolicy. Nieraz przyszło mu pojechać bardzo daleko za tym, czego szukał, aż po dwóch miesiącach poprzestawania na gęsiach i kurczętach zaryzykował i poderżnął gardło śpiącemu włóczędze.

Po nocach tak niewiele osób się pałętało na dworze, że niebawem zaczął wyjeżdżać wcześniej, pedałując tak daleko i szeroko, że docierał do odległych wiosek, kiedy o zmroku samotni ludzie powracali z pól, a dziewczęta wychodziły na schadzki.

Gdy uśmiercał nastręczającą się dziewczynę, nie „zabawiał" się z nią w żaden inny sposób. Ta strona sprawy, o czym zdarzało mu się słyszeć, była dla niego całkowicie niezrozumiała. Tylko cudowna czynność zabijania sprawiała, że „czuł się lepiej". Nic innego.

Kiedy kończył lat siedemnaście, koszmarne pogłoski szerzyły się już po całym Fermanagh, Tyrone i Armagh. Gdy w biały dzień zamordowano kobietę – została uduszona i niedbale wepchnięta w stóg siana – pogłoski przerodziły się w panikę. Po wsiach tworzyły się grupy wigilantów, ściągnięto posiłki policyjne z psami, a opowieści o „Księżycowym Mordercy" zwabiły dziennikarzy. Grant podczas swoich rowerowych wycieczek kilkakrotnie był zatrzymywany i przesłuchiwany, ale miał potężnych obrońców w Aughmacloy i zawsze potwierdzano jego wersje o treningowych wyjazdach dla utrzymania kondycji w boksie, bo wieś była już z niego dumna i ubiegał się o mistrzostwo Irlandii Północnej w wadze lekkiej.

I znów, nim się stało za późno, instynkt uchronił go przed wykryciem i pożegnawszy Aughmacloy, udał się do Belfastu, gdzie oddał się w ręce podupadłego promotora walk bokserskich, który chciał z niego uczynić zawodowca. W obskurnej sali treningowej panowała surowa dyscyplina. Omal nie więzienna. I kiedy Grantowi znowu krew zakipiała w żyłach, pozostawało mu tylko niemalże na śmierć zatłuc jednego ze swych partnerów od sparingu. Dwa razy musieli na ringu ściągać go z przeciwnika i tylko mistrzostwo ratowało Granta przed wyrzuceniem przez promotora.

Zdobył je w 1945 roku, na swoje osiemnaste urodziny, po czym wzięto go do wojska i został kierowcą w Królewskim Korpusie Łączności. Okres szkolenia w Anglii otrzeźwił go, a przynajmniej uczynił ostrożniejszym, ilekroć dostawał „czadu". Teraz już, w czasie pełni księżyca, po prostu upijał się. Zabierał butelkę whisky do lasów otaczających Aldershot i wypijał ją, bacząc na swe doznania, chłodno, póki nie oprzytomniał. Po czym, o wczesnych godzinach rannych, powracał, zataczając się, do obozu, tylko na wpół zaspokojony, ale już nie tak niebezpieczny. Jeśli go przyłapał wartownik, dostawał tylko dzień koszarniaka, ponieważ dowódcy zależało na jego dobrym samopoczuciu na mistrzostwach armii.

Ale sekcja transportowa Granta została nagle przerzucona do Berlina w czasie „korytarzowych" nieporozumień z Rosjanami, więc mistrzostwa ominęły go. W Berlinie ciągły swąd niebezpieczeństwa zaintrygował go i uczynił tym bardziej ostrożnym i chytrym. Podczas pełni wciąż upijał się w trupa, ale przez resztę czasu obserwował i knuł. Podobało mu się wszystko, co słyszał o Rosjanach; jacy są brutalni, jacy podstępni, jak nie dbają o życie ludzkie; i postanowił przejść na ich stronę. Ale jak to zrobić? Co im może zaoferować? Czego by chcieli?

Ostatecznie do przejścia na ich stronę skłoniły go mistrzostwa Brytyjskiej Armii Renu. Przypadkiem odbywały się one w noc pełni księżyca. Walczący w reprezentacji swego korpusu Grant zarobił upomnienia za przytrzymywanie przeciwnika i ciosy poniżej pasa, wreszcie został w trzeciej rundzie zdyskwalifikowany za uporczywie nieczystą walkę. Cały stadion wygwizdał go, schodzącego z ringu – najgłośniej zaś ci z jego macierzystego pułku – a następnego ranka dowódca wezwał go i zimno oznajmił, że przynosi hańbę Królewskiemu Korpusowi Łączności i z przybyciem następnego rzutu odesłany będzie do domu. Inni kierowcy zaczęli go bojkotować, a ponieważ nikt już nie chciał z nim jeździć w transporcie, musiano przenieść Granta do poszukiwanej skądinąd służby kuriera motocyklowego.

To przeniesienie jak najbardziej mu odpowiadało.

Odczekał jeszcze kilka dni, a potem któregoś wieczora, pobrawszy z Dowództwa Wywiadu Wojskowego przy

Reichskanzlerplatz wychodzącą tego dnia pocztę, ruszył wprost do rosyjskiego sektora, poczekał na pracującym silniku, aż brama strzeżona przez Brytyjczyków otworzy się, by przepuścić taksówkę, i poderwawszy się, sześćdziesiątką przemknął przez zamykającą się bramę i zahamował z poślizgu przy betonowym bunkrze rosyjskiej straży granicznej.

Brutalnie wciągnięto go na wartownię. Oficer z twarzą jak drewno zapytał go zza biurka, czego tu szuka.

– Sowieckiej tajnej służby – odparł Grant. – Jej szefa.

Oficer zimno gapił się na niego. Powiedział coś po rosyjsku. Żołnierze, którzy sprowadzili Granta, usiłowali wywlec go z powrotem. Grant bez trudu się z nich otrząsnął. Jeden z nich podniósł pistolet maszynowy.

Grant przemówił, cierpliwie i wyraźnie:

– Mam dużo tajnych dokumentów. Na dworze. W skórzanych torbach przy motocyklu. – Nagle błysnęło mu. – Będziecie mieli ciężkie kłopoty, jeżeli te papiery nie trafią do waszej tajnej służby.

Oficer powiedział coś do żołnierzy i odstąpili.

– Nie mamy żadnej tajnej służby – odezwał się sztywną angielszczyzną. – Proszę usiąść i wypełnić ten formularz.

Grant usiadł przy biurku i wypełnił długi formularz z pytaniami, przeznaczony dla każdego, kto chce odwiedzić strefę wschodnią: imię i nazwisko, adres, cel wizyty i tak dalej. Tymczasem oficer cicho i krótko przemawiał do telefonu.

Kiedy Grant już kończył, do pokoju weszło jeszcze dwóch żołnierzy, podoficerów w brudnozielonych furażerkach i z zielonymi dystynkcjami na oliwkowych mundurach. Oficer straży granicznej, nawet nie spojrzawszy na formularz, wręczył go jednemu z nich, a oni wyprowadzili Granta, wsadzili go razem z motocyklem na tył zamkniętej furgonetki, jej drzwi zatrzasnęli za nim i zablokowali. Po piętnastu minutach szybkiej jazdy samochód się zatrzymał i wysiadłszy, Grant znalazł się na podwórzu za wielkim, nowym budynkiem. Wprowadzono go do środka, windą na górę, i zamknięto samotnie w celi bez okien. Nie było tam nic oprócz żelaznej ławki. Po godzinie, którą zużyto, jak przypuszczał, na przeglądanie tajnych dokumentów, wprowadzono go do wygodnego gabinetu, gdzie za biurkiem siedział oficer z trzema rzędami orderów i złotymi dystynkcjami pułkownika.

Dziesięć lat później Grant, spoglądając przez okno samolotu na rozległe zbiorowisko świateł o sześć tysięcy metrów pod sobą, domyślił się, że to Charków, i uśmiechnął się niewesoło do swego odbicia w szybie z pleksiglasu.

Róże. Od tego momentu jego życie upływało wyłącznie po różach. Róże, róże, bez przerwy róże.

III Studia podyplomowe

– A więc chciałby pan pracować w Związku Radzieckim, mister Grant?

Po półgodzinie pułkownika z MGB znudziło to przesłuchanie. Uważał, że wycisnął już z tego dość niesympatycznego brytyjskiego żołnierza wszystkie wojskowe szczegóły, jakie tylko mogłyby go interesować. Jeszcze kilka uprzejmych frazesów w charakterze podzięki za bogaty łup sekretów, jakich dostarczyły torby tego człowieka, po czym można go już będzie odesłać i w odpowiednim czasie wsadzić do Workuty czy innego obozu pracy.

– Owszem, chciałbym dla was pracować.

– A co mógłby pan dla nas robić, mister Grant? Mamy mnóstwo niewykwalifikowanej siły roboczej. Nie potrzebujemy kierowców ciężarówek, a gdyby – pułkownik uśmiechnął się przelotnie – gdyby trzeba było kogoś potraktować pięściami, to mamy też mnóstwo ludzi dobrze umiejących boksować. A wśród nich, nawiasem mówiąc, dwóch potencjalnych mistrzów olimpijskich.

– Moja specjalność to zabijanie ludzi – rzekł Grant. – Robię to bardzo dobrze. Lubię to.

Pułkownik dostrzegł czerwony ognik, który przez chwilę zamigotał w głębi tych bardzo bladych, niebieskich oczu, pod rzęsami w kolorze piasku. On to mówi serio, pomyślał. Mało że niesympatyczny, ale w dodatku wariat. Popatrzył zimno na Granta, zastanawiając się, czy warto na niego marnować jedzenie w Workucie. Lepiej kazać go zastrzelić. Albo wrzucić z powrotem do brytyjskiego sektora i niech sami się o niego martwią.

– Pan mi nie wierzy – zniecierpliwił się Grant. Nie ten człowiek i nie ten wydział. – Kto tu dla was wykonuje mokrą robotę? – Był przekonany, że Rosjanie muszą mieć coś w rodzaju brygady morderców. Wszyscy to mówią. – Pozwól mi pan z nimi pogadać. Zabiję kogoś dla nich. Kogo tylko zechcą. Od razu.

Pułkownik spojrzał na niego z niechęcią. Może jednak lepiej to komuś zameldować.

– Proszę zaczekać.

Wstał i wyszedł z pokoju, drzwi zostawił otwarte. Wszedł strażnik, stanął w drzwiach i patrzył Grantowi w plecy, z ręką na pistolecie.

Pułkownik przeszedł do następnego pokoju. Był pusty. Na biurku trzy telefony. Wziął słuchawkę bezpośredniej linii MGB do Moskwy. Kiedy się zgłosił wojskowy operator, powiedział mu: „Smiersz". Kiedy Smiersz odpowiedział, poprosił o kierownika operacyjnego.

Dziesięć minut później odłożył słuchawkę. Ale szczęście! Rozwiązanie proste i konstruktywne. Czy tak pójdzie, czy inaczej, zawsze z dobrym wynikiem. Jeżeli Anglikowi się uda, to świetnie. Jeżeli się nie uda, to też sprawi masę kłopotu w zachodnim sektorze: kłopot dla Brytyjczyków, bo Grant to ich człowiek, kłopot dla Niemców, bo zamach wystraszy mnóstwo ich szpiegów, kłopot dla Amerykanów, bo przecież oni dostarczają większość funduszów dla Baumgartena i teraz pomyślą, że zabezpieczenia Baumgartena są do niczego. Zadowolony z siebie pułkownik wrócił do swego gabinetu i znów usiadł naprzeciw Granta.

– Pan mówi poważnie?
– Oczywiście.
– Ma pan dobrą pamięć?
– Tak.
– W brytyjskim sektorze jest Niemiec, doktor Baumgarten. Mieszkanie numer pięć przy Kurfürstendamm dwadzieścia dwa. Pan wie, gdzie to jest?
– Wiem.
– Dziś wieczorem będzie pan odstawiony, razem z motocyklem, z powrotem do sektora brytyjskiego. Numery rejestracyjne zostaną zmienione. Bo wasi ludzie będą pana szukać. Dostanie pan kopertę dla doktora Baumgartena. Z adnotacją, że ma być dostarczona przez posłańca. W tym mundurze i z tą kopertą nie będzie pan miał trudności. Powie pan, że przesyłka jest bardzo poufna i musi pan zobaczyć się z Baumgartenem w cztery oczy. Zabije go pan.
– Pułkownik zrobił przerwę. Brwi mu się podniosły. – Tak?
– Tak – odparł spokojnie Grant. – A jak to zrobię, dacie mi więcej takiej roboty?

– Możliwe – rzekł obojętnie pułkownik. – Najpierw musi pan pokazać, co potrafi. Kiedy wykona pan zadanie i wróci do radzieckiego sektora, zapyta pan o pułkownika Borysa. – Nacisnął dzwonek i wszedł mężczyzna ubrany po cywilnemu. Pułkownik wskazał na niego. – Ten człowiek nakarmi pana. Potem da kopertę i ostry nóż amerykański. To znakomita broń. Powodzenia.

Pułkownik sięgnął do wazonu i wyjął różę. Powąchał ją z lubością.

Grant powstał.

– Dziękuję, sir – rzekł ciepło.

Pułkownik nie odpowiedział i nie podniósł oczu znad róży. Grant wyszedł za cywilem z pokoju.

Samolot z rykiem sunął nad sercem Rosji. Zostawili za sobą piece hutnicze płonące daleko na wschód, wokół Stalino, na zachód srebrzystą nić Dniepru, rozgałęziającą się koło Dniepropietrowska. Rozblask świateł wokół Charkowa zaznaczył granicę ukraińską, pojawiły się i znikły mniejsze światła Kurska, miasta fosfatów. Teraz już Grant wiedział, że nieprzerwanie zwarta czerń pod nimi skrywa ogromne, centralne stepy, gdzie miliony ton rosyjskiego zboża szemrzą i dojrzewają w ciemności. Nie będzie żadnych więcej oaz światła, póki nie pokonają przez następną godzinę ostatnich pięciuset kilometrów do Moskwy.

Bo teraz już Grant mnóstwo wiedział o Rosji. Po szybkim, gładkim, sensacyjnym zamordowaniu ważnego szpiega zachodnioniemieckiego ledwie zdążył przemknąć się na powrót przez granicę i dobrnąć jakoś do „pułkownika Borysa", Grant przebrany został w odzież cywilną, w pilotkę zakrywającą włosy, wsadzony do pustego samolotu MGB i przewieziony nim prosto do Moskwy.

Zaczął się rok na wpół więzienny, który Grant spędził na utrzymywaniu się w formie oraz na nauce rosyjskiego, wokół niego zaś różni ludzie pojawiali się i znikali: przesłuchujący, kapusie, lekarze. Przez ten czas jego przeszłość była mozolnie sprawdzana przez sowieckich szpiegów w Anglii oraz Irlandii Północnej.

Z końcem roku Grant uzyskał polityczne świadectwo zdrowia, najczystsze, jakie w Rosji może dostać obcokrajowiec. Jego relacja została potwierdzona przez szpiegów. Wtyczki angielskie i amerykańskie doniosły, że kompletnie go nie interesują żadne polityczne ani społeczne obyczaje któregokolwiek kraju na świecie, a lekarze i psychiatrzy zgodzili się, że stanowi on skrajny przypadek psychozy depresyjno-maniakalnej, której okresy aktywności zbiegają się z pełnią księżyca. Że ponadto cechuje go narcyzm i aseksualność oraz wysoka odporność na ból. Niezależnie od tych osobliwości jest nadzwyczaj zdrowy fizycznie i mimo beznadziejnie niskiego poziomu edukacji ma też przyrodzoną chytrość jak u lisa. Wszyscy zgadzali się, że Grant jest wyjątkowo niebezpieczny dla społeczeństwa i że należy go usunąć.

Kiedy te akta dotarły do kierownika personalnego MGB, już miał napisać na marginesie „zabić go", ale nagle się rozmyślił.

W Związku Radzieckim trzeba zabijać mnóstwo ludzi, nie dlatego, żeby przeciętny Rosjanin był szczególnie okrutny, choć niektórzy z tamtejszych zaliczają się do największych okrutników świata, po prostu leży to w charakterze instrumentu polityki. Ludzie występujący przeciw Państwu są wrogami Państwa, a w Państwie nie ma miejsca dla jego wrogów. Zbyt wiele muszą zdziałać w czasie, jaki mają do rozporządzenia, a jeśli ciągle sprawiają kłopoty, zabija się ich. W kraju liczącym dwieście milionów ludności można zabijać wiele tysięcy obywateli rocznie i wcale tego nie daje się odczuć. Jeżeli, jak to bywało podczas dwóch największych czystek, trzeba uśmiercać milion ludzi rocznie, to też nie jest zbyt wielką stratą. Poważny problem stanowi niedobór katów. Bo „życie" katów trwa krótko. Praca ich męczy. Ich dusza na tym cierpi. Po wysłuchaniu dziesięciu, dwudziestu lub stu agonalnych rzężeń ludzka istota, choćby najbardziej podła, sama zaraża się, być może na zasadzie osmozy, bakcylem śmierci, który przenika do jej ciała i wżera się w nie na podobieństwo raka. Ogarnia ją melancholia i pijaństwo, a także okropne zobojętnienie, które szkliwem zasnuwa oczy, spowalnia ruchy i niszczy dokładność. Kiedy pracodawca stwierdzi te objawy, nie ma innego wyjścia niż egzekucja na tym, kto przeprowadza egzekucje, i poszukanie sobie innego.

Szef kadr MGB uświadamiał sobie ten problem i ciągle poszukiwał nie tylko wyrafinowanych zabójców, ale także zwykłych rzeźników. I oto znalazł wreszcie takiego, który wyglądał na eksperta od obu form zabijania, oddanego swemu rzemiosłu i rzeczywiście, jeżeli doktorstwo się nie myli, stworzonego do tych czynności.

Nakreślił więc szef kadr MGB zwięzłą, dobitną adnotację na papierach Granta, oznaczył je: „Smiersz, Otdieł 2" i wrzucił na tacę pism wychodzących.

Wydział Drugi Smierszu ds. Operacji i Egzekucji przejął ciało Donovana Granta, przemianował je na *Гранитский*, czyli Granitski i wciągnął do swoich ksiąg.

Najbliższe dwa lata nie były dla Granta lekkie. Znów kazano mu pójść do szkoły, i to do takiej szkoły, że zatęsknił do obdrapanych ławek w szopie z blachy falistej, w chłopięcym smrodzie i w sennym brzęku much plujek, jedynym, co mu się kojarzyło ze szkołą. Tutaj, w szkole wywiadu dla obcokrajowców pod Leningradem, stłoczony w rzędach

Niemców, Czechów, Polaków, Chińczyków i Murzynów, wszyscy z powagą wpisaną w zawzięte twarze i piórami biegającymi po brulionach, zmagał się z przedmiotami, które były dla niego jak chińszczyzna.

A więc uczęszczał na wykłady z podstaw wiedzy politycznej, obejmujące historię ruchów robotniczych, partii komunistycznej i światowego przemysłu oraz nauki Marksa, Lenina i Stalina, wszystko to upstrzone obcymi nazwiskami, których nie potrafił wydukać. Lekcje o wrogu klasowym, z którym walczymy, z wykładami o kapitalizmie i faszyzmie, oraz całe tygodnie poświęcone mniejszościom, narodom kolonialnym, Murzynom, Żydom. Z końcem każdego miesiąca odbywały się egzaminy, na których Grant siedział jak analfabeta i wypisywał brednie przetykane strzępkami na wpół zapomnianych dziejów Anglii oraz gryzmolonych nieortograficznie haseł komunistycznych, a wypracowania jego wciąż darto na kawałki, za którymś razem wobec całej klasy.

Lecz wytrzymywał to, a lepiej radził sobie w przedmiotach praktycznych. Szybko chwytał podstawy kodów i szyfrów, ponieważ chciał je zrozumieć. Był dobry w łączności, z miejsca umiał połapać się w plątaninie kontaktów, pośredników, kurierów i skrzynek kontaktowych, miał też doskonałe noty z zajęć terenowych, gdzie każdy z uczniów musiał zaplanować i wykonać pozorowane zadania na przedmieściach i na wsi wokół Leningradu. I wreszcie, kiedy przyszły sprawdziany z czujności, dyskrecji, zabezpieczeń, przytomności umysłu, odwagi i zimnej krwi, uzyskiwał najwyższe oceny w całej szkole.

Z końcem roku raport odesłany do Smierszu zawierał takie podsumowanie: „Wartość polityczna: zerowa. Wartość operacyjna: doskonała". I tego właśnie Oddział 2 potrzebował.

Następny rok spędził w towarzystwie tylko dwóch cudzoziemskich studentów i kilkuset Rosjan w Szkole Terroru i Dywersji mieszczącej się w podmoskiewskim Kuczino. Triumfalnie zaliczył tu szkolenia w dżudo, w boksie, lekkoatletyczne, fotograficzne i radiowe pod ogólnym kierunkiem słynnego pułkownika Arkadija Fotojewa, ojca współczesnego szpiegostwa sowieckiego, i doszkolił się w broni krótkiej u podpułkownika Nikołaja Godłowskiego, mistrza ZSRR w strzelectwie.

Dwukrotnie w ciągu tego roku, bez ostrzeżenia, przyjeżdżał po niego w noc pełni księżycowej samochód z MGB i zabierał go do jednego z moskiewskich więzień. Tam pozwalano mu, z głową ukrytą w czarnym kapturze, przeprowadzać egzekucje z użyciem rozmaitych rodzajów broni: liny, topora, pistoletu maszynowego. Przedtem, w trakcie i potem robiono mu takie badania jak ciśnienie krwi, elektrokardiogram i inne, choć nie podawano mu celu i wyników tych badań.

Był to udany rok i Grant słusznie wyczuwał, że rezultaty są zadowalające.

W latach 1949 i 1950 pozwolono mu uczestniczyć w pomniejszych operacjach, które grupy lotne, tak zwane *awanposty*, przeprowadzały w krajach satelickich. Dokonywano wówczas pobicia lub zwykłej egzekucji rosyjskich szpiegów i pracowników wywiadu, podejrzewanych o zdradę lub inne odchylenia. Grant wywiązywał się z tych zadań bez zarzutu, dokładnie i dyskretnie, a choć go starannie i bez ustanku obserwowano, nigdy nie dopuścił się choćby najdrobniejszego odchylenia od postawionych mu wymagań, nie można mu też było zarzucić żadnej słabości charakteru czy braku w umiejętnościach. Może wypadłoby to inaczej, gdyby mu kazano zabijać w pojedynkę i podczas pełni księżyca, lecz jego przełożeni uświadamiali sobie, że wtedy nie byłby poddany czy to ich kontroli, czy swojej własnej, i wybierali mu do tych zadań bezpieczne daty. Księżycowy okres był zarezerwowany wyłącznie do seansów mordowania w więzieniach, które urządzano mu od czasu do czasu w nagrodę za udane działania z zimną krwią.

W latach 1951 i 1952 przydatność Granta uznana została w szerszym zakresie i bardziej oficjalnie. W następstwie znakomitych operacji, szczególnie we wschodnim sektorze Berlina, przyznano mu sowieckie obywatelstwo i podwyżkę pensji, która w 1953 roku osiągnęła całkiem niezłe pięć tysięcy rubli na miesiąc. W tymże roku 1953 otrzymał awans na majora i prawo do emerytury, datowane wstecz od dnia pierwszego kontaktu z „pułkownikiem Borysem", przydzielono mu też willę na Krymie. Dostał dwóch osobistych strażników, po części dla ochrony, a po części do pilnowania w razie znikomej szansy, że mógłby „pójść na prywatę", jak w żargonie MGB nazywa się zdradę, poza tym raz na miesiąc przewożono go do pobliskiego więzienia i tam pozwalano mu dokonać tylu egzekucji, ilu akurat było dostępnych kandydatów.

Grant oczywiście nie miał przyjaciół.

Otoczony był nienawiścią, trwogą lub zazdrością przez wszystkich, którym zdarzało się z nim kontaktować. Nie miał nawet żadnej z tych profesjonalnych znajomości, które uważa się za przyjaźń w skrytym i ostrożnym świecie sowieckiej oficjalszczyzny. Ale jeśli w ogóle był tego świadom, wcale go to nie obchodziło. Jedyne osoby, które go interesowały, były jego ofiarami. Oprócz tego miał swoje życie wewnętrzne. A to zaludniały obficie i ekscytująco jego myśli.

Poza tym, oczywiście, miał Smiersz. Nikt w Związku Radzieckim, kto po swojej stronie ma Smiersz, nie musi troszczyć się o przyjaciół i w ogóle o nic więcej poza tym, żeby czarne skrzydła Smierszu zachować nad swoją głową.

Grant wciąż jeszcze zastanawiał się mgliście nad swoją pozycją u pracodawców, gdy samolot zaczął się zniżać, odbierając promień radaru z lotniska Tuszyno, leżącego tuż na południe od czerwonej poświaty, jaką z góry przedstawia Moskwa.

Wdrapał się na szczyt swojego drzewa jako główny kat Smierszu, więc i całego Związku Radzieckiego. Do czego jeszcze mógłby zmierzać? Do kolejnego awansu? Większych pieniędzy? Większej liczby złotych bibelotów? Do ważniejszych celów? Do ulepszenia techniki?

Doprawdy nie mógł już chyba dążyć do niczego więcej. Ale może jest jakiś inny człowiek, o którym jeszcze nie słyszał, gdzieś w innym kraju, którego należałoby usunąć, zanim jemu by przypadło absolutne pierwszeństwo?

IV Państwo Mogołów śmierci

Smiersz to oficjalna organizacja mordercza rządu sowieckiego. Działa zarówno w kraju, jak i za granicą, a w roku 1955 zatrudniała łącznie czterdzieści tysięcy mężczyzn i kobiet. Smiersz to skrót nazwy „Smierť Szpionam", czyli „Śmierć Szpiegom". Nazwa ta jest używana wyłącznie przez personel samej organizacji oraz urzędników sowieckich. Żadnemu obywatelowi zdrowemu na umyśle do głowy by nie przyszło, aby nazwa ta mogła się pojawić na jego ustach.

Główna kwatera Smierszu to bardzo duży i brzydki nowoczesny budynek przy ulicy Srietienka. Ma numer

13 na tej szerokiej, nudnej ulicy, a przechodnie oczy trzymają wbite w ziemię, gdy mijają dwóch wartowników z pistoletami automatycznymi, którzy stoją po dwóch stronach szerokich stopni wiodących pod górę do wielkich, żelaznych, podwójnych drzwi. Jeśli sobie w porę przypomną, albo jeśli zadziała odruch, przechodzą jezdnię i mijają gmach drugą stroną ulicy.

Kierownictwo Smierszu mieści się na II piętrze.

Najważniejszy na nim jest ogromny, jasny pokój pomalowany na blady kolor oliwkowy, będący wspólnym mianownikiem biur rządowych na całym świecie. Naprzeciw drzwi dźwiękoszczelnych dwa okna wychodzą na podwórze na tyłach budynku. Podłogę wyściela po brzegi barwny kaukaski dywan najwyższej jakości. W poprzek dalszego rogu po lewej stronie stoi masywne dębowe biurko. Pokrywa je czerwony aksamit pod grubą płytą z walcowanego szkła.

Po lewej stronie biurka stoją dwa koszyki na korespondencję przychodzącą i wychodzącą, a po prawej cztery telefony.

Od środka biurka, tworząc z nim literę T, ciągnie się po przekątnej wielki stół konferencyjny. Osiem krytych czerwoną skórą foteli o prostych oparciach przysunięto do stołu. Sam stół jest pokryty czerwonym aksamitem, ale bez ochronnego szkła. Na stole znajdują się popielniczki oraz dwie ciężkie karafki z wodą i szklankami.

Na ścianach wiszą cztery duże obrazy w złoconych ramach. W roku 1955 były to: portret Stalina powyżej drzwi, Lenina między oknami, a na dwóch pozostałych ścianach, naprzeciw siebie, portret Bułganina oraz w miejscu, gdzie do 13 stycznia 1954 roku wisiał Beria, teraz umieszczony był wizerunek generała armii Iwana Aleksandrowicza Sierowa, przewodniczącego Komitetu Bezpieczeństwa Państwowego.

Przy lewej ścianie, pod portretem Bułganina, stoi wielki telewizor w ładnej, wypolerowanej szafce dębowej. Kryje też ona magnetofon, który można włączać przy biurku. Mikrofon do niego ciągnie się na całej przestrzeni pod stołem konferencyjnym, a jego przewody ukryte są w nogach stołu. Obok telewizora nieduże drzwi prowadzą do prywatnej łazienki z ubikacją i do małej salki projekcyjnej, gdzie pokazywane bywają tajne filmy.

Pod portretem generała Sierowa stoi biblioteczka, na której górnych półkach spoczywają dzieła Marksa, Engelsa, Lenina i Stalina, a na bardziej dostępnych – książki w różnych językach o szpiegostwie, kontrwywiadzie, technikach policyjnych i kryminalistyce. Obok biblioteczki, pod ścianą, znajduje się długi wąski stół, a na nim tuzin wielkich, oprawnych w skórę albumów z datami wytłoczonymi złotem. Zawierają one zdjęcia obywateli sowieckich i obcokrajowców zabitych przez Smiersz.

Mniej więcej w czasie, kiedy Grant podchodził do lądowania na lotnisku Tuszyno, tuż przed godziną jedenastą trzydzieści w nocy twardy z wyglądu i tęgi mężczyzna około pięćdziesiątki stał przy tym stole, przeglądając tom ze zdjęciami z 1954 roku.

Szef Smierszu, generał pułkownik Grubozabojszczikow, znany w budynku jako „G", miał na sobie porządną wojskową kurtkę barwy oliwkowej ze stojącym kołnierzem i granatowe bryczesy z wąskimi czerwonymi lampasami, wpuszczone w buty z cholewami z miękkiej, czarnej, wyglansowanej skóry. Na piersi szefa pyszniły się trzy rzędy baretek: dwa ordery Lenina, order Suworowa, order Aleksandra Newskiego, order Czerwonego Sztandaru, dwa ordery Czerwonej Gwiazdy, medal za Dwudziestoletnią Służbę oraz medale za Obronę Moskwy i Zdobycie Berlina. Na końcowych miejscach widniały wstążeczki: różowo-szara

Kawalera Orderu Imperium Brytyjskiego i bordowo-biała amerykańskiego Medalu Zasługi. Ponad baretkami zwieszała się złota gwiazda Bohatera Związku Radzieckiego. Twarz nad stojącym kołnierzem kurtki była wąska i ostra. Pod grubymi czarnymi brwiami znajdowały się brązowe, wyłupiaste kulki oczu, a pod nimi obwisłe worki. Napięta biała skóra na wygolonej czaszce połyskiwała w blasku centralnego żyrandola. Szerokie i zacięte usta dominowały nad głęboko rozdwojonym podbródkiem. Twarde, niewzruszone oblicze, budzące lęk i władcze.

Jeden z telefonów na biurku cicho zabuczał. Mężczyzna zwartym i sprężystym krokiem podszedł do swego wysokiego fotela za biurkiem. Usiadł i podniósł słuchawkę telefonu oznaczonego białymi literami *ВЧ*. Jest to skrót od „wysokoczastota" – urządzenie wysokiej częstotliwości. Zaledwie pięćdziesięciu najwyższych urzędników jest podłączonych do centralki ВЧ, a wszystko to są ministrowie lub kierownicy niektórych wydziałów. Centralka ta, obsługiwana przez zawodowych oficerów służby bezpieczeństwa, mieści się na Kremlu. Nawet im nie wolno podsłuchiwać łączonych przez siebie rozmów, lecz każde słowo wypowiadane na tych liniach jest automatycznie nagrywane.

– Tak?

– Mówi Sierow. Jakie działania podjęto od czasu posiedzenia Prezydium dziś rano?

– Mam tu za kilka minut spotkanie, towarzyszu generale: RUMID, GRU i oczywiście MGB. Potem, jeśli akcja zostanie uzgodniona, spotkam się z moim szefem operacji oraz szefem planowania. Na wypadek, gdyby zapadła decyzja likwidacji, sprowadziłem do Moskwy odpowiedniego wykonawcę. Tym razem będę osobiście nadzorować przygotowania. Nie chcemy, żeby powtórzyła się afera Chochłowa.

– Czort wie, że nie chcemy. Zadzwońcie do mnie po pierwszej naradzie. Chcę jutro rano złożyć raport w Prezydium.
– Tak jest, towarzyszu generale.

Generał G odłożył słuchawkę i przycisnął dzwonek pod biurkiem. Równocześnie włączył nagrywanie. Wszedł jego adiutant, kapitan MGB.

– Czy już są?
– Tak, towarzyszu generale.
– Wprowadź ich.

Po paru minutach sześciu mężczyzn, w tym pięciu w mundurach, weszło kolejno przez drzwi. Prawie nie patrząc na siedzącego za biurkiem, zajęli miejsca przy stole konferencyjnym. Trzech wyższych oficerów, kierownicy wydziałów, każdy z adiutantem. W Sowietach nikt nie przychodzi sam na konferencję. Dla własnego bezpieczeństwa i dla zapewnienia pełnej informacji swojemu wydziałowi zawsze bierze ze sobą świadka, żeby jego wydział miał niezależne wersje tego, co się działo na konferencji, a w szczególności tego, co mówiono w jego imieniu. Rzecz ważna w razie ewentualnego dochodzenia. Na konferencji nie robi się żadnych notatek, a podejmowane decyzje przekazuje się do wydziałów drogą ustną.

Po lewej stronie stołu zasiadał generał porucznik Sławin, szef GRU, kierujący wydziałem wywiadu Sztabu Generalnego Armii, mając u boku pułkownika. Na końcu stołu siedział generał porucznik Wozdwiżenski z RU-MID-u, czyli Wydziału Wywiadu Ministerstwa Spraw Zagranicznych, z ubranym po cywilnemu mężczyzną w średnim wieku. Tyłem do wejścia siedział pułkownik Bezpieczeństwa Państwowego Nikitin, szef wywiadu w MGB, sowieckim odpowiedniku Secret Service, z majorem u boku.

– Dobry wieczór, towarzysze.

Trójka wyższych oficerów grzecznie i ostrożnie zaszemrała w odpowiedzi. Każdy z nich wiedział i uważał się za jedynego, który wie o tym, że każdy dźwięk w tym pokoju jest nagrywany; i każdy, nie mówiąc o tym swemu adiutantowi, miał zasadę wygłaszania jak najmniejszej liczby słów, zgodnie z poczuciem dyscypliny i z potrzebami Państwa.

– Zapalmy. – Generał G wyjął z kieszeni paczkę papierosów Moskwa-Wołga i zapalił sobie jednego amerykańską zapalniczką Zippo. Wokół stołu rozległo się pstrykanie zapalniczek. Generał G zgniótł w palcach długi kartonowy ustnik papierosa, niemal spłaszczając go, i wsadził sobie w zęby po prawej stronie ust. Rozciągnął wargi, obnażając zęby i począł mówić urywanymi krótko zdaniami, które wydobywały mu się z czymś na kształt syknięcia spomiędzy zębów i odchylonego w górę papierosa.

– Towarzysze, spotykamy się na polecenie towarzysza generała Sierowa. Generał Sierow w imieniu Prezydium polecił mi powiadomić was o pewnych zagadnieniach polityki państwowej. Następnie mamy je rozważyć i zarekomendować linię działania zgodną z wytycznymi tej polityki oraz pomocną w jej realizacji. Mamy szybko podjąć decyzję. Ale decyzja nasza będzie miała podstawowe znaczenie dla Państwa. Więc musi to być słuszna decyzja.

Generał G przerwał, aby znaczenie jego słów dotarło do świadomości obecnych. Przyjrzał się bez pośpiechu, po kolei, twarzom trzech wyższych oficerów przy stole. Odpowiedziały mu ich oczy, pozbawione wyrazu. W głębi duszy ci trzej, nadzwyczaj ważni, czuli się zaniepokojeni. Mieli zajrzeć teraz w głąb pieca. Mieli poznać tajemnicę państwową, której znajomość może pewnego dnia oznaczać dla nich groźne konsekwencje. Siedząc w tym cichym pokoju, czuli się zanurzeni w strasznej pożodze, jaką zionie ośrodek wszelkiej władzy w Związku Radzieckim: Prezydium jego Rady Najwyższej.

Resztka popiołu spadła generałowi G z czubka papierosa na kurtkę. Strząsnął ją i wrzucił kartonowy niedopałek do kosza na tajne śmieci pod swym biurkiem.

Zapalił następnego papierosa i nie wyjmując go z ust, przemówił:

– Nasza rekomendacja ma za przedmiot pokazowy akt terrorystyczny, jaki ma być przeprowadzony na terytorium wroga w ciągu najbliższych trzech miesięcy.

Sześć par oczu pozbawionych wyrazu wpatrzyło się wyczekująco w szefa Smierszu.

– Towarzysze – generał G odchylił się na oparcie swego fotela i jego głos przybrał ton wykładu – polityka międzynarodowa ZSRR wkroczyła w nową fazę. Poprzednio była to polityka „twardej ręki", polityka (tu pozwolił sobie na żart oparty na nazwisku Stalina) stalowa. Ta polityka, jakkolwiek skuteczna, stwarzała napięcia na Zachodzie, zwłaszcza w Ameryce, które stały się niebezpieczne. Amerykanie to ludzie nieobliczalni. Naród histeryków. Raporty naszego wywiadu wskazywały, że zaczynamy doprowadzać Amerykę na krawędź niezapowiedzianego ataku atomowego na ZSRR. Czytaliście te raporty i wiecie, że mówię prawdę. Nie chcemy takiej wojny. Jeżeli ma dojść do wojny, to w momencie przez nas wybranym. Niektórym z potężnych Amerykanów, zwłaszcza klice z Pentagonu pod przewodem generała Radforda, nasza polityka „twardej ręki" sprzyjała w knowaniach, zmierzających do wywołania pożaru. Postanowiono więc, że nadeszła pora, by zmienić nasze metody, nie zmieniając przyświecających nam celów. Przyjęto nową politykę, którą określamy jako „twardo-miękką". Zapoczątkowano ją w Genewie. My przyjęliśmy postawę „miękką". Chiny zagrażają wyspom Jinmen i Mazu. My stajemy się „twardzi". Otwieramy nasze granice dla mnóstwa dziennikarzy, aktorów i artystów, chociaż wiemy, jak wielu jest wśród nich szpiegów. Nasi przywódcy śmieją się i żartują na przyjęciach w Moskwie. W trakcie tych żartów odpalamy największą bombę wszystkich czasów. Towarzysze Bułganin i Chruszczow, i towarzysz generał Sierow (generał G starannie wymieniał te nazwiska na użytek rejestrującego to magnetofonu) składają wizyty w Indiach i na Wschodzie, i wyzywają Anglików od ostatnich. A powróciwszy, umawiają się po przyjacielsku z brytyjskim ambasadorem na niedaleką wizytę dobrej woli w Londynie. I tak to idzie: raz kij, a raz marchewka, to uśmiech, to groźnie zmarszczone brwi. Zachód się w tym gubi. Napięcia odpuszcza się, nim zdążą stwardnieć. Nasi wrogowie reagują niezdarnie, ich strategia rozsypuje się. Tymczasem prosty naród śmieje się z naszych dowcipów, wiwatuje na cześć naszych piłkarzy i ślini się z rozkoszy, kiedy zwalniamy paru jeńców wojennych, bo już nam się nie chce ich dłużej karmić!

Wokół stołu pokazały się uśmieszki zadowolenia i dumy. Cóż za olśniewająca polityka! Jakich durniów robimy z tych na Zachodzie!

– A równocześnie – podjął generał G, też uśmiechając się z lekka, że im sprawia przyjemność – cały czas i wszędzie ukradkiem przemy do przodu: rewolucja w Maroku, broń dla Egiptu, przyjaźń z Jugosławią, zamieszki na Cyprze, rozruchy w Turcji, strajki w Anglii, duże postępy w polityce wewnętrznej Francji – nie ma na całym świecie takiego frontu, gdzie byśmy po cichu nie czynili postępów.

Generał G ujrzał wokół stołu łapczywie błyszczące oczy. Zmiękli. A teraz pora na twardość. Czas, żeby poczuli na sobie nową politykę. Wywiad też będzie musiał przyłożyć się do tej wielkiej gry, którą toczy się w jego imieniu. Generał G gładko nachylił się do przodu. Oparł prawy łokieć na biurku i uniósł pięść w powietrze.

– Ale, towarzysze – przemówił z cicha – gdzie popełniono błąd w realizacji polityki państwowej ZSRR? Kto przez cały czas był miękki, kiedy my chcieliśmy być twardzi? Kto przegrywał, kiedy wszystkie inne departamenty Państwa odnosiły zwycięstwa? Kto sprawiał, przez swoją głupią nieudolność, że Związek Radziecki wychodził na durnia i słabeusza w oczach całego świata? *Kto?*

Jego głos spotężniał niemal do wrzasku. Generał G gratulował sobie, jak świetnie wygłasza to oskarżenie, wymagane przez Prezydium. Jak wspaniale to zabrzmi z taśmy odgrywanej dla Sierowa!

Ogarnął wściekłym spojrzeniem cały stół konferencyjny i szereg bladych, wyczekujących twarzy. Pięść generała G grzmotnęła w biurko.

– Cały *apparát* wywiadowczy Związku Radzieckiego, towarzysze! – Głos G przeszedł we wściekły ryk. – To my jesteśmy te niedołęgi, ci sabotażyści, ci zdrajcy! To my sprawiamy zawód Związkowi Radzieckiemu w jego wielkiej, chwalebnej walce! To my! – Wymachem ramienia ogarnął cały pokój. – My wszyscy! – Jego głos stał się znów normalny, rozsądnie brzmiący. – Towarzysze, popatrzcie w akta. Sukinsynu (tu pozwolił sobie na chłopską wulgarność), przyjrzyj się jeden z drugim, co jest w aktach! Najpierw przepada nam Guzenko i cały nasz *apparát* w Kanadzie, i naukowiec Fuchs, potem załatwiają nam *apparát* w Stanach Zjednoczonych, potem tracimy takich jak Tokajew, później ma miejsce cały ten skandal z Chochłowem, skandal, który spowodował ogromne szkody w skali całego naszego kraju, później mamy Pietrowa i jego żonę w Australii, sprawę tak spieprzoną, że już bardziej nie można! Ten wykaz nie ma końca – klęska za klęską – i sam czort wie, że nie wymieniłem nawet połowy.

Generał G zrobił pauzę.

– Towarzysze – podjął jak najcichszym głosem – muszę wam to powiedzieć, że jeżeli dziś wieczór nie przedstawimy planu akcji, która wywiadowi przyniesie wielkie zwycięstwo i jeżeli nie zadziałamy należycie według tego planu, jak już go zatwierdzą... to będzie problem.

Generał G szukał odpowiedniego zwrotu, w którym zawarłby groźbę, nie precyzując jej. I znalazł.

– To będzie – zawiesił głos i popatrzył z wymuszoną łagodnością wzdłuż stołu – nieprzyjemność.

V Kanspiracija

Mużyki poczuli knut. Generał G pozostawił im kilka minut, żeby mogli oblizać rany i otrząsnąć się trochę z szoku po oficjalnej chłoście, jaką im zafundował.

Nikt nie wystąpił choćby z jednym słowem obrony. Nikt nie ujął się za swoim wydziałem i nie wspomniał o niezliczonych sukcesach sowieckiego wywiadu, które można by przeciwstawić nielicznym błędom. I nikt nie zapytał, czy szef Smierszu, przecież współwinny, ma prawo wygłaszać to straszne oskarżenie. Od Tronu wyszło Słowo, a generał G wybrany został na głoszącego Słowo. Wielki to zaszczyt dla generała G, że został do tego wybrany, i znak łaski, znak rychłego wyniesienia, i każdy z obecnych starannie odnotował fakt, że w hierarchii wywiadu generał G, mający za sobą Smiersz, znalazł się na szczytowym miejscu.

Siedzący na końcu stołu generał porucznik Wozdwiżenski z RUMID-u, reprezentujący Ministerstwo Spraw Zagranicznych, przyglądał się, jak dymek z czubka jego długiego papierosa Kazbek wije się wzwyż i wspominał, jak Mołotow zwierzył mu się prywatnie, po śmierci Berii, że generał G daleko zajdzie. Przepowiednia ta nie wymagała wielkiej zdolności przewidywania, myślał sobie Wozdwiżenski. Beria nie znosił G i ciągle przeszkadzał mu w awansie, spychając go z głównej drabiny władzy na ten czy inny z pomniejszych wydziałów Ministerstwa Bezpieczeństwa Państwowego, które po śmierci Stalina Beria czym prędzej zlikwidował jako ministerstwo. Do roku 1952 G był zastępcą jednego z szefów tego ministerstwa. Po zniesieniu tego stanowiska skierował swą energię na intrygi zmierzające do upadku Berii, wedle tajnych rozkazów straszliwego generała Sierowa, którego zasługi czyniły go nietykalnym nawet dla Berii.

Sierow, Bohater Związku Radzieckiego i weteran słynnych poprzedników MGB – Czeka, OGPU, NKWD i MWD – był pod każdym względem kimś większym niżeli Beria. To on stał bezpośrednio za masowymi egzekucjami lat trzydziestych, które kosztowały życie miliona ludzi, był reżyserem większości głównych pokazowych procesów moskiewskich, organizatorem krwawego ludobójstwa na środkowym Kaukazie w lutym 1944, on również inspirował masowe deportacje z krajów bałtyckich i porwania niemieckich naukowców zajmujących się badaniami atomowymi i innych, którzy zapewnili Rosji ogromny postęp techniczny po wojnie.

Otóż Beria i cały jego dwór poszli na szubienicę, a generał G otrzymał w nagrodę Smiersz. Co się zaś tyczy generała armii Iwana Sierowa, to on, wraz z Bułganinem i Chruszczowem, rządzi obecnie Rosją. Pewnego dnia może nawet znaleźć się na szczycie, sam jeden. Jednakże – jak zgadywał generał Wozdwiżenski, patrząc przez długość stołu na czaszkę połyskliwą jak kula bilardowa – mając zapewne generała G niedaleko za sobą.

Czaszka uniosła się i twarde, wyłupiaste, brązowe oczy spojrzały wzdłuż stołu prosto w oczy generała Wozdwiżenskiego. Generał Wozdwiżenski zaś potrafił odpowiedzieć na to spojrzeniem łagodnym i nawet z odcieniem uznania.

Niełatwy facet, pomyślał generał G. Weźmy go pod światło i zobaczmy, jak się teraz wykaże w słowach.

– Towarzysze – złoto błysnęło mu w obu kącikach ust, kiedy rozciągnął wargi w uśmiechu przewodniczącego – niech to nas aż tak nie przeraża. Nawet i najwyższe drzewo ma swój topór, czekający u jego stóp. Nigdy nie sądziliśmy, że nasze wydziały są tak skuteczne, aby się nie dało ich skrytykować. To, co polecono mi wam powiedzieć, dla nikogo z nas nie jest niespodzianką. Postarajmy się więc podjąć wyzwanie z pogodą ducha i przejdźmy do rzeczy.

Nikt z siedzących przy stole nie odpowiedział uśmiechem na te frazesy. Generał G wcale się tego nie spodziewał. Zapalił papierosa i mówił dalej.

– Powiedziałem, że musimy natychmiast zaproponować jakiś akt terroru w dziedzinie wywiadu, i jeden z naszych wydziałów – niewątpliwie mój własny – powołany będzie do przeprowadzenia go.

Stół obiegło niedosłyszalne westchnienie ulgi. A więc przynajmniej Smiersz będzie za to odpowiedzialny! To już coś.

– Jednakże wybór celu nie będzie łatwy i ciężka może być nasza zbiorowa odpowiedzialność za odpowiedni wybór.

Miękkie-twarde, twarde-miękkie. Piłeczka znalazła się po stronie wezwanych.

– Nie chodzi tak po prostu o wysadzenie jakiegoś budynku albo zastrzelenie premiera. Takie burżuazyjne harce nie wchodzą w grę. Nasza operacja musi być subtelna, wyrafinowana i wymierzona prosto w serce *apparata* zachodniego wywiadu. Musi wyrządzić wrogiemu *apparatowi* dotkliwą szkodę: skrytą szkodę, o której szersza publika może w ogóle się nie dowie, ale którą będzie się skrycie omawiało w kręgach rządowych. Ale musi też wywołać publiczny skandal, tak miażdżący, ażeby świat oblizywał się i szydził z pohańbienia i głupoty naszych wrogów. Oczywiście rządy będą wiedziały, że to sowiecka *kanspiracija*. I bardzo dobrze. Stanie się to cząstką „twardej" polityki. Będzie to również wiadome agentom i szpiegom zachodnim, będą podziwiać naszą chytrość i trząść się. Zdrajcy i potencjalni odstępcy zaczną się bać i wielu się rozmyśli. Dla naszych własnych agentów stanie się to podnietą. Nasz pokaz siły i geniuszu zachęci ich do wzmożonych wysiłków. Ale my oczywiście zaprzeczymy, jakobyśmy coś o tym wiedzieli, cokolwiek to będzie, i pożądane jest, aby prości obywatele Związku Radzieckiego pozostali w całkowitej nieświadomości, że mieliśmy w tym jakikolwiek udział.

Generał G przerwał i popatrzył przez długość stołu na przedstawiciela RUMID-u, który znów obojętnie wytrzymał jego spojrzenie.

– A teraz trzeba wybrać organizację, w którą zechcemy uderzyć, a następnie konkretny cel w tej organizacji. Towarzyszu generale broni Wozdwiżenski, ponieważ wy obserwujecie scenę obcego wywiadu z pozycji neutralnych (był to przytyk do powszechnie znanych zawiści dzielących wywiad wojskowy GRU i tajną służbę MGB), może byście dla nas dokonali przeglądu zagadnienia. Chcielibyśmy usłyszeć waszą opinię w kwestii relatywnej ważności zachodnich służb wywiadu. Po czym wybierzemy tę spośród nich, która jest najbardziej niebezpieczna i której byśmy najbardziej chcieli zaszkodzić.

Generał G odchylił się w swoim wysokim fotelu. Łokcie wsparł na poręczach i podbródek na splecionych palcach złączonych dłoni, jak nauczyciel szykujący się do długiego wysłuchiwania uczniowskich odpowiedzi.

Generałowi Wozdwiżenskiemu zadanie to wcale nie było straszne. Spędził trzydzieści lat w wywiadzie, przeważnie za granicą. Za Litwinowa służył jako „portier" w ambasadzie sowieckiej w Londynie. W Nowym Jorku pracował w agencji TASS, po czym wrócił do Londynu, do sowieckiego przedstawicielstwa handlowego Amtorg. Przez pięć lat był attaché wojskowym ambasady w Sztokholmie u sławnej madame Kołłontaj. Pomagał w szkoleniu sowieckiego arcyszpiega Richarda Sorge, zanim ten udał się do Tokio. Podczas wojny był jakiś czas rezydentem wywiadu w Szwajcarii, znanej w żargonie szpiegowskim jako Schmidtland, pomagając tam założyć sensacyjnie udaną, choć tragicznie nadużywaną sieć „Lucy". Kilkakrotnie wyprawiał się nawet do Niemiec jako kurier tak zwanej Rote Kapelle i omal nie został zlikwidowany razem z nią. A po wojnie, przeniesiony do Ministerstwa Spraw Zagranicznych, tkwił głęboko w operacji Burgess i Maclean oraz w niezliczonych innych intrygach zmierzających do penetracji zachodnich ministerstw spraw zagranicznych. Był więc profesjonalnym szpiegiem do szpiku kości, wyśmienicie przygotowanym do wyrażania opinii o swoich rywalach, z którymi krzyżował szpady przez całe życie.

Towarzyszący mu adiutant nie czuł się tak pewnie. Reagował nerwowo na fakt, że RUMID jest w ten sposób przyparty do ściany bez dokładnych instrukcji z wydziału.

Wymiótł zatem swój umysł do czysta i tylko wyostrzył słuch na każde wypowiadane słowo.

– W tej kwestii – zauważył ostrożnie generał Wozdwiżenski – nie wolno mylić człowieka z urzędem. Każdy kraj miewa dobrych szpiegów i nie zawsze największe kraje mają ich najwięcej albo najlepszych. Ale tajne służby są kosztowne i małych krajów nie stać na skoordynowany wysiłek, jakiego wymaga dobry wywiad: zespoły sporządzające fałszerstwa, sieć radiowa, archiwizacja, wreszcie aparat analityczny, który ocenia i porównuje raporty od agentów. Norwegia, Holandia, Belgia i nawet Portugalia mają poszczególnych agentów, którzy mogliby nam sprawiać wiele kłopotu, gdyby te kraje znały wartość ich raportów lub czyniły z nich dobry użytek. Ale nie robią tego. Zamiast przekazywać informacje większym od siebie, wolą siedzieć na nich w poczuciu swej ważności. Dlatego nie musimy się troszczyć o te małe kraje – tu zrobił pauzę – póki nie dojdziemy do Szwecji. Oni szpiegują nas od wieków. W sprawach bałtyckich zawsze byli poinformowani lepiej niż Finlandia czy nawet Niemcy. Więc są niebezpieczni. Chciałbym położyć kres ich działalności.

Generał G przerwał mu.

– Towarzyszu, w Szwecji ciągle mają jakieś afery szpiegowskie. Jeden więcej skandal nie zwróci uwagi świata. Ale słucham dalej.

– Włochy można sobie darować – podjął generał Wozdwiżenski, jak gdyby nie zauważył, że mu przerwano. – Sprytni są i aktywni, owszem, ale nie wyrządzają nam szkody. Interesuje ich tylko własne podwórko, śródziemnomorskie. To samo dotyczy Hiszpanii, z tą różnicą, że ich kontrwywiad jest wielką przeszkodą dla Partii. Wielu dobrych ludzi straciliśmy przez tych faszystów. Ale podjęcie przeciw nim jakiejś operacji zapewne kosztowałoby nas jeszcze więcej ludzi. A skutek byłby niewielki. Oni jeszcze nie dojrzeli do rewolucji. We Francji, chociaż przeniknęliśmy już do większości ich służb, Deuxième Bureau ciągle pozostaje sprytne i niebezpieczne. Na jego czele stoi niejaki Mathis. Mianował go Mendès-France. On byłby kuszący jako cel. A operować we Francji byłoby łatwo.

– Francja da sobie radę – skomentował generał G.

– Anglia to zupełnie inna sprawa. Myślę, że wszyscy odczuwamy respekt dla Intelligence Service. – Generał Wozdwiżenski powiódł spojrzeniem wokół stołu. Przytaknęli mu z niechęcią wszyscy obecni, nie wyłączając generała G. – Ich służba bezpieczeństwa jest znakomita. Ponieważ jest wyspą, Anglia odnosi z tego duże korzyści, jeśli chodzi o jej bezpieczeństwo, a tak zwane MI5 zatrudnia ludzi mających dobre wykształcenie i dobre mózgi. Jeszcze lepsza jest Secret Service. Mają nie byle jakie sukcesy. W operacjach pewnego typu ciągle przekonujemy się, że nas wyprzedzili. Mają dobrych agentów. Niedużo im płacą – zaledwie odpowiednik tysiąca czy dwóch tysięcy rubli miesięcznie – mimo to służą z oddaniem. Jednak ci agenci nie mają w Anglii żadnych szczególnych przywilejów ani ulg podatkowych, nawet specjalnych sklepów, jak u nas, w których mogliby tanio kupować. Ich pozycja społeczna za granicą nie jest wysoka, ich małżonki uchodzą za żony podrzędnych urzędników. Rzadko bywają przedstawiani do odznaczenia, chyba że na emeryturze. A jednak ci mężczyźni i te kobiety trzymają się swej niebezpiecznej pracy. Aż dziwne. Może to tradycja *public schools* i uniwersytetów. Zamiłowanie do przygód. Niemniej osobliwe jest, że tak dobrze zagrywają, bo nie należą przecież do urodzonych konspiratorów. – Generał Wozdwiżenski wyczuł, że jego uwagi mogą być uznane za zbyt pochwalne. Czym prędzej opatrzył je zastrzeżeniem. – Oczywiście większa część ich siły to mitologia: mit Scotland Yardu, mit Sherlocka Holmesa, mit Secret Service. Z pewnością nie musimy się obawiać tych dżentelmenów. Jednakże ten mit jest przeszkodą, którą należałoby usunąć.

– A co z Amerykanami? – Generał G pośpiesznie uciął podjętą przez Wozdwiżenskiego próbę umniejszenia swych pochwał ku czci brytyjskiego wywiadu. Przyjdzie czas, że ten kawałek o tradycjach *public schools* i uniwersytetów nieźle zabrzmi dla sądu. A teraz, miał nadzieję generał G, Wozdwiżenski powie, że Pentagon jest mocniejszy od Kremla.

– Spośród naszych wrogów Amerykanie mają służbę największą i najbogatszą. Pod względem technicznym, jak radio, broń i wyposażenie, są najlepsi. Lecz brakuje im zrozumienia dla tej roboty. Podniecają się jakimś bałkańskim szpiegiem, który powie im, że ma tajną armię na Ukrainie. Pchają w niego pieniądze na zakup butów dla tej armii. A on natychmiast jedzie, rozumie się, do Paryża i przepuszcza tę forsę na kobiety. Amerykanie usiłują wszystko załatwiać za pomocą pieniędzy. Dobry szpieg nie będzie pracował za same pieniądze – tylko marny szpieg – a takich Amerykanie mają całe dywizje.

– Miewają sukcesy, towarzyszu – wtrącił generał G jedwabiście. – Może ich nie doceniacie.

Generał Wozdwiżenski wzruszył ramionami.

– Muszą miewać sukcesy, towarzyszu generale. Nie da się zasiewać milionów i nie zebrać ani jednego kartofla. Osobiście nie sądzę, by uwaga tej konferencji musiała skupiać się na Amerykanach. – Szef RUMID-u odchylił się na oparcie i od niechcenia wyjął papierośnicę.

– Bardzo interesujący wywód – oświadczył chłodno generał G. – Towarzysz generał Sławin?

Generał Sławin z GRU nie zamierzał angażować się na rzecz Sztabu Generalnego Armii.

– Z ciekawością wysłuchałem towarzysza generała Wozdwiżenskiego. Nie mam nic do dodania.

Pułkownik Bezpieczeństwa Państwowego Nikitin z MGB poczuł, że nie będzie wielkiej szkody, jeżeli pokaże, iż GRU jest za głupie, aby w ogóle mieć jakieś pomysły, a równocześnie wystąpi ze skromną sugestią, najprawdopodobniej zgodną z wewnętrznymi odczuciami zebranych: i zapewne to właśnie generał G ma na języku. Poza tym pułkownik Nikitin wiedział, że ze względu na propozycję zgłoszoną przez Prezydium sowiecka tajna służba również go poprze.

– Proponuję, aby celem akcji terrorystycznej stała się angielska Secret Service – rzekł stanowczo. – Czort mi świadkiem, że mój wydział wcale nie uważa jej za godnego przeciwnika, ale w tej nieszczególnej kompanii są jednak najlepsi.

Generała G zirytowała pewność siebie, przebijająca w głosie Nikitina, oraz fakt, że podkradł mu to, czym zamierzał grzmotnąć, gdyż on także chciał w podsumowaniu wypowiedzieć się za operacją wymierzoną w Brytyjczyków. Postukał z lekka zapalniczką w biurko dla przypomnienia, kto tu przewodniczy.

– A więc zgadzamy się, towarzysze? Akt terroryzmu wymierzony przeciw brytyjskiej Secret Service?

Wszyscy zgromadzeni wokół stołu odpowiedzieli powściągliwym, niespiesznym skinięciem głów.

– Zgoda. A teraz konkretny cel w tej organizacji. Przypominam sobie, że towarzysz generał Wozdwiżenski mówił coś o micie, na którym w znacznej mierze polega rzekoma potęga tej Secret Service. Jak możemy się przyczynić do obalenia tego mitu i w ten sposób ugodzić w sedno sił napędzających tę organizację? Gdzie skupia się ta legenda?

Nie możemy zniszczyć jednym uderzeniem całego ich personelu. Czy skupia się ona w ich szefie? Kto jest szefem brytyjskiej Secret Service?

Adiutant pułkownika Nikitina szepnął mu coś na ucho. Pułkownik Nikitin uznał, że na to pytanie mógłby i chyba powinien odpowiedzieć.

– Jest nim pewien admirał. Znany jako M. Mamy zapiskę na jego temat, ale jest w niej niewiele. Pije niedużo. Na kobiety za stary. Publika nie wie o jego istnieniu. Trudno byłoby zbudować skandal na jego śmierci. A zabicie go nie poszłoby łatwo. Rzadko wyjeżdża za granicę. Zastrzelić go na ulicy w Londynie? To nie byłoby wyrafinowane.

– Jest wiele słuszności w tym, co mówicie, towarzyszu – przemówił generał G. – Ale myśmy się tu zebrali, żeby znaleźć cel, który *spełni* nasze wymagania. Czy ta organizacja nie ma swojego bohatera? Kogoś otoczonego podziwem, kogoś, czyja niechlubna likwidacja wywoła wstrząs? Mity budowane są na bohaterskich czynach i bohaterskich ludziach. Czyżby nie mieli takich ludzi?

Wokół stołu zapadło milczenie. Wszyscy szukali w pamięci. Tyle nazwisk do zapamiętania, tyle dokumentów, tyle akcji toczących się codziennie na całym świecie. Kto tam jest w tej brytyjskiej Secret Service? Kim jest ten człowiek, który...?

Pułkownik Nikitin z MGB przerwał to kłopotliwe milczenie.

Odezwał się z wahaniem:

– Jest tam niejaki Bond.

VI Wyrok śmierci

– Job waszu mať! – Generał G lubował się w plugawych wyzwiskach. Jego dłoń walnęła w biurko. – No pewnie, towarzyszu, że jest tam „niejaki Bond", jak żeście to ujęli. – Głos jego brzmiał sarkastycznie. – James Bond. (On to wymawiał „Żems Buont".) A nikomu, mnie samego nie wyłączając, nazwisko tego szpiega nie przyszło do głowy! Rzeczywiście pamięć nas zawodzi. Nic dziwnego, że *apparát* naszego wywiadu aż się prosi o krytykę.

Generał porucznik Wozdwiżenski uznał, że wypada mu bronić siebie i swojego wydziału.

– Wrogów ZSRR jest nieprzebrana liczba, towarzyszu generale – zaprotestował. – Kiedy potrzebuję ich nazwisk, każę się o nie zwrócić do centralnego archiwum. Oczywiście, że znam nazwisko tego Bonda. Sprawiał nam przy różnych okazjach wiele kłopotu. Ale dzisiaj mam głowę pełną innych nazwisk: ludzi sprawiających nam kłopot dzisiejszego dnia, w tym tygodniu. Interesuję się piłką nożną, ale z nazwiska nie pamiętam każdego cudzoziemca, jaki strzelił gola naszemu Dynamo.

– Raczycie żartować, towarzyszu – odparł generał G, aby podkreślić ten niestosowny komentarz. – To jest *poważna* sprawa. Ja na przykład uznaję swój błąd, że nie pamiętałem nazwiska tak osławionego agenta. Towarzysz pułkownik Nikitin z pewnością jeszcze bardziej odświeży nam pamięć, ale ja przypominam sobie, że ten Bond co najmniej dwukrotnie pokrzyżował działania Smierszu. Te zdarzenia miały miejsce – podkreślił – zanim ja objąłem kierownictwo tego wydziału. Najpierw ta historia we Francji, w mieście Casino. Facet się nazywał Le Chiffre. Znakomity przywódca partii francuskiej. Przez głupotę wpakował się w jakieś kłopoty finansowe. Ale wyplątałby się z nich, gdyby się tym nie zajął ów Bond. Przypominam sobie, że wydział był zmuszony szybko zadziałać i zlikwidować tego Francuza. Egzekutor powinien był równocześnie załatwić Anglika, ale nie zrobił tego. A później ten nasz Murzyn w Harlemie. Wielki człowiek – jeden z największych cudzoziemskich agentów, jakich kiedykolwiek zatrudniliśmy – i mający pod sobą rozległą siatkę. Chodziło tam o jakiś skarb na Karaibach. Nie pamiętam szczegółów. Anglik został odkomenderowany przez Secret Service i rozwalił całą organizację, a naszego człowieka zabił. Ogromny krok do tyłu. Tu również mój poprzednik powinien był bezlitośnie rozprawić się z tym angielskim szpiegiem.

– Mieliśmy podobne doświadczenie – wtrącił się pułkownik Nikitin – z tym Niemcem o nazwisku Drax i rakietą. Przypomnijcie sobie, towarzyszu generale. Ogromnie ważna operacja. Mocno zaangażowany w nią był Sztab Generalny. Kwestia wielkiej polityki, która mogła się okazać nadzwyczaj owocna. Ale i tę operację sparaliżował ów Bond. Niemiec został zabity. I wynikły stąd ciężkie konsekwencje dla państwa. Nastąpił okres bardzo poważnych komplikacji, które z trudem udało się rozwiązać.

Tu generał Sławin z GRU poczuł, że wypada mu coś powiedzieć.

– Sprawa rakiety była operacją wojskową, a cały blamaż zwalono na GRU. Nikitin był tego doskonale świadom. Jak zwykle MGB próbuje narobić kłopotów GRU, odgrzewając w ten sposób starą historię. – Prosiliśmy, aby tym człowiekiem zajął się wasz departament, towarzyszu pułkowniku – odezwał się lodowato. – Nie przypominam sobie, aby nasza prośba spowodowała jakiekolwiek działanie z waszej strony. W przeciwnym razie nie musielibyśmy się nim dzisiaj zajmować.

Nikitinowi zatętniło w skroniach z wściekłości. Opanował się.

– Z całym należnym szacunkiem, towarzyszu generale – przemówił głośno i jadowicie – żądanie GRU nie zostało potwierdzone przez władze wyższe. Dalsza kompromitacja wobec Anglii nie była pożądana. Może ten szczegół umknął waszej pamięci. W każdym razie, gdyby takie polecenie dotarło do MGB, przekazano by je Smierszowi do wykonania.

– Mój departament nie otrzymał takiego polecenia – stwierdził ostro generał G. – W przeciwnym razie szybko nastąpiłaby egzekucja tego człowieka. Nie czas jednak na badania historyczne. Sprawa z rakietą miała miejsce trzy lata temu. Może MGB umiałoby nam coś powiedzieć o nowszej działalności tego człowieka.

Pułkownik Nikitin szybko poszeptał ze swym adiutantem. Znowu zwrócił się do całego stołu.

– Mamy bardzo niewiele późniejszych informacji, towarzyszu generale – rzekł defensywnie. – Przypuszczamy, że był zamieszany w jakąś sprawę przemytu diamentów. W ubiegłym roku. Pomiędzy Afryką i Ameryką. Ta sprawa nas nie dotyczyła. Od tamtej pory nie mamy o nim dalszych wiadomości. Może jakieś nowsze znajdą się w jego teczce.

Generał G kiwnął głową. Podniósł słuchawkę najbliżej stojącego telefonu. Bezpośredniego telefonu do MGB, łączącego na wszystkich liniach bez centralki. Wykręcił numer.

– Centralne archiwum? Tu generał Grubozabojszczikow. Zapiska pod angielski szpieg „Bond". Pilne. – Z miejsca usłyszał: – Natychmiast, towarzyszu generale! – i odłożył słuchawkę. Ogarnął stół władczym spojrzeniem. – Towarzysze, pod wieloma względami ten szpieg wydaje się odpowiednim celem. Wygląda mi na niebezpiecznego wroga naszego państwa. Jego likwidacja będzie korzystna dla wszystkich departamentów naszego *apparata*. Czy tak?

Zgromadzenie chrząknęło potakująco.

– A więc jego utratę Secret Service odczuje. Ale czy jest coś więcej? Czy to przyniesie im poważny uszczerbek? Czy pomoże zniszczyć mit, o którym mówiliśmy? Czy ten osobnik jest bohaterem dla swojej organizacji i swego kraju?

Generał Wozdwiżenski uznał to pytanie za zwrócone do siebie. Przemówił:

– Anglików nie obchodzą bohaterowie, chyba że są to piłkarze, gracze w krykieta lub dżokeje. Jeśli ktoś wdrapie się na górę albo bardzo szybko biega, również jest bohaterem dla niektórych, ale już nie w skali masowej. Królowa angielska też zalicza się do bohaterów, jak i Churchill. Lecz wojskowi bohaterowie Anglików niezbyt interesują. Publika nie zna tego Bonda. Gdyby go znała, też nie byłby jeszcze bohaterem. W Anglii ani otwarta wojna, ani tajna, nie zaliczają się do bohaterskich. Oni nie lubią myśleć o wojnie, a po wojnie nazwiska ich bohaterów idą w niepamięć najprędzej jak to możliwe. W samej Secret Service ten facet może być lokalnym bohaterem albo nie być nim. Będzie to zależeć od jego wyglądu i cech osobistych. O tych niczego nie wiem. Może to być tłusty, niemiły grubas. Takiego nikt nie uzna za bohatera, choćby miał nie wiem jakie osiągnięcia.

Tu wtrącił się Nikitin.

– Schwytani przez nas angielscy szpiedzy wyrażali się o nim w superlatywach. W swojej organizacji niewątpliwie jest bardzo podziwiany. Mówią, że to samotny wilk, ale przystojny.

Cicho zabrzęczał wewnętrzny telefon. Generał G sięgnął po słuchawkę, chwilę posłuchał i rzekł: „Przynieście". Zapukano do drzwi. Wszedł adiutant z grubym plikiem kartonowych teczek. Przeszedł przez pokój i położywszy je przed generałem, wyszedł, po cichu zamykając za sobą drzwi.

Plik mieścił się w połyskliwej czarnej okładce. Szeroki biały pas przebiegał od górnego prawego rogu do lewego dolnego. U góry po lewej widniały białe litery CC, a pod nimi SOWIERSZENNO SIEKRIETNO, czyli *Ściśle Tajne*. Przez środek biegł staranny biały napis JAMES BOND, a pod nim: ANGLIJSKIJ SZPION.

Generał G rozłożył plik i wyjął dużą kopertę zawierającą fotografie, które wytrząsnął na szklaną powierzchnię biurka. Brał do ręki jedną po drugiej. Przyglądał im się uważnie, czasami przez szkło powiększające, które wyjął z szuflady, i podawał przez biurko Nikitinowi, który spoglądał na nie i podawał dalej.

Pierwsze zdjęcie nosiło datę 1946. Widniał na nim ciemnowłosy młody mężczyzna, siedzący przy stoliku przed zalaną słońcem kawiarnią. Przy nim stały wysoka szklanka i syfon z wodą sodową. Prawe przedramię oparł na stoliku i trzymał papierosa w palcach prawej dłoni zwisającej niedbale z brzegu stolika. Nogi miał założone w ów specyficznie angielski sposób, z prawą kostką na lewym kolanie i lewą dłonią trzymającą za kostkę. W niedbałej pozie. Nie wiedział, że go fotografują z odległości około sześciu metrów.

Następne zdjęcie z datą 1950. Tylko twarz i ramiona, trochę nieostre, ale człowiek ten sam. Zbliżenie, na którym Bond bacznie zwężonymi oczyma spoglądał na coś, prawdopodobnie na twarz fotografa, tuż nad obiektywem. Miniaturowa kamera w dziurce od guzika, domyślił się generał G.

Trzecie z 1951 roku. Z lewej strony, z bliska, ukazywało tegoż mężczyznę w ciemnym garniturze, bez kapelusza, idącego szeroką pustą ulicą. Mijał sklep z opuszczonymi żaluzjami i szyldem CHARCUTERIE. Wyglądało, że się gdzieś śpieszy. Wyrazisty profil zwrócony wprost przed siebie i zgięcie prawego łokcia sugerowały, że prawą dłoń trzyma w kieszeni marynarki. Generał G pomyślał, że zdjęcie robiono chyba z samochodu, że stanowczy wygląd mężczyzny i zdecydowane pochylenie kroczącej sylwetki wyglądają niebezpiecznie, jak gdyby pośpieszał w stronę czegoś niedobrego, co dzieje się w dalszej części ulicy.

Czwarte i ostatnie zdjęcie podpisano *Passe. 1953*. W dolnym prawym rogu widniał brzeg pieczęci królewskiej i litery REIGN OFFICE w wycinku koła. Zdjęcie, powiększone do formatu gabinetowego, najwidoczniej zrobiono na granicy albo u konsjerżki w hotelu, gdzie Bond zostawił swój paszport. Generał G dokładnie obejrzał twarz przez szkło powiększające.

Smagła, wyrazista twarz z białawą, siedmiocentymetrową blizną na opalonej skórze prawego policzka. Oczy szeroko rozstawione i prosto patrzące spod równych, dosyć długich i czarnych brwi. Włosy czarne, z przedziałkiem po lewej stronie, niedbale zaczesane, tak że gruby czarny kosmyk spadał na prawą brew. Prosty i dosyć długi nos ponad krótką górną wargą, a pod nią szerokie usta o delikatnym wykroju, lecz okrutne. Zarys szczęki prosty i mocny. Obrazu dopełniał fragment ciemnego garnituru, białej koszuli i czarnego plecionego krawata.

Generał G przyjrzał się fotografii na wyciągnięcie ręki. Stanowczy, pewny siebie, bezwzględny – to widać. Nie obchodziło go, co jeszcze dzieje się w tym człowieku. Puścił zdjęcie w obieg i wrócił do akt, przebiegając szybko wzrokiem każdą stronę i kolejno je przerzucając.

Zdjęcia wróciły do niego. Palcem założył miejsce i podniósł na chwilę wzrok.

– Wygląda na wrednego typa – rzekł posępnie. – Jego życiorys to potwierdza. Odczytam parę kawałków. Potem trzeba będzie zdecydować. Robi się późno. – Wrócił do pierwszej strony i zaczął w ostrym tempie odczytywać to, na co zwrócił uwagę.

– Imię: James. Wzrost: sto osiemdziesiąt trzy centymetry. Waga: siedemdziesiąt sześć kilo. Budowa szczupła. Oczy niebieskie. Włosy czarne. Blizna na prawym policzku i na lewym ramieniu. Ślady po chirurgii plastycznej na grzbiecie prawej dłoni (patrz załącznik A). Wszechstronny sportowiec. Doskonały w strzelaniu z pistoletu, w boksie, w rzucaniu nożem. Nie używa przebrań. Języki obce: francuski i niemiecki. Dużo pali (notabene specjalne papierosy z trzema złotymi paskami). Nałogi: pije, ale nie w nadmiarze; kobiety. Uważa się, że nie bierze łapówek.

Generał G przerzucił stronę i podjął:

– Stale uzbrojony w pistolet automatyczny Beretta kalibru .25, noszony w kaburze pod lewą pachą. W magazynku osiem naboi. Stwierdzano, że nosi nóż pod opaską na lewym przedramieniu. Używał obuwia ze stalowymi noskami. Zna podstawowe chwyty dżudo. Na ogół zacięty w walce i bardzo wytrzymały na ból (patrz załącznik B).

Generał G przekartkował dalej, odczytując fragmenty z raportów, na których oparto te dane. Doszedł do ostatniej strony poprzedzającej załączniki, ze szczegółami spraw, w których raportujący agenci zetknęli się z Bondem. Przebiegł wzrokiem do końca i odczytał:

– Wnioski. Niebezpieczny zawodowy terrorysta i szpieg. Pracuje dla brytyjskiej Secret Service od 1938 roku i nosi w niej obecnie (patrz raport Highsmitha z grudnia 1950) tajny numer zero zero siedem. Podwójne zero oznacza agenta, który zabijał i ma przywilej zabijania w czynnej służbie. Uważa się, że oprócz niego uprawnienie to ma jeszcze tylko dwóch brytyjskich agentów. Miarą jego wartości jest fakt, że otrzymał w 1953 roku order C.M.G., zwykle przyznawany tylko przy odejściu z Secret Serice. W razie zetknięcia się w terenie, należy ten fakt i wszystkie szczegóły raportować do centrali (patrz stałe dyrektywy Smiersz, MGB i GRU od 1951 roku).

Generał G zamknął akta i stanowczo uderzył dłonią po okładce.

– A więc, towarzysze. Zgadzamy się?

– Tak – rzekł głośno pułkownik Nikitin.

– Tak – znudzonym głosem powiedział generał Sławin.

Generał Wozdwiżenski oglądał sobie paznokcie. Miał już dość mordowania. Podobało mu się w Anglii.

– Tak – odparł. – Chyba tak.

Dłoń generała G sięgnęła po wewnętrzny telefon. Przemówił do swego adiutanta.

– Wyrok śmierci – rzekł ostro. – Na nazwisko „James Bond". – Przeliterował. – Charakterystyka: *anglijskij szpion*. Przestępstwo: wróg państwa. – Odłożył słuchawkę i nachylił się w fotelu do przodu. – A teraz opracowana zostanie odpowiednia *kanspiracija*. I to bezwzględnie niezawodna! – Uśmiechnął się ponuro. – Nie możemy sobie pozwolić na kolejną sprawę jak z tym Chochłowem.

Drzwi się otworzyły i wszedł adiutant z jaskrawożółtym arkuszem papieru. Położył go przed generałem G i wyszedł. Generał G przebiegł po dokumencie oczyma i napisał: „Zabić. Grubozabojszczikow" u góry dużej wolnej przestrzeni na dole arkusza. Podał papier przedstawicielowi MGB, który przeczytał dokument i dopisawszy: „Zabić go Nikitin", podał przez stół szefowi GRU, który dopisał: „Zabić go. Sławin". Jeden z adiutantów przekazał papier cywilowi siedzącemu obok przedstawiciela RUMID-u. Ten położył go przed generałem Wozdwiżenskim i wręczył mu pióro.

Generał Wozdwiżenski starannie przeczytał dokument. Z wolna podniósł oczy i napotkawszy wzrok generała G, który mu się przyglądał, nie odwracając oczu nagryzmolił mniej więcej pod tamtymi podpisami „Zabić go" i nabazgrał pod tym swoje nazwisko. Po czym odsunął dłonie od dokumentu i powstał.

– Jeżeli to wszystko, towarzyszu generale? – Odsunął swój fotel.

Generał G odczuł satysfakcję. Instynkt go nie zawiódł. Każe śledzić tego człowieka i przekaże swe podejrzenia na ręce generała Sierowa.

– Chwileczkę, towarzyszu generale – powiedział. – Muszę coś jeszcze dopisać do wyroku.

Wręczono mu dokument. Wyjął pióro i zamazał to, co wcześniej napisał. Dokonał ponownego wpisu, wypowiadając powoli, co pisze, słowo po słowie:

– Należy go zabić *w sposób i w okolicznościach hańbiących*. Grubozabojszczikow.

Podniósł oczy i uśmiechnął się mile do zebranych.

– Dziękuję wam, towarzysze. To wszystko. Przekażę wam, co Prezydium postanowi w związku z naszą propozycją. Dobranoc.

Gdy zebrani jeden za drugim wyszli, generał G podniósł się, przeciągnął i głośno, lecz powściągliwie ziewnął. Usiadł znowu przy biurku, wyłączył magnetofon i zadzwonił na swego adiutanta, który wszedł i stanął przy biurku.

Generał G wręczył mu żółty papier.

– Wyślij to natychmiast do generała Sierowa. Dowiedz się, gdzie jest Kronsteen, i każ go przywieźć samochodem. Nie obchodzi mnie, czy leży w łóżku. Ma się stawić, Drugi

Otdieł będzie wiedział, gdzie go szukać. A za dziesięć minut ma być u mnie pułkownik Klebb.

– Tak jest, towarzyszu generale. – Adiutant wyszedł.

Generał G sięgnął po słuchawkę ВЧ i poprosił generała Sierowa. Mówił ściszonym głosem przez pięć minut. Zakończył:

– Teraz przekażę zadanie pułkownikowi Klebb i Kronsteenowi z planowania. Omówimy wytyczne stosownej *kanspiracii*. Na jutro przygotują mi szczegółowe propozycje. Zabić go. Ale żeby to było świetnie przeprowadzone. Prezydium rano zatwierdzi decyzję.

Linia zamilkła. Zadzwonił telefon wewnętrzny. Generał G powiedział do słuchawki: „Tak" i odłożył ją.

Po chwili adiutant otworzył wielkie drzwi i stanął u wejścia.

– Pułkownik Klebb – zaanonsował.

Postać jak ropucha w oliwkowym mundurze, zdobnym tylko czerwoną wstążką orderu Lenina, ukazała się w drzwiach i prędkim, krótkim krokiem podeszła do biurka.

Generał G podniósł oczy i machnięciem ręki wskazał najbliższy fotel przy stole konferencyjnym.

– Dobry wieczór.

– Dobry wieczór, towarzyszu generale. – Żabia twarz rozdziawiła się w słodkim uśmiechu.

Mózg Otdieła 2, Wydziału Operacyjnego i Egzekucyjnego Smierszu, podciągnęła spódnice i usiadła.

VII Czarodziej z Lodu

Dwie tarcze podwójnego zegara w połyskliwej, sklepionej obudowie spoglądały na szachownicę niczym ślepia jakiegoś ogromnego potwora morskiego, który wygląda sponad krawędzi stołu, przypatrując się grze.

Każda z tarcz pokazywała inny czas. Dla Kronsteena zegar wskazywał dwadzieścia minut przed pierwszą. Długie czerwone wahadło odmierzające swym tykaniem sekundy omiatało w urywanym rytmie dolną połowę jego tarczy, natomiast zegar przeciwnika milczał, a jego wahadło zwisało bez ruchu w dół. Lecz zegar Macharowa wskazywał za pięć pierwsza. Zmarnował czas w środku partii i teraz pozostało mu już tylko pięć minut. Znajdował się w fatalnym niedoczasie i jeżeli Kronsteen nie popełni jakiegoś szalonego błędu, co było nie do pomyślenia, to przegrał.

Kronsteen siedział bez ruchu, wyprostowany, nieprzeniknionyjak złośliwa papuga. Z łokciami na stole, z wielką głową wspartą na zaciśniętych pięściach wbitych w policzki, zgniatających wydęte wargi w ryjek wyższości i pogardy. Pod szerokim, wypukłym czołem nieco skośne czarne oczy zwrócone były ze śmiertelnym spokojem w dół, na szachownicę. Ale pod tą maską krew tętniła w prądnicy jego mózgu i gruba jak robal żyła na prawej skroni pulsowała w tempie na dziewięćdziesiąt. Przez ostatnie dwie godziny i dziesięć minut wypocił pół kilo żywej wagi, a widmo fałszywego ruchu wciąż ściskało go jedną dłonią za gardło. Ale dla Macharowa i dla widzów ciągle był „Czarodziejem z Lodu", którego rozgrywki porównywano do człowieka jedzącego rybę. Najpierw ściąga z niej skórę, potem wydłubuje ości, a następnie ją zjada. Kronsteen miał przez dwa kolejne lata mistrzostwo Moskwy, teraz finiszował do trzeciego i jeżeli wygra tę partię, będzie kandydatem na arcymistrza.

W rozlanej wokół nich kałuży milczenia, otaczającej ich odgrodzony linami stolik, nic nie naruszało ciszy prócz głośno stąpającego zegara Kronsteena. Dwaj sędziowie trwali bez ruchu na swoich wysokich krzesłach. Już świadomi, jak Macharow, że to koniec i basta. Kronsteen błyskotliwie odmienił wariant z Merano w odrzuconym gambicie hetmańskim. Macharow nie ustępował mu do dwudziestego ósmego posunięcia. Ten ruch kosztował go stratę czasu. Może tutaj popełnił błąd, a może w trzydziestym pierwszym i trzydziestym trzecim posunięciu. Któż to wie? O tej rozgrywce będzie się po całej Rosji dyskutować przez następne tygodnie.

Westchnienie przeszło po zatłoczonych rzędach amfiteatru wpatrzonych w tę rozgrywkę o mistrzostwo. Kronsteen z wolna oderwał prawą dłoń od policzka i wyciągnął ją ponad szachownicą. Kciuk i palec wskazujący rozwarły się jak kleszcze różowego kraba, opuściły się w dół. Dłoń trzymająca figurę uniosła się, przesunęła w bok, znów poszła w dół. Po czym dłoń powoli wróciła do twarzy.

Widzowie zaszumieli i zaszeptali, widząc na wielkiej ściennej planszy czterdziesty pierwszy ruch powtórzony w przesunięciu jednej z metrowych figur: Wg8. To musi go dobić!

Kronsteen z rozmysłem wyciągnął rękę i nacisnął dźwignię u dołu swego zegara. Czerwone wahadło zamarło. Jego zegar pokazał za kwadrans pierwszą. W tej samej chwili wahadło Macharowa ożyło i zaczęło swe głośne, nieubłagane tykanie.

Kronsteen odchylił się do tyłu. Dłonie położył płasko na stoliku i obrócił zimne spojrzenie na błyszczącą, schyloną twarz człowieka, którego kiszki – o czym wiedział, bo swego czasu też zdarzało mu się przegrywać – skręcają się w udręce jak węgorz wbity na oścień. Macharow, mistrz Gruzji. No cóż, jutro towarzysz Macharow może sobie wracać do Gruzji i tam pozostać. Przynajmniej w tym roku już nie przeprowadzi się z rodziną do Moskwy.

Jakiś mężczyzna w cywilu prześliznął się pod linami i zaszeptał do jednego z sędziów. Wręczył mu białą kopertę. Sędzia potrząsnął głową, wskazując na zegar Macharowa, pokazujący teraz za trzy minuty pierwszą. Cywil wyszeptał jedno krótkie zdanie, po którym sędzia posępnie schylił głowę. Ujął ręczny dzwonek i brzdąknął.

– Nadeszła pilna osobista wiadomość dla towarzysza Kronsteena – ogłosił przez mikrofon. – Trzy minuty przerwy.

Sala zamamrotała. Choć Macharow grzecznie podniósł oczy znad szachownicy i siedział bez ruchu, wpatrzony w zakamarki wysokiego, sklepionego sufitu, widzowie byli świadomi, że w mózgu ma wyryty obraz gry. Trzy minuty przerwy oznaczały po prostu dodatkowe trzy minuty na korzyść Macharowa.

Kronsteen poczuł to samo dźgnięcie irytacji, ale jego twarz pozostała bez wyrazu, gdy sędzia schodził z wysokiego krzesła i wręczał mu zwykłą, niezaopatrzoną w adres kopertę. Kronsteen rozdarł ją kciukiem i wydobył anonimową kartkę, gdzie na maszynie wypisano tak dobrze znanymi mu dużymi literami: WZYWA SIĘ WAS NATYCHMIAST. Bez podpisu i bez adresu.

Kronsteen złożył kartkę i starannie schował ją do wewnętrznej kieszeni na piersi. Później wydobędzie ją i zniszczy. Spojrzał w twarz cywilowi stojącemu przy sędzi. Ten przyglądał mu się niecierpliwie, rozkazująco. Do diabła z nimi, pomyślał Kronsteen. Nie podda się na trzy minuty przed końcem. To nie do pomyślenia. Obelga dla narodowego sportu. Ale dając gestem znać sędziemu, że można podjąć grę, dygotał wewnętrznie i unikał wzroku cywila, który wciąż stał, znieruchomiały w napięciu, wewnątrz lin.

Dzwonek brzęknął.

– Partia wznowiona.

Macharow z wolna pochylił głowę. Wskazówka na jego zegarze minęła godzinę i szła dalej.

Kronsteen wciąż dygotał wewnętrznie. To, co zrobił, było niesłychane jak na zatrudnionego przez Smiersz albo którąkolwiek z państwowych agencji. Na pewno złożą na niego raport. Ciężkie nieposłuszeństwo. Zaniedbanie obowiązków. Jakie mogą być konsekwencje? W najlepszym razie obruganie przez generała G i czarna krecha w aktach. A w najgorszym? Kronsteen nie wyobrażał sobie. Nie chciał o tym myśleć. Cokolwiek się zdarzy, smak zwycięstwa w ustach przemienił się w gorycz.

Ale na razie koniec. Kiedy na zegarze zostało mu pięć sekund, Macharow podniósł udręczone oczy nie wyżej niż do poziomu odętych warg przeciwnika i pochylił głowę w krótkim, formalnym skłonie poddania się. Na podwójne brzągnięcie dzwonka sędziego zatłoczona sala podniosła się na nogi z grzmotem oklasków.

Kronsteen wstał, skłonił się swemu przeciwnikowi, sędziom i na koniec, głęboko, widzom. Po czym, z cywilem tuż za sobą, schyliwszy się poniżej lin, chłodno i brutalnie przepchał się przez hałaśliwą ciżbę swych wielbicieli w stronę głównego wyjścia.

Przed halą sportową, pośrodku szerokiej ulicy Puszkina, stała na pracującym silniku, jak zwykle, czarna limuzyna marki ZIŁ. Kronsteen zajął miejsce z tyłu i zatrzasnął drzwi. Ledwie cywil wskoczył na stopień i wcisnął się na przednie miejsce, kierowca wrzucił ze zgrzytem bieg i samochód pognał ulicą.

Kronsteen wiedział, że tłumaczenie się cywilowi byłoby stratą czasu. A także naruszeniem dyscypliny. Bądź co bądź jest szefem wydziału planowania w Smierszu, w honorowej randze pułkownika. Może da radę z tego wybrnąć z pomocą argumentów. Gapił się przez okno na ciemne ulice, już mokre od nocnego sprzątania, i przestawiał umysł na obronę. Wpadli na prostą ulicę, u której kresu księżyc pośpiesznie przemknął między cebulastymi wieżami Kremla, i już byli na miejscu.

Kiedy strażnik przekazywał Kronsteena adiutantowi, wręczył mu też świstek papieru. Adiutant zerknął nań i zimno przyjrzał się Kronsteenowi z na wpół uniesionymi brwiami. Kronsteen odpowiedział mu spokojnym spojrzeniem, w ogóle się nie odzywając. Adiutant wzruszył ramionami, sięgnął po telefon i zaanonsował go.

Kiedy weszli do dużego pokoju, Kronsteenowi wskazano krzesło i skinieniem głowy odpowiedział na krótki, obrzmiały uśmiech Towarzyszki pułkownik Klebb, adiutant podszedł do generała G i podał mu tę kartkę. Generał przeczytał ją i popatrzył twardo na Kronsteena. Adiutant skierował się ku drzwiom i wyszedł, a generał wciąż nie spuszczał oczu z Kronsteena. Gdy drzwi się zamknęły, generał G otworzył usta i rzekł z cicha:

– No, towarzyszu?

Kronsteen był spokojny. Jego opowieść przemówi do rozmówcy. Odezwał się nie za głośno i z dużą pewnością siebie.

– Dla publiczności, towarzyszu generale, jestem profesjonalnym szachistą. Dzisiejszego wieczora zostałem na trzeci kolejny rok mistrzem Moskwy. Gdyby dano mi znać na trzy minuty przed końcem, że pod drzwiami do hali sportowej ktoś morduje właśnie moją żonę, nie kiwnąłbym palcem, by ją ratować. Moja publiczność wie o tym. Są pochłonięci grą tak samo jak ja. Dziś wieczór, gdybym zaprzepaścił tę rozgrywkę i wyszedł natychmiast po otrzymaniu tej wiadomości, pięć tysięcy ludzi zrozumiałoby, że mogło się to stać wyłącznie na rozkaz z takiego wydziału jak nasz. Nastąpiłaby lawina plotek. Odtąd każde moje wejście i wyjście byłyby obserwowane pod tym kątem widzenia. Byłby to koniec mojego sekretu. Opóźniłem wykonanie rozkazu o trzy minuty dla dobra państwowego bezpieczeństwa. Mimo to moje pośpieszne wyjście spowoduje mnóstwo komentarzy. Będę musiał usprawiedliwiać się, że któreś z moich dzieci poważnie zachorowało. Celem podtrzymania tej wersji muszę umieścić któreś dziecko na tydzień w szpitalu. Bardzo przepraszam za zwłokę w wykonaniu rozkazu. Ale była to trudna decyzja. Zrobiłem, co wydało mi się najlepsze dla dobra naszego wydziału.

Generał G z namysłem patrzył w ciemne, cokolwiek skośne oczy. Zawinił, ale dobrze się broni. Przeczytał jeszcze raz kartkę, jak gdyby ważąc rozmiar wykroczenia, po czym wyjął zapalniczkę i podpalił kartkę. Ostatni dopalający się rożek upuścił na szklany wierzch biurka i popiół zdmuchnął w bok na podłogę. Nie ujawnił, co myśli, ale dla Kronsteena liczyło się tylko spalenie dowodu winy. Teraz już nic nie może trafić do jego akt. Poczuł wielką ulgę i wdzięczność. Włoży w bieżącą sprawę całą swą pomysłowość. Generał potraktował go nadzwyczaj wyrozumiale. Kronsteen odpłaci mu się w pełnej monecie swego umysłu.

– Proszę podać mi fotografie, towarzyszu pułkowniku – rzekł generał G, jak gdyby w ogóle się nie odbył ten krótki sąd wojskowy. Sprawa jest następująca...

A więc kolejna śmierć, pomyślał Kronsteen, kiedy generał mówił, a on się wpatrywał w smagłą, bezlitosną twarz, patrzącą mu w oczy z powiększonego zdjęcia paszportowego. Połowę swej uwagi wkładając w to, co mówi generał, przyswajał istotne fakty: angielski szpieg. Pożądany jak największy skandal. Bez żadnego udziału Sowietów. Zawodowy morderca. Słabość do kobiet (więc nie homo, pomyślał Kronsteen). Pije (ale nic o narkotykach). Nieprzekupny (kto wie? każdy człowiek ma swoją cenę). Koszta nie grają roli. Sprzęt i ludzi, ile tylko trzeba, zapewnią wszystkie departamenty wywiadu. Trzy miesiące na wykonanie zadania. Ogólne koncepcje wymagane natychmiast. Szczegóły później dopracować.

Generał G skupił swe przenikliwe spojrzenie na towarzyszce pułkownik Klebb.

– Wasze pierwsze wnioski, towarzyszko?

Prostokątne szkła jej nieoprawnych w metal okularów błysnęły w świetle żyrandola, kiedy wyprostowała się ze skupionego pochylenia i spojrzała przez biurko na generała. Blade, wilgotne wargi pod żółtawo połyskującym od nikotyny meszkiem nad ustami rozstąpiły się i zaczęły pośpiesznie kłapać, kiedy wyrażała swoje poglądy. Dla Kronsteena, patrzącego na jej twarz po drugiej stronie stołu, monotonne, pozbawione wyrazu kłapanie tych warg było jak trajkotanie marionetki.

Głos był ochrypły, płaski, wyprany z emocji.

– ...przypomina poniekąd sprawę Stolzenberga. Jeżeli ją pamiętacie, towarzyszu generale, tam też chodziło o pozbawienie reputacji, a nie tylko życia. W owym wypadku sprawa była prosta. Ten szpieg był równocześnie zboczeńcem. Przypomnijcie sobie...

Kronsteen przestał słuchać. Znał wszystkie te sprawy. Większość sam zaplanował i poukładane były w jego pamięci analogicznie do gambitów szachowych. Wpatrywał się natomiast, zamknąwszy uszy, w gębę tej okropnej baby i zastanawiał się od niechcenia, jak długo jeszcze ona przetrwa na swej robocie; jak długo jeszcze on będzie zmuszony z nią pracować?

Okropnej?

Kronsteena nie interesowały istoty ludzkie, nie wyłączając jego własnych dzieci. W jego słowniku nie figurowały też pojęcia „dobra" i „zła". Dla niego wszyscy ludzie byli jak bierki szachowe. Interesowały go tylko ich reakcje na posunięcia innych bierek. Ażeby przewidzieć ich reakcje, na czym polegała większa część jego roboty, trzeba rozumieć ich osobiste właściwości. Ich podstawowe instynkty są niezmienne. Instynkt samozachowawczy, seks oraz instynkt stadny – w tej kolejności. Temperament mogą mieć sangwiniczny, flegmatyczny, choleryczny lub melancholiczny. Temperament jednostki w przeważającej części określa relatywną siłę jej emocji oraz sentymentów. Charakter w znacznym stopniu zależy od wychowania oraz – cokolwiek by o tym sądzili Pawłow i behawioryści – w pewnej mierze od charakteru rodziców. Poza tym, oczywiście, życie i zachowanie ludzi jest częściowo uzależnione od ich fizycznych sił i słabości.

W tych podstawowych kategoriach myślenia, mając je za ustalone w podświadomości tło, zimny mózg Kronsteena rozpatrywał niewiastę siedzącą po drugiej stronie stołu. Podsumowania tego dokonywał już po raz setny, ale teraz czekały ich tygodnie współpracy i warto było je odświeżyć w pamięci, aby uniknąć zaskoczenia, jakim może być nagłe wtargnięcie elementu ludzkiego.

Oczywiście Roza Klebb ma silną wolę przetrwania, w przeciwnym razie nie stałaby się jedną z najpotężniejszych kobiet w Sowietach, i budzącą największy strach. Jej kariera, jak pamiętał Kronsteen, zaczęła się od hiszpańskiej wojny domowej. Po czym, jako podwójna agentka w POUM

– czyli pracująca zarówno dla OGPU w Moskwie, jak i dla komunistycznego wywiadu w Hiszpanii – była prawą ręką i podobno czymś w rodzaju kochanki dla swego szefa, którym był osławiony Andreas Nin. Pracowała z nim w latach 1935–1937. Po czym zamordowano go na rozkaz Moskwy, a wedle pogłosek to ona go zamordowała. Czy to prawda, czy nie, w każdym razie od tej pory awansowała na drabinie władzy, z wolna, lecz konsekwentnie, i wychodziła żywa z odstawek, żywa z wojen, żywa – ponieważ nie przestrzegała żadnych lojalności i nie włączała się w żadne układy – ze wszystkich czystek, aż w roku 1953, po śmierci Berii, te pokrwawione dłonie chwyciły się szczebla już tak bliskiego szczytu jak szefowa wydziału operacyjnego Smierszu.

A znaczna część jej sukcesów, myślał Kronsteen, wynikła z jej osobliwości w zakresie drugiego z głównych instynktów – seksu. Bo niewątpliwie Roza Klebb należy do najrzadszej z odmian seksualnych, do biseksów. Tego Kronsteen był pewien. Opowieści o jej mężczyznach oraz, tak jest, kobietach, są zbyt szczegółowe, aby je podawać w wątpliwość. Stosunek może i sprawia jej przyjemność, ale jego narzędzie nie odgrywa roli. Dla niej seks to swędzenie i tyle. To psychiczne i fizjologiczne obojnactwo z miejsca oszczędza jej tak wielu człowieczych uczuć, sentymentów i pragnień. Seksualne obojnactwo to dla człowieka istota oziębłości. Coś wielkiego i wspaniałego, jeżeli ma się wrodzone.

Instynkt stadny u niej też chyba jest martwy. Popęd do władzy każe jej być raczej wilkiem niż owcą. Jest samotna w akcji, ale nigdy osamotniona, ponieważ ciepło ludzkiego towarzystwa nie jest jej potrzebne. A z temperamentu, rzecz jasna, to flegmatyczka: niewzruszona, odporna na ból, ospała. Lenistwo, pomyślał Kronsteen, to zapewne jej stały nałóg. Rankiem ciężko jej wyleźć z ciepłego, skotłowanego barłogu. Z natury musi być niechlujna, a nawet brudna. Nieprzyjemnie byłoby, myślał Kronsteen, zajrzeć w intymną stronę jej życia, kiedy rozluźnia się, już bez munduru. Wydęte wargi Kronsteena aż skręcały się i odwracały od tej myśli, a jego umysł, pomijając charakter tej kobiety, niewątpliwie chytry i mocny, czym prędzej zwracał się ku jej powierzchowności.

Oceniał, że Roza Klebb powinna być u progu pięćdziesiątki, sądząc po datach wojny domowej w Hiszpanii. Niskiego wzrostu, niewiele ponad metr sześćdziesiąt i przysadzista, nabite łapska i krótka szyja, pękate łydy grubych nóg w zgrzebnych oliwkowych pończochach, wszystko to bardzo mocne jak na kobietę. Czort jeden wie, pomyślał Kronsteen, jakie ma piersi, lecz oparte na stole wzdęcie munduru wyglądało jak źle upakowany wór piasku, w sumie zaś jej figura o wielkich gruszkowatych biodrach dałaby się porównać chyba tylko do basetli.

Takie twarze jak ona musiały mieć trykociarki z rewolucji francuskiej, uznał Kronsteen, odchylając się na oparcie i skłaniające głowę z lekka na bok. Przerzedzone pomarańczowe włosy ściągnięte do tyłu w zbity, szpetny kok; świecące brązowożółte oczy zimno wpatrzone w generała G spoza ostrych prostokątów szkła, klin grubo upudrowanego nosa o wielkich porach; wilgotna pułapka ust, ciągle otwierająca się i zamykająca, jak gdyby nią poruszały druty przeciągnięte spod brody. Tamte francuskie babska, co siedziały, szydełkując i papląc przy spadającej ze szczękiem gilotynie, miały na pewno taką samą bladą i grubą, kurzą skórę, obwisłą w zmarszczkach pod oczyma i w kątach ust, i pod szczęką, te same wielkie chłopskie uszy, te same zaciśnięte, marszczące się pięści jak sękata pałka, które u tej Rosjanki leżały teraz, mocno ściśnięte, na czerwonym aksamicie stołu po obu stronach wielkiego tłumoka bIustu. A ich twarze miały zapewne ten sam wyraz, sformułował to wreszcie

Kronsteen, zimna, okrucieństwa i siły jak u tej, owszem, jednak musiał sobie pozwolić na zwrot emocjonalny, *okropnej* baby ze Smierszu.

– Dziękuję, towarzyszko pułkownik. Wasza ocena sytuacji ma dużą wartość. A teraz, towarzyszu Kronsteen, czy macie coś do dodania? Tylko proszę się streszczać. Jest godzina druga, a wszyscy mamy przed sobą ciężki dzień.

— Oczy generała G, przekrwione z wysiłku i niewyspania, wpatrzyły się bacznie ponad biurkiem w niezgłębione brązowe studnie pod wypukłym czołem. Niepotrzebnie mówił temu człowiekowi, aby się streszczał. Kronsteen nigdy nie miał wiele do powiedzenia, ale każde z jego słów było tyle warte co przemówienia innych członków personelu.

Kronsteen już się zdecydował, inaczej nie pozwoliłby swoim myślom tak długo skupiać się na tej kobiecie.

Powoli odchylił głowę, aż zapatrzył się w pustkę sufitu. Jego głos był wyjątkowo łagodny, ale miał w sobie tę stanowczość, która domaga się bacznej uwagi.

– Towarzyszu generale, był taki Francuz, pod pewnymi względami wasz poprzednik, Fouché, który zauważył, że nic nie daje zabicie człowieka, jeżeli nie zniszczymy też jego reputacji. Oczywiście łatwo byłoby zabić tego Bonda. Pierwszy lepszy opłacony zamachowiec bułgarski mógłby to zrobić, wystarczyłoby go należycie poinstruować. Druga część operacji, unicestwienie jego osobowości, jest czymś dużo ważniejszym i dużo trudniejszym. Na tym etapie mam jasność tylko co do tego, że należy to zrobić poza Anglią i w kraju, gdzie mamy wpływ na prasę i radio. Jeżeli zapytacie mnie, jak sprawić, żeby się tam znalazł, mogę tylko powiedzieć, że kiedy przynęta będzie dostatecznie poważna, i odpowiednie okoliczności, zostanie on wysłany, by ją pochwycić, gdziekolwiek się znajdzie. Aby nie wyglądało to na pułapkę, rozważyłbym nadanie przynęcie charakteru czegoś ekscentrycznego, niezwykłego. Anglicy szczycą się swoją ekscentrycznością. Propozycja ekscentryczna staje się dla nich wyzwaniem. Polegałbym częściowo na takim rozumieniu ich psychologii, ażeby sami wysłali swego szczególnie ważnego agenta po przynętę.

Kronsteen przerwał. Opuścił głowę, tak iż spoglądał tuż ponad ramieniem generała G.

– Wezmę się do zaprojektowania takiej pułapki – oznajmił beznamiętnie. – Na razie mogę tylko powiedzieć, że kiedy przynęta okaże się skuteczna w przyciągnięciu swojego łupu, będziemy zapewne potrzebowali zabójcy z doskonałą znajomością języka angielskiego.

Oczy Kronsteena przeniosły się na czerwony aksamit pokrywający przed nim blat stołu. W zamyśleniu, jak gdyby na tym polegało sedno problemu, dorzucił:

– Będzie nam też potrzebna godna zaufania i nadzwyczaj piękna dziewczyna.

VIII Urzekająca przynęta

Siedząc przy oknie swego jedynego pokoju i wyglądając w pogodny czerwcowy wieczór, na pierwszą różowość zachodu słońca odbitą w oknach po drugiej stronie ulicy i na odległą cebulastą kopułę cerkwi, jarzącą się jak pochodnia nad poszczerbionym horyzontem moskiewskich dachów, kapral Bezpieczeństwa Państwowego Tatiana Romanowa czuła się szczęśliwsza niż kiedykolwiek przedtem.

Jej szczęście nie było natury romantycznej. Nie miało nic wspólnego z urzekającym zaczątkiem sprawy miłosnej, w owych dniach i tygodniach, zanim na horyzoncie pojawi się pierwsza łzawa, malutka chmurka. Było to spokojne, regularne szczęście wynikające z poczucia bezpieczeństwa, z możliwości ufnego spojrzenia w przyszłość, doraźnie spotęgowane jeszcze słowami pochwały, jakimi zaszczycił ją profesor Dienikin, wonią dobrej kolacji gotującej się na elektrycznej kuchence, dobiegającym przez radio ulubionym preludium do *Borysa Godunowa* w wykonaniu Moskiewskiej Orkiestry Państwowej, a zwłaszcza pięknością faktu, że długa zima i krótka wiosna przeminęły i że jest czerwiec.

Jej pokój był malutką klitką w olbrzymim nowoczesnym bloku mieszkalnym przy ulicy Sadowej-Czernogriazkiej, gdzie mieszczą się koszary wydziałów Bezpieczeństwa Państwowego. Zbudowany przez więźniów i ukończony w 1939 roku porządny ośmiopiętrowy budynek ma dwa tysiące pokoi: niektóre, jak jej pokoik na trzecim piętrze, to zaledwie prostokątne pudełka z telefonem, gorącą i zimną wodą, pojedynczą żarówką i dostępem do wspólnych łazienek i klozetów, a inne, na dwóch górnych piętrach, to mieszkania dwu- i trzypokojowe z własnymi łazienkami, przeznaczone dla kobiet wysokiej rangi. Awans na wyższe piętra odbywał się ściśle według stopnia, więc kapral Romanowa musiałaby awansować przez sierżanta, porucznika, kapitana, majora i podpułkownika, zanim osiągnęłaby raj ósmego piętra dla pułkowników.

Ale i tak niebo świadkiem, że była całkiem zadowolona z tego, co ma. Pensja w wysokości tysiąca dwustu rubli miesięcznie (o trzydzieści procent więcej niż mogłaby osiągnąć w jakimkolwiek innym ministerstwie), własny pokój, tania żywność i odzież z „zamkniętych sklepów" na parterze; raz na miesiąc ministerialny przydział co najmniej dwóch biletów na balet lub operę; całe dwa tygodnie płatnego urlopu rocznie. Nade wszystko zaś stała praca z obiecującymi perspektywami w Moskwie, a nie w którymś z tych ponurych i nudnych miast prowincjonalnych, gdzie miesiąc za miesiącem nic się nie dzieje, a pojawienie się nowego filmu albo przybycie objazdowego cyrku to jedyne, co może zastąpić wieczór spędzony w łóżku.

Oczywiście przynależność do MGB kosztuje. Mundur odgradza od świata. Ludzie się ciebie boją, co nie leży w naturze większości dziewcząt, i zamyka cię w towarzystwie innych dziewcząt i mężczyzn z MGB, z których jednego, kiedy przyjdzie czas, trzeba będzie poślubić, aby móc pozostać w ministerstwie. I do tego ta piekielna robota, od ósmej do szóstej, pięć i pół dnia w tygodniu, tylko z czterdziestoma minutami przerwy na obiad w kantynie. Ale to dobry obiad, posilny, więc można poprzestawać na skromnej kolacji, odkładając na sobolowe futro, które kiedyś pojawi się w miejsce znoszonych lisów syberyjskich.

Pomyślawszy o kolacji, kapral Romanowa wstała z krzesła pod oknem i poszła zajrzeć do gęstej zupy z paroma skrawkami mięsa i grzybami w proszku, którą zje wieczorem. Zupa była już prawie gotowa i wydawała rozkoszny zapach. Kapral R wyłączyła światło i zostawiła garnek na małym ogniu, aby umyć się i ogarnąć, co przed wieloma laty nauczono ją robić przed posiłkiem.

Gdy wycierała ręce, przyjrzała się sobie w dużym owalnym lustrze nad umywalką.

Któryś z pierwszych chłopaków powiedział jej, że wygląda jak młoda Greta Garbo. Co za bzdura! Ale tego wieczora wyglądała całkiem nieźle. Zaczesane do tyłu znad wysokiego czoła piękne, ciemnobrązowe, jedwabiste włosy, z lekka podwinięte u dołu opadające prawie do ramion (Greta Garbo kiedyś tak się czesała i kapral Romanowa przyznawała sama przed sobą, że ją naśladuje), gładka, jasna i delikatna skóra w kremowym odcieniu na kościach policzkowych, szeroko rozstawione, spokojne oczy o głęboko niebieskiej barwie pod równymi, naturalnymi brwiami (przymknęła jedno, a potem drugie oko: tak, rzęsy ma rzeczywiście długie!) i prosty, szlachetny nos. A usta? Co z ustami? Czy nie za szerokie? Musi to okropnie wyglądać, gdy się uśmiecha. Sama do siebie uśmiechnęła się w lustrze. Rzeczywiście są szerokie; ale i Greta Garbo miała takie. Przynajmniej wargi są pełne i pięknie wycięte. Ze śladem uśmiechu w kącikach. Nikt nie powie, że to zimne usta! I owal twarzy. Nie za długi? A podbródek czy nie za ostry? Poruszyła głową w bok, żeby zobaczyć profil. Ciężka zasłona włosów zamachnęła się w przód i na prawe oko, aż musiała je odsłonić. No cóż, podbródek ma wąski, ale jednak nie ostry. Znów popatrzyła w lustro, ujęła szczotkę i zabrała się do swych długich, ciężkich włosów. Greta Garbo! Wszystko bez zarzutu... bo nie powtarzałoby jej tego aż tylu mężczyzn... nie licząc dziewcząt przychodzących do niej ciągle po rady w sprawach twarzy. Ale żeby gwiazda filmowa... i to sławna! Zrobiła do siebie minę w lustrze i zabrała się do kolacji.

Nie da się ukryć, kapral Tatiana Romanowa była rzeczywiście bardzo piękną dziewczyną. A jej wysokie i sprawne ciało poruszało się z osobliwą gracją. Przez rok uczęszczała w Leningradzie do szkoły baletowej i wyrzekła się kariery tanecznej dopiero wtedy, gdy urosła o parę centymetrów powyżej ustalonej granicy metra siedemdziesięciu. W szkole nauczyła się utrzymywać świetną postawę i świetnie chodzić. Wyglądała też nadzwyczaj zdrowo dzięki namiętności do tańca figurowego na łyżwach, który ćwiczyła przez cały rok na lodowisku w klubie Dynamo i który już zapewnił jej miejsce w pierwszej kobiecej drużynie tego klubu. Ramiona i piersi miała nieskazitelne. Purysta mógłby czepiać się jej tyłka, którego mięśnie tak stwardniały od ćwiczeń, że utraciły coś z kobieco gładkiej obłości, aż w rezultacie, z tyłu krągły, a po bokach twardy i płaski, sterczał jakby po męsku.

Tak więc podziw, jaki wzbudzała kapral Romanowa, sięgał daleko poza sekcję tłumaczeń angielskich w centralnym archiwum MGB. Powszechnie zgadzano się, że tylko patrzeć, jak wpadnie w oko któremuś z wyższych oficerów i ten apodyktycznie wydobędzie ją z tej skromnej sekcji, by uczynić z niej swoją kochankę, albo żonę, gdyby okazało się to absolutnie koniecznie.

Dziewczyna przelała gęstą zupę do porcelanowej miseczki, zdobnej w obrazek wilków goniących wzdłuż krawędzi sanie uchodzące w galopie, wkruszyła nieco czarnego chleba, znów usiadła na krześle pod oknem i wzięła się do jedzenia ładną, błyszczącą łyżką, którą parę tygodni temu wsunęła do torebki po wesołym wieczorze, spędzonym w hotelu „Moskwa".

Kiedy skończyła jeść, pozmywała, wróciła na swoje krzesło i zapaliła pierwszego w tym dniu papierosa (żadna szanująca się dziewczyna w Rosji nie zapali publicznie, chyba że w restauracji, a gdyby zapaliła w pracy, oznaczałoby to natychmiastowe zwolnienie), po czym przyszło jej niecierpliwie słuchać jękliwych dysonansów jakiejś turkmeńskiej orkiestry. Ciągle puszczano te orientalne okropności, żeby zadowolić kułaków z jakiejś barbarzyńskiej republiki na peryferiach! A nie mogliby zagrać czegoś *kulturnego*? Z nowoczesnego jazzu albo z muzyki klasycznej? Przecież te kakofonie są ohydne. Co gorsza staromodne.

Telefon ostro zadzwonił. Podeszła, ściszyła radio i podniosła słuchawkę.

– Kapral Romanowa?

Głos jej drogiego profesora Dienikina. Ale poza godzinami biurowymi zawsze mówił do niej Tatiana czy nawet Tania. Cóż by to mogło znaczyć?

Z rozszerzonymi oczyma i spięta odrzekła:
- Tak, towarzyszu profesorze.
- Za piętnaście minut - głos po tamtej stronie zabrzmiał obco i chłodno — o ósmej trzydzieści, macie się stawić na rozmowę u towarzyszki pułkownik Klebb z Drugiego Oddziału. Zgłosicie się do jej apartamentu numer tysiąc osiemset siedemdziesiąt pięć na ósmym piętrze waszego budynku. Jasne?
- Ale dlaczego, towarzyszu? Co za... Co za...?

Dziwny, napięty głos jej ukochanego profesora uciął:
- To wszystko, towarzyszko kapralu.

Dziewczyna odsunęła słuchawkę od twarzy. Wpatrywała się w nią rozpaczliwie, jak gdyby mogła jeszcze wycisnąć jakieś słowa z ułożonych w krąg dziurek w czarnym mikrofonie. „Halo! Halo!". Dłoń i przedramię zabolały ją od siły, z jaką ściskała słuchawkę. Nachyliła się z wolna i odłożyła ją na widełki.

Stała tak przez chwilę, zmrożona, ślepo wpatrując się w czarny aparat. Czy powinna do niego oddzwonić? Nie, w żadnym wypadku. Mówił tak, jak mówił, ponieważ wiedział i ona wiedziała, że każda rozmowa, w budynku i poza nim, jest podsłuchiwana lub nagrywana. To dlatego ani słowa nie powiedział na próżno. Sprawa jest państwowa. Takie rozmowy załatwia się najszybciej jak to możliwe, wypowiadając jak najmniej słów, a potem umywa się ręce. Byle pozbyć się okropnej karty. Przekazało się królową pik komuś innemu. Ręce ma się znów czyste.

Dziewczyna uniosła kostki palców do otwartych ust i przygryzła je, wpatrzona w telefon. Po co ją wzywają? Co takiego zrobiła? Rozpaczliwie cofała się pamięcią, szukając przyczyny, przez dni, przez miesiące, przez lata. Czy popełniła w pracy jakiś straszliwy błąd i oni to właśnie odkryli? Czy powiedziała coś przeciw państwu, jakiś żart, o czym doniesiono? To zawsze może się wyrwać. Ale jaki? Kiedy? Gdyby to była niestosowna uwaga, poczułaby wówczas dreszcz winy albo strachu. A przecież ma czyste sumienie. Ale czy na pewno? Wtem przypomniała sobie. A ta skradziona łyżka? Czyżby o to chodziło? Własność państwowa! Wyrzuci ją zaraz przez okno, jak najdalej, w tę stronę albo w tamtą. Ale nie, o to nie może chodzić. Za drobna sprawa. Wzruszyła ramionami z rezygnacją. Wstała, podeszła do szafy z ubraniami i wyjęła swój najlepszy mundur, a oczy miała zamglone łzami strachu i oszołomienia jak dziecko. To nie może być nic z tych rzeczy. Śmiersz nie wzywa ludzi za coś takiego. To musi być coś dużo, dużo gorszego.

Popatrzyła wilgotnymi oczyma na tani zegarek na przegubie. Zostało tylko siedem minut! Znów ogarnęła ją panika. Otarła sobie oczy przedramieniem i chwyciła z wieszaka paradny mundur. Jeszcze w dodatku, cokolwiek to jest, spóźni się! Szarpnęła za guziki swej bluzki z białej bawełny.

Kiedy ubierała się, obmywała twarz i przyczesywała włosy, umysł jej wciąż dociekał tej fatalnej tajemnicy, tak jak ciekawe dziecko szturcha kijem w głąb nory węża. Pod jakimkolwiek kątem szperała w dziurze, zawsze dobiegał z niej gniewny syk.

Pominąwszy już to, czym zawiniła, samo zetknięcie z dowolną macką Śmierszu było czymś niewymownym. Sama nazwa tej instytucji budzi grozę i unika się jej. Śmiersz, *Śmierť Szpionam*, *Śmierć Szpiegom*. To słowo zakazane, słowo z grobu, istny szept śmierci, słowo nigdy niewspominane choćby w potajemnych rozmówkach biurowych między przyjaciółmi. A najgorszy ze wszystkiego, wewnątrz tej przerażającej instytucji, jest Oddział 2, Departament Tortur i Śmierci, stanowiący sam środek okropności.

I szefowa Drugiego Oddziału, ta kobieta, Roza Klebb! Szepcze się o niej rzeczy niewiarygodne, rzeczy docierające do Tatiany w koszmarach sennych, rzeczy we dnie uchodzące w niepamięć, ale teraz znów pojawiające się przed nią.

Opowiadano, że Roza Klebb nie pozwoliłaby, żeby jakieś tortury odbyły się bez jej udziału. W swym gabinecie przechowuje kitel zbryzgany krwią i rozkładany stołeczek i mówiono, że kiedy się ją zobaczy przemykającą po korytarzach piwnicznych w tym kitlu i ze stołeczkiem w ręku, wieść rozchodzi się o tym natychmiast i nawet pracownicy Smierszu ściszają głos, pochylają się nisko nad papierami – może nawet krzyżują palce ukryte w kieszeni – póki się nie rozniesie, że wróciła do swego pokoju.

Jak szeptano, bierze ona ten stołeczek i podsuwa go pod samą twarz mężczyźnie lub kobiecie, zwisającym przez krawędź stołu przesłuchań. Po czym przysiada na stołeczku i mówi ściszonym głosem: „Numer jeden" – albo: „Numer dziesięć" – albo: „Numer dwadzieścia pięć". A oprawcy wiedzą, o co jej chodzi, i biorą się do rzeczy. A ona wpatruje się w oczy, oddalone o kilka centymetrów od jej twarzy, i wdycha wrzaski, jakby dla niej to były perfumy. I zależnie od tego, co dojrzy w oczach, najspokojniej zmienia rodzaj tortur i mówi: „Teraz numer trzydzieści sześć" – albo: „Teraz numer sześćdziesiąt cztery" – i oprawcy robią coś innego. A w miarę jak uchodzi z oczu odwaga i zdolność oporu, i słabną one i stają się błagalne, Roza Klebb zaczyna cichutko gruchać: „No już, no już, gołąbeczku. Mów do mnie, moja ślicznotko, to przestaniemy. To boli. Słowo daję, ach, jak boli, moje dzieciątko. A ból jest taki męczący. Chciałoby się, żeby przestało boleć, i leżeć sobie spokojnie, i żeby to się znowu nie zaczęło. Mamusia tu jest koło ciebie i tylko czeka i chce, żeby ciebie przestało boleć. Mamusia ma dla ciebie takie śliczne, miękkie, przytulne łóżeczko i ono tylko czeka, żebyś mógł się na nim położyć i zapomnieć, zapomnieć o wszystkim, zapomnieć. Powiedz", szepcze czule i z miłością. „Tylko powiedz, i od razu będziesz miał spokój i już cię nie będzie bolało". Jeśli w oczach ciągle widać opór, znów zaczyna się to gruchanie. „Aleś ty głupiutki, moja ślicznotko. Ach, jaki głupiutki. Ten ból to jeszcze nic wielkiego. Po prostu nic! Nie wierzysz mamusi, gołąbeczku? W takim razie mamusia jeszcze musi troszkę spróbować, ale bardzo malutko, numerek osiemdziesiąt siedem". A oprawcy to słyszą i zmieniają instrumenty i części ciała, a ona tam siedzi, przycupnąwszy i przygląda się, jak życie z wolna uchodzi z tych oczu, aż będzie zmuszona mówić torturowanemu głośno do ucha, bo inaczej słowa nie sięgnęłyby mózgu.

Ale podobno to rzadkość, żeby człowiekowi starczyło woli na dalszą wędrówkę po drodze bólu, jaką prowadzi go Smiersz, a tym bardziej do końca, i kiedy jej ściszony głos obiecuje spokój, prawie zawsze wygrywa, bo Roza Klebb jakoś rozpoznaje w tych oczach moment, kiedy dorosły okazuje się złamany jak dziecko, płaczące do mamusi. A ona dostarczyła wizerunku mamusi i rozmiękczyła w nim ducha tam, gdzie ostre słowa mężczyzny wzmogłyby jego twardość.

A później, gdy kolejny podejrzany już się załamał, Roza Klebb wraca korytarzami ze stołeczkiem i zdejmuje świeżo zapaskudzony kitel, i bierze się do swych zajęć, i wiadomo, że już po wszystkim i w piwnicach znów odchodzi normalna robota.

Tatiana, zmrożona myślami, znowu spojrzała na zegarek. Jeszcze cztery minuty. Ogarnęła rękoma mundur, jeszcze raz obejrzała w lustrze swą białą twarz. Odwróciła się i pożegnała kochany, znany pokoik. Czy jeszcze go kiedyś zobaczy?

Poszła przed siebie długim korytarzem i zadzwoniła na windę.

Kiedy ta przyjechała, Tatiana wyprostowała się w ramionach, uniosła podbródek i weszła do środka jak pod gilotynę.

– Ósme – powiedziała do młodej windziarki. Stanęła twarzą do drzwi. Przypomniawszy sobie wyraz nieużywany od dziecka, już tylko powtarzała raz po raz: – Boże mój... Boże mój... Boże mój.

IX Zachody miłosne

Już pod anonimowymi drzwiami, pomalowanymi na kremowo, Tatiana poczuła woń tego wnętrza.

Kiedy rozkazano jej krótko: „Wejść!" i otworzyła drzwi, ten zapach wypełnił jej myśli, ledwie stanęła, wpatrując się w oczy kobiecie siedzącej za okrągłym stołem pod górnym światłem.

Była to woń metra w upalny wieczór: tanie perfumy skrywające zwierzęcy odór. Rosjanie zlewają się wonnościami, kąpiąc się czy nie kąpiąc, ale przeważnie zamiast mycia się, a zdrowe i czyste dziewczęta, jak Tatiana, zawsze wracają z biura pieszo, jeżeli nie ma zbyt ciężkiego deszczu lub śniegu, żeby uniknąć smrodu w metrze i tramwajach.

Teraz Tatiana skąpała się w tych woniach. Nozdrza jej skręciły się z obrzydzenia.

To właśnie obrzydzenie i pogarda dla osoby mogącej żyć w takiej woni pomogły jej spojrzeć z góry w żółtawe oczy, wpatrujące się w nią przez prostokątne szkła. Nic nie dało się z nich wyczytać. Z tych oczu odbierających, a nie dających. Z wolna omiotły ją od stóp do głów, jak chłodny obiektyw kamery, przed którym nic się nie ukryje.

Pułkownik Klebb przemówiła:

– Ładna z ciebie dziewczyna, towarzyszko kapralu. Przejdź tam i z powrotem przez pokój.

Cóż to za miodowe słowa? Ogarnięta nowym lękiem, spięta obawą przed słynnymi nawykami tej osoby, Tatiana spełniła polecenie.

– Zdejmij kurtkę. Połóż na krześle. Unieś ręce nad głową. Wyżej. Teraz nachyl się i dotknij palców u stóp. Wyprostuj się. Dobrze. Usiądź. – Kobieta odzywała się jak lekarz. Wskazała miejsce przy stole naprzeciw siebie. Jej przenikliwe oczy skryły się, kiedy pochyliła się nad aktami leżącymi na stole.

To na pewno moja *zapiska*, pomyślała Tatiana. Jakie to interesujące zobaczyć owo coś, co stanowi o całym życiu człowieka. Ale grube! Prawie pięć centymetrów. Co tam może być na tylu kartkach? Wpatrywała się poprzez stół, szeroko rozwartymi oczyma, jak urzeczona, w rozłożoną teczkę.

Pułkownik Klebb przekartkowała końcowe strony i zamknęła okładkę. Pomarańczową z czarnym paskiem po przekątnej. Co znaczą te kolory?

Kobieta podniosła oczy. Tatianie jakoś udało się dzielnie wytrzymać jej wzrok.

– Towarzyszko kapralu Romanowa. – Głos był władczy, głos wyższego oficera. – Mam tu dobre opinie z waszej pracy. Są znakomite, tak w zakresie obowiązków służbowych, jak i w sporcie. Państwo jest z ciebie zadowolone.

Tatiana nie wierzyła własnym uszom. Aż poczuła się słabo. Zarumieniła się po korzonki włosów, a potem zbladła. Wyjąkała niepewnym głosem:

– Dz...dziękuję, towarzyszko pułkownik.

– W uznaniu znakomitej służby wybrano cię do bardzo ważnego zadania. To dla ciebie ogromny zaszczyt. Rozumiesz?

O cokolwiek chodzi, to lepsze od wszystkiego, co mogło jej grozić.

– Tak, oczywiście, towarzyszko pułkownik.

– To zadanie jest nadzwyczaj odpowiedzialne. Wiąże się z nim wyższa ranga. Gratuluję awansu, towarzyszko kapralu, po wykonaniu zadania, na stopień kapitana Bezpieczeństwa Państwowego.

Coś niesłychanego! Taki stopień dla dziewczyny w wieku dwudziestu czterech lat! Tatiana wyczuła niebezpieczeństwo. Zesztywniała jak zwierzę, które dojrzało pod mięsem stalową paść.

– Jestem ogromnie zaszczycona, towarzyszko pułkownik. – Nie potrafiła ukryć czujności w głosie.

Roza Klebb coś mruknęła wymijająco. Wiedziała dokładnie, co dziewczyna musiała poczuć, otrzymawszy wezwanie. Efekt łaskawego przyjęcia, szok ulgi z powodu dobrych wieści, budzące się znowu lęki, wszystko to było oczywiste. Piękna, prostolinijna, niewinna dziewczyna. Tego im właśnie trzeba. Teraz powinna się rozluźnić.

– Moja droga – zagadnęła ją gładko – ale ze mnie ładna gospodyni! Ten awans należy uczcić kieliszkiem wina. Żebyś nie pomyślała, że my tu na górze nie jesteśmy ludźmi. Napijmy się. Dobra okazja, żeby otworzyć butelkę francuskiego szampana.

Roza Klebb wstała i podeszła do barku, gdzie ordynans ustawił wszystko, co zamówiła.

– Spróbuj tych czekoladek, kiedy ja będę walczyć z korkiem. Takiego szampana zawsze trudno otworzyć. Nam dziewczętom zawsze przydałby się w takich sprawach mężczyzna, prawda?

Nie przerywając tej upiornej paplaniny, postawiła przed Tatianą efektowne pudełko czekoladek. Wróciła do barku.

– Szwajcarskie. Jedne z najlepszych. Te okrągłe są nadziewane. A kwadratowe twarde.

Tatiana wymamrotała podziękowanie. Sięgnęła i wybrała okrągłą. Łatwiej przełknąć. W ustach jej zaschło z obawy przed chwilą, gdy zobaczy wreszcie pułapkę i poczuje, jak zaciska się na jej szyi. Musi to być coś okropnego, skoro wymaga krycia pod taką komedią. Kęs czekolady utkwił jej w ustach jak guma do żucia. Na szczęście do ręki już jej wepchnięto kieliszek szampana.

Roza Klebb stała nad nią. Wesoło podniosła swój kieliszek.

– *Za wasze zdarowje*, towarzyszko Tatiano. I serdeczne gratulacje!

Tatiana przybrała na twarz upiorny uśmiech. Uniosła kieliszek i skłoniła się z lekka.

– *Za wasze zdarowje*, towarzyszko pułkownik. – Wypiła do dna, wedle rosyjskiego zwyczaju, i odstawiła kieliszek na stół.

Roza Klebb natychmiast go znów napełniła, rozlewając trochę po stole.

– A teraz za zdrowie twojego nowego wydziału, towarzyszko. – Podniosła swój kieliszek. Jej cukierkowy uśmiech stężał, gdy śledziła reakcje dziewczyny.

– Za Smiersz!

Tatiana drętwo powstała. Uniosła pełny kieliszek.

– Za Smiersz. – Ledwie przeszło jej przez gardło to słowo. Zakrztusiła się szampanem i musiała wypić dwa łyki. Znów ciężko usiadła.

Roza Klebb nie pozostawiła jej czasu na zastanowienie. Siadła naprzeciw i dłonie położyła na płask na stole.

– A teraz do rzeczy, towarzyszko. – Jej głos znów stał się władczy. – Czeka nas duża robota. – Nachyliła się do Romanowej. – Chciałaś kiedyś pomieszkać za granicą, towarzyszko? W obcym kraju?

Szampan podziałał na Tatianę. Chyba zbliża się to najgorsze, więc niech to będzie jak najszybciej.

– Nie, towarzyszko. Jest mi dobrze w Moskwie.
– Nigdy nie pomyślałaś, jak to byłoby żyć na Zachodzie? Wszystkie te piękne stroje, jazz, nowoczesność?
– Nie, towarzyszko. – Mówiła prawdę. Nigdy jej to nie przyszło do głowy.
– A gdyby państwo kazało ci żyć na Zachodzie?
– Byłabym posłuszna.
– Chętnie?

Tatiana Romanowa wzruszyła ramionami z odrobiną niecierpliwości.

– Robi się, co nam każą.

Roza Klebb zmieniła temat. W jej następnym pytaniu było coś z dziewczęcej konspiracji.

– Czy jesteś dziewicą, towarzyszko?

O mój Boże, pomyślała Tatiana.

– Nie, towarzyszko pułkownik.

Mokre wargi zalśniły w świetle.

– Ilu ich miałaś?

Tatiana zaczerwieniła się po korzonki włosów. Rosyjskie dziewczęta są powściągliwe i pruderyjne w sprawach seksu. Klimat w podejściu do seksu przypomina w Związku Sowieckim czasy wiktoriańskie. Zadawane przez Klebb pytania wzbudzały odrazę tym większą, że zadawała je zimnym, inkwizytorskim tonem państwowa urzędniczka, której nie widziała dotąd nigdy w życiu. Tatiana zebrała się na odwagę. Wpatrzyła się defensywnie w żółte oczy.

– Przepraszam, po co te intymne pytania, towarzyszko pułkownik?

Roza Klebb wyprostowała się.

– Zapominacie się, towarzyszko. – Jej głos smagnął jak bicz. – Nie jesteście tu od zadawania pytań. Przypomnijcie sobie, z kim rozmawiacie. Odpowiadać.

Tatiana skurczyła się w sobie i ustąpiła.

– Trzech, towarzyszko pułkownik.

– Kiedy. W jakim wieku? – Twarde żółte ślepia wpatrywały się poprzez stół w zaszczute niebieskie oczy dziewczyny przemożnie i rozkazująco.

Tatiana była bliska łez.

– W szkole. Kiedy miałam siedemnaście lat. Potem w Instytucie Języków Obcych. Kiedy miałam dwadzieścia dwa. A potem w ubiegłym roku. Miałam dwadzieścia trzy lata. Z przyjacielem poznanym na łyżwach.

– Proszę mi podać ich nazwiska, towarzyszko. – Roza Klebb sięgnęła po ołówek i przysunęła sobie blok do notowania.

Tatiana zakryła twarz dłońmi i rozpłakała się.

– Nie! – wykrzyknęła między jednym a drugim chlipnięciem. – Nie, nigdy, cokolwiek ze mną zrobicie. Nie macie prawa.

– Dość tych głupstw. – Głos zamienił się w syk. – Za pięć minut mogłabym od ciebie dostać te nazwiska i wszystko inne, co tylko zechcę. Grasz ze mną w niebezpieczną grę, towarzyszko. Moja cierpliwość się kończy. – Roza Klebb uczyniła pauzę. Postępuje zbyt ostro. – Na razie pominiemy to. Jutro mi podasz te nazwiska. Nic złego się im nie stanie. Zada się im parę pytań na twój temat – czysto technicznych – i to wszystko. A teraz usiądź prosto i obetrzyj te łzy. Pora skończyć z tymi głupstwami.

Roza Klebb wstała i obeszła stół. Stanęła, patrząc z góry na Tatianę.

– No już, już, kochana. – Jej głos stał się oleisty i gładki. – Musisz mi zaufać. Twoje drobne sekrety będą u mnie bezpieczne. Proszę, napij się jeszcze szampana i zapomnij o tej drobnej przykrości. Musimy być przyjaciółkami. Będziemy razem pracować. Musisz się nauczyć, droga Taniu, zaufania do mnie, jak do własnej matki. Masz, wypij.

Tatiana wyciągnęła chusteczkę zza paska spódnicy i osuszyła sobie oczy. Sięgnęła drżącą dłonią po kieliszek szampana i popiła go troszkę ze schyloną głową.

– Do dna, moja droga.

Roza Klebb stała nad dziewczyną niczym jakaś potworna matka kaczucha, kwacząc dla zachęty.

Tatiana posłusznie opróżniła kieliszek. Czuła się wyprana z oporu, znużona, gotowa wszystko zrobić, byle zakończyć tę rozmowę i wydostać się stąd, i zasnąć. Więc to tak jest, pomyślała, na stole przesłuchań, i takim głosem wtedy przemawia Klebb. No cóż, to działa. Już jest uległa. Gotowa do współpracy.

Roza Klebb usiadła. Przyglądała się dziewczynie oceniająco spod macierzyńskiej maski.

– A teraz, kochana, jeszcze tylko jedno poufne pytanko. Jak to pomiędzy dziewczętami. Czy lubisz się kochać? Czy sprawia ci to przyjemność? Dużą przyjemność?

Dłonie Tatiany znów się podniosły i zakryły jej twarz.

– Tak, owszem, towarzyszko pułkownik – odezwała się stłumionym głosem. – Oczywiście, kiedy jest się zakochaną... – Odebrało jej głos. Co jeszcze może powiedzieć? Jakiej odpowiedzi chce ta kobieta?

– A przypuśćmy, moja droga, że nie byłabyś zakochana. Czy wtedy kochanie się z mężczyzną też sprawiałoby ci przyjemność?

Tatiana poruszyła się niezdecydowanie. Odjęła ręce od twarzy i pochyliła głowę. Włosy po obu stronach spadły jak ciężka zasłona. Usiłowała pomyśleć, pomóc, lecz nie mogła wyobrazić sobie takiej sytuacji. Przypuszczalnie... – Przypuszczam, że to zależałoby od mężczyzny, towarzyszko pułkownik.

– To rozsądna odpowiedź, moja droga. – Roza Klebb wysunęła szufladę. Wyjęła jakąś fotografię i podsunęła ją przez stół dziewczynie. – A co byś powiedziała na przykład o tym mężczyźnie?

Tatiana ostrożnie przysunęła zdjęcie, jakby mogło się zająć ogniem. Popatrzyła niepewnie na przystojną, bezlitosną twarz. Próbowała pomyśleć, wyobrazić sobie...

– Nie umiem powiedzieć, towarzyszko pułkownik. Przystojny. Może gdyby okazał się łagodny... – Lękliwie odsunęła od siebie fotografię.

– Nie, możesz ją zachować, kochana. Postaw sobie przy łóżku i myśl o tym człowieku. Później, w nowej pracy, więcej się o nim dowiesz. A teraz – oczy zamigotały zza prostokątnych szkieł – czy chciałabyś się dowiedzieć, na czym będzie polegać twoja nowa praca? Zadanie, do którego cię wybrano ze wszystkich dziewcząt w Rosji?

– Tak, owszem, towarzyszko pułkownik. – Tatiana posłusznie zwróciła oczy na czujną twarz, która była teraz na nią skierowana jak u psa wystawiającego zdobycz.

Wilgotne, gumiaste wargi rozchyliły się powabnie.

– To prosty i rozkoszny obowiązek, do którego cię wybrano, towarzyszko kapralu: prawdziwe zachody miłosne, jak my to nazywamy. Kwestia zakochania się. I to wszystko. Nic więcej. Tylko zakochasz się w tym człowieku.

– Ale kto to jest? Nawet go nie znam.

Usta Rozy Klebb przybrały wyraz lubości. Głupia siksa będzie miała o czym pomyśleć.

– To angielski szpieg.

– *Boże moj!* – Tatiana złapała się dłonią za usta, tyleż po to, aby stłumić imię Boże, które jej się wyrwało, ile z przerażenia. Siedziała, zaszokowana, i wpatrywała się w Rozę Klebb szeroko rozwartymi, z lekka pijanymi oczyma.

– Tak – rzekła Roza Klebb, zadowolona z efektu swych słów. – To jest angielski szpieg. Może najsławniejszy ze wszystkich. A ty odtąd jesteś w nim zakochana. Więc radzę ci się do tego przyzwyczaić. I żadnych wygłupów, towarzyszko. Sprawa musi być traktowana poważnie. Jest to ważne przedsięwzięcie rangi państwowej, do którego zostałaś wybrana jako narzędzie. Więc proszę bez żadnych głupot. A teraz niektóre ze szczegółów praktycznych. – Roza Klebb przerwała i rzekła ostro: – I zabierz tę rękę ze swojej głupiej buzi. I przestań wyglądać jak przestraszone krówsko. Siądź porządnie na krześle i uważaj. Bo inaczej będzie z tobą źle. Zrozumiano?

– Tak jest, towarzyszko pułkownik. – Tatiana szybko wyprostowała się i usiadła z dłońmi na podołku, jak gdyby znów była w Szkole dla Oficerów Bezpieczeństwa. W głowie miała mętlik, ale to nie czas na sprawy osobiste. Całe jej wyszkolenie mówiło, że to sprawa i operacja wagi państwowej. Pracuje dla swego kraju. W jakiś sposób została wybrana do ważnej i tajnej akcji. Jako oficer MGB musi spełnić swój obowiązek i zrobić to jak najlepiej. Słuchała pilnie i z całą zawodową uwagą.

– Na razie – Roza Klebb przybrała ton urzędowy – powiem krótko. Więcej dowiesz się w późniejszym czasie. Przez najbliższe kilka tygodni zostaniesz jak najstaranniej przeszkolona do tej operacji, żebyś dokładnie wiedziała, co robić we wszelkich okolicznościach. Zostaniesz nauczona pewnych cudzoziemskich obyczajów, zaopatrzona w piękne stroje i wprowadzona we wszelkie sztuki uwodzicielskie. Potem zostaniesz wysłana do któregoś z obcych krajów, gdzieś w Europie. I tam spotkasz tego człowieka. Uwiedziesz go. W tym względzie nie będziesz miała żadnych głupich skrupułów. Twoje ciało jest własnością państwa. Państwo wykarmiło cię od urodzenia. Teraz twoje ciało ma pracować dla państwa. Zrozumiano?

– Tak jest, towarzyszko pułkownik. – Logika tych słów była niepodważalna.

– Pojedziesz z nim do Anglii. Tam niewątpliwie będziesz przesłuchiwana. Nie sprawi ci to trudności. Anglicy nie stosują brutalnych metod. Będziesz odpowiadać tak, jak potrafisz, nie narażając naszego państwa. Nauczymy cię też pewnych odpowiedzi, których musisz udzielić. Prawdopodobnie wyślą cię do Kanady. Bo tam Anglicy wysyłają więźniów cudzoziemskich pewnej kategorii. Po czym zostaniesz uratowana i sprowadzona do Moskwy. – Roza Klebb przyjrzała się dziewczynie. Wyglądało na to, że przyjmuje wszystko do wiadomości bez zastrzeżeń. – Jak widzisz, sprawa jest stosunkowo prosta. Masz na tym etapie jakieś pytania?

– A co będzie dalej z tym mężczyzną, towarzyszko pułkownik?

– To już nas nie obchodzi. My po prostu użyjemy go jako środka, żeby ciebie wprowadzić do Anglii. Celem tej operacji jest dostarczenie Brytyjczykom fałszywych informacji. Oczywiście będziemy, towarzyszko, bardzo radzi uzyskać twoje osobiste wrażenia z życia w Anglii. Raporty dobrze wyszkolonej, inteligentnej dziewczyny, takiej jak ty, będą miały dla państwa dużą wartość.

– Doprawdy, towarzyszko pułkownik! – Tatiana poczuła się ważna. Nagle wszystko to zabrzmiało ekscytująco. Żeby tylko potrafiła się dobrze wywiązać z zadania. Na pewno postara się jak najlepiej. Ale przypuśćmy, że nie zdoła w sobie rozkochać angielskiego szpiega. Znów spojrzała na fotografię. Przechyliła głowę na bok. Przystojna twarz. Co to za „sztuki uwodzicielskie", o których mówiła ta kobieta? O co tu może chodzić? Żeby tylko pomogły.

Roza Klebb zadowolona wstała od stołu.

– A teraz możemy się odprężyć, kochana. Na ten wieczór praca skończona. Pójdę się ogarnąć i pogwarzymy sobie jak przyjaciółki. Zaraz wrócę. Zjedz te czekoladki, bo się zmarnują. – Roza Klebb wykonała nieokreślony gest i z zaaferowaną miną zniknęła w sąsiednim pokoju.

Tatiana usiadła wygodniej. Więc o to chodziło! W końcu nie było tak źle. Co za ulga! I jaki zaszczyt, że ją właśnie wybrano. Co za głupota, że się tak przestraszyła! Przecież to oczywiste, że wielcy wodzowie państwa nie dadzą zrobić krzywdy niewinnej obywatelce, która ciężko pracuje i nie ma żadnej czarnej kreski w swoich *zapiskach*. Nagle poczuła się bezgranicznie wdzięczna ojcowskiemu państwu i dumna, że będzie miała okazję mu się chociaż trochę odwdzięczyć. Nawet i ta Klebb nie okazała się w końcu taka straszna.

Tatiana ciągle jeszcze radośnie rozpatrywała się w sytuacji, kiedy otworzyły się drzwi od sypialni i pojawiła się w nich „ta Klebb".

– Co o tym sądzisz, moja droga? – Pułkownik Klebb rozłożyła swe grubachne ramiona i obróciła się na palcach jak modelka. Przybrała pozę z jedną ręką wyciągniętą, a drugą wspartą pod bok.

Tatianie opadła szczęka. Czym prędzej zamknęła usta. Gorączkowo szukała jakiejkolwiek w miarę sensownej odpowiedzi.

Pułkownik Klebb ze Smierszu miała na sobie półprzezroczystą koszulę nocną z pomarańczowego krepdeszynu. Obrąbek w półokrągłe ząbki z tegoż materiału zdobił brzegi głębokiego, prostokątnego dekoltu i takież obrąbki widniały u szerokich falbaniastych rękawów. Pod spodem prześwitywał biustonosz składający się z dwóch ogromnych róż z różowej satyny. Poniżej miała staromodne majtasy, też z różowej satyny, ze ściągaczami powyżej kolan. Jedno kolano, porowate jak żółtawy kokos, wypchnięte było do przodu między rozchylonymi fałdami koszuli nocnej w klasycznej pozie modelki. Stopy tkwiły w pantoflach z różowej satyny z pomponami ze strusich piór. Roza Klebb zdjęła okulary i jej gołą twarz pokrywały teraz grubo tusz do rzęs, szminka i pomadka do ust.

Wyglądała jak najstarsza i najbrzydsza kurwa świata.

– To bardzo ładne – wyjąkała Tatiana.

– Prawda? – zaszczebiotało babsko. Podeszła do szerokiego tapczanu w kącie pokoju. Pokrywał go jaskrawy kilim ludowy. Z tyłu, przy ścianie, leżały dosyć brudne satynowe poduszki w pastelowych kolorach.

Z rozkosznym kwikiem Roza Klebb rzuciła się na tapczan i przybrała karykaturalną pozę madame Récamier. Wyciągnęła ramię do góry i zapaliła stołową lampę z różowym abażurem na podstawie w postaci nagiej kobiety udającej szkło Lalique'a. Poklepała tapczan obok siebie.

– Zgaś to górne światło, kochana. Wyłącznik jest przy drzwiach. Potem chodź i usiądź tu przy mnie. Musimy się lepiej poznać.

Tatiana podeszła do drzwi. Zgasiła górne światło. Jej dłoń opadła zdecydowanym ruchem na klamkę. Nacisnęła ją, otworzyła drzwi i spokojnie wyszła na korytarz. Nagle zawiodły ją nerwy. Zatrzasnęła za sobą drzwi i jak szalona pobiegła korytarzem, z dłońmi na uszach, broniąc się przed ścigającym ją wrzaskiem, który na szczęście się nie rozległ.

X Lont zapalony

Był poranek następnego dnia.

Pułkownik Klebb siedziała przy swoim biurku w przestronnym gabinecie, stanowiącym jej kwaterę główną w podziemiach Smierszu. Był to raczej pokój operacyjny niż gabinet. Jedną ze ścian całkowicie pokrywała mapa zachodniej półkuli. Przeciwległą ścianę półkula wschodnia. Za biurkiem i w zasięgu lewej ręki mamrotał niekiedy telekrypton, wygłaszając otwartym tekstem sygnał dublujący drugą maszynę w wydziale szyfrów pod wysokimi masztami radiowymi na dachu budynku. Od czasu do czasu, przypomniawszy sobie o tym, pułkownik Klebb odrywała wydłużającą papierową taśmę i odczytywała sygnały. Czysta formalność. Gdyby się zdarzyło coś poważnego, zadzwoniłby jej telefon. Każdy agent Smierszu na świecie był kontrolowany z tego pokoju, a kontrola ta była czujna i żelazna.

Ciężka twarz wyglądała na posępną i zmarnowaną. Ospowata kurza skóra tworzyła zwisające worki pod oczyma, a białka oczu były czerwono pożyłkowane.

Jeden z trzech telefonów obok niej cicho zaburczał. Podniosła słuchawkę.

– Niech wejdzie – zwróciła się do Kronsteena, który siedział, w zamyśleniu dłubiąc w zębach rozgiętym spinaczem, w fotelu dosuniętym do lewej ściany, pod paluchem Afryki, i dodała: – Granitski.

Kronsteen z wolna obrócił głowę w kierunku drzwi.

Czerwony Grant wszedł i po cichu zamknął drzwi za sobą. Podszedł do biurka i stanął, posłusznie patrząc w dół, niemalże głodnym wzrokiem, w oczy swemu oficerowi prowadzącemu. Kronsteen pomyślał, że wygląda prawie jak potężny mastif, który czeka, aż go nakarmią.

Roza Klebb omiotła go zimnym spojrzeniem.

– Czy jesteście sprawni i gotowi do roboty?

– Tak jest, towarzyszko pułkownik.

– Zobaczymy. Rozebrać się.

Czerwony Grant nie okazał zaskoczenia. Zdjął marynarkę i rozejrzawszy się, rzucił ją na podłogę. Potem bez żenady zdjął resztę odzieży i zrzucił obuwie. Potężne czerwonobrązowe ciało ze złotym puszkiem rozświetliło szarzyznę pokoju. Grant stał rozluźniony, z dłońmi swobodnie zwieszonymi u boków i jednym kolanem z lekka ugiętym, jakby pozował na akademii sztuk pięknych.

Roza Klebb wstała i obeszła biurko. Przyjrzała się drobiazgowo jego ciału, tu szturchając, tam obmacując, jak gdyby kupowała konia na targu. Zaszła z tyłu i dalej prowadziła te szczegółowe oględziny. Nim znowu przeszła na przód, Kronsteen spostrzegł, że z kieszeni swej kurtki wyjęła coś i ułożyła sobie w dłoni. Błysk metalu.

Okrążyła go i stanęła tuż przy jego połyskliwym brzuchu, prawą rękę trzymając za plecami. Patrzyła mu prosto w oczy.

Nagle, ze straszliwą szybkością i całą siłą ramienia włożoną w cios, wbiła swą prawą pięść, uzbrojoną w ciężki mosiężny kastet, dokładnie w jego splot słoneczny.

Łup!

Grant parsknął z zaskoczenia i bólu. Kolana mu się z lekka ugięły i zaraz się wyprostował. Z bólu na mgnienie oka zacisnął powieki. Po czym znów rozwarte oczy wpatrzyły się czerwonawo w zimne, żółte, badawcze ślepia za prostokątnymi szkłami. Prócz gniewnego rumieńca tuż pod mostkiem Grant nie okazał po sobie żadnych złych skutków ciosu, po którym każdy normalny mężczyzna zwijałby się na ziemi.

Roza Klebb uśmiechnęła się posępnie. Wsunęła kastet z powrotem do kieszeni, przeszła do biurka i usiadła. Z odcieniem dumy spojrzała na Kronsteena.

– Przynajmniej ten jest w formie – rzekła.

Kronsteen coś odmruknął.

Goły mężczyzna obszczerzył się z satysfakcją. Podniósł dłoń i roztarł sobie żołądek.

Roza Klebb znów zasiadła w fotelu i przyglądała mu się z namysłem. Wreszcie przemówiła:

– Towarzyszu Granitski, jest dla was robota. Ważne zadanie. Ważniejsze od wszystkich dotychczasowych. Zasłużycie sobie nim na odznaczenie – tu Grantowi oczy zabłysły – bo cel macie trudny i niebezpieczny. Znajdziecie się, zupełnie sam, w obcym kraju. Czy to jasne?

– Tak, towarzyszko pułkownik. – Podekscytowało to Granta. Oto szansa na ten wielki, niecierpliwie oczekiwany krok naprzód. Co za odznaczenie? Może order Lenina? Słuchał uważnie.

– Celem będzie angielski szpieg. Macie ochotę zabić angielskiego szpiega?

– Jeszcze jak, towarzyszko pułkownik. – Entuzjazm Granta był jak najszczerszy. Nie wyobrażał sobie nic lepszego niż zabić Anglika. Miał z tymi skurwysynami porachunki do wyrównania.

– Będzie wam potrzebne wiele tygodni szkolenia i przygotowań. W tej misji wystąpicie w roli angielskiego agenta. Wasze zachowanie i wygląd są nieokrzesane. Będziecie musieli nauczyć się przynajmniej niektórych sztuczek – głos jej stał się szyderczy – właściwych dla *żantielmiena*. Będziecie oddani w ręce pewnemu Anglikowi, którego tu mamy. Dawny *żantielmien* z londyńskiego

Foreign Office. Jego zadaniem będzie takie przygotowanie was, żebyście mogli ujść za jakiś rodzaj angielskiego szpiega. Oni zatrudniają różnych ludzi, więc nie powinno to być trudne. Musicie się też nauczyć wielu innych rzeczy. Ta operacja wyznaczona jest na koniec sierpnia, ale szkolić się zaczniecie natychmiast. Macie dużo do zrobienia. Ubierzcie się i zameldujcie u mego adiutanta. Zrozumiano?

– Tak jest, towarzyszko pułkownik. – Grant wiedział, że nie zadaje się pytań. Pośpiesznie wciągnął na siebie odzież, nie bacząc na przyglądającą mu się kobietę, i poszedł do drzwi, zapinając marynarkę. Odwrócił się. – Dziękuję, towarzyszko pułkowniku.

Roza Klebb sporządzała notatkę z przesłuchania. Nie odpowiedziała mu i nie spojrzała, kiedy Grant wychodził i po cichu zamykał za sobą drzwi.

Rzuciła pióro i oparła się.

– A teraz, towarzyszu Kronsteen. Czy pozostały nam jakieś punkty do przedyskutowania, zanim puścimy w ruch całą maszynerię? Zaznaczam, że prezydium zaakceptowało cel i zatwierdziło wyrok śmierci. Towarzysz generał Grubozabojszczikow, któremu przedstawiłam wasz plan w ogólnych zarysach, też zgadza się z nim. Szczegóły wykonania pozostawiono całkowicie w moich rękach. Z personelu planowania i operacyjnego wyłoniono wspólną grupę roboczą, która gotowa jest przystąpić do działania. Czy macie jakieś ostatnie uwagi, towarzyszu?

Kronsteen siedział wpatrzony w sufit, zetknąwszy dłonie przed sobą czubkami palców. Nie zwracał uwagi na protekcjonalny ton jej wypowiedzi. W skroniach pulsowało mu ze skupienia.

– Ten Granitski. Można na nim polegać? Czy będzie godny zaufania w obcym kraju? Nie pójdzie na lewiznę?

- Sprawdzano go przez blisko dziesięć lat. Miał wiele okazji, żeby się wymknąć. Uważano na każdy objaw, czy stopy go nie zaswędzą. Nie dał ani cienia powodu do podejrzeń. To coś jakby narkoman. Nie porzuciłby Związku Radzieckiego tak samo, jak narkoman nie porzuciłby źródła kokainy. To mój główny kat. Nie ma lepszego.

– A ta dziewczyna, Romanowa. Czy zadowalająca?

– Bardzo piękna – przyznała z niechęcią Roza Klebb. – Nadaje się do naszych celów. Już nie dziewica, ale pruderyjna i nierozbudzona seksualnie. Zostanie przeszkolona. Doskonała znajomość angielskiego. Przedstawiłam jej pewną wersję zadania i jego przedmiot. Jest chętna do współpracy. Gdyby wykazała objawy chwiejności, mam adresy jej krewnych, w tym również dzieci. Dostanę też nazwiska poprzednich kochanków. W razie potrzeby wyjaśnimy jej, że osoby te pozostaną zakładnikami, dopóki nie wywiąże się ze swego zadania. Z natury jest uczuciowa. Taka sugestia będzie wystarczająca. Ale nie spodziewam się po niej żadnych kłopotów.

– Romanowa. To nazwisko jednego z *bywszych*... tych z przeszłości. Trochę to dziwne, żeby w tak delikatnej sprawie posługiwać się kimś z Romanowych.

– Jej dziadkowie byli daleko spokrewnieni z rodziną carską. Ale ona nie ma styczności z kręgami *bywszych*. Zresztą wszyscy nasi dziadkowie zaliczali się do tych z przeszłości. Nic na to nie poradzimy.

– Nasi dziadkowie nie nazywali się Romanow – rzekł oschle Kronsteen. – Ale skoro wam to odpowiada. – Zastanawiał się przez moment. – A ten Bond. Czy wykryliśmy miejsce jego pobytu?

– Tak. Angielska sieć MGB donosi, że w Londynie. W dzień przebywa w ich kwaterze głównej. A nocuje w swoim mieszkaniu w dzielnicy Londynu zwanej Chelsea.

– To dobrze. Miejmy nadzieję, że pozostanie tam przez najbliższe kilka tygodni. Będzie to znaczyło, że nie uczestniczy w jakiejś operacji. Będzie więc osiągalny, aby pójść za naszą przynętą, kiedy się zwietrzą. A na razie – ciemne, zamyślone oczy Kronsteena ciągle wpatrywały się w jakiś punkt na suficie – przebadałem odpowiednie ośrodki za granicą. Zdecydowałem się na Istambuł jako miejsce pierwszego kontaktu. Mamy tam dobry *apparát*. A ich Secret Service dysponuje tylko niedużą komórką. Z raportów wynika, że ma ona świetnego kierownika. Zlikwidujemy go. Ośrodek ten jest bardzo dogodnie dla nas położony, ze względu na bliskie połączenia z Bułgarią i Morzem Czarnym. Stosunkowo daleki od Londynu. Pracuję obecnie nad szczegółami, jeśli chodzi o miejsce zabójstwa i jak tam ściągnąć tego Bonda, kiedy się już skontaktuje z dziewczyną. A to nastąpi we Francji albo gdzieś bardzo niedaleko. Mamy znakomite układy z prasą francuską. Oni z takiej historii wydobędą co tylko możliwe, łącznie z ujawnieniem sensacji na temat seksu i szpiegostwa. Pozostaje też do ustalenia, kiedy włączy się w to Granitski. To już drobnostki. Musimy wybrać kamerzystów i innych wykonawców. Dostarczyć ich po cichu do Istambułu. Nie może tam dojść do nagromadzenia naszego *apparata*, żadnego tłoku, żadnej niezwykłej aktywności. Wszystkie wydziały dostaną ostrzeżenie, że kontakty radiowe z Turcją mają być absolutnie utrzymane w normie przed operacją i w jej trakcie. Żeby czegoś nie zwęszył brytyjski podsłuch. Wydział szyfrów zgodził się, że bezpieczeństwo nie zgłasza sprzeciwu, aby przekazać nam obudowę urządzenia pod nazwą Spektor. Będzie przyciągało uwagę. A mechanizm zostanie przekazany sekcji urządzeń specjalnych. Oni to przygotują.

    Kronsteen skończył. Jego spojrzenie z wolna przesunęło się od sufitu w dół. Podniósł się w zadumie. Popatrzył przed siebie i w czujne, baczne oczy Rozy Klebb.

– Na razie nie przychodzi mi do głowy nic więcej, towarzyszko – powiedział. – Wyłoni się jeszcze wiele szczegółów i trzeba będzie je załatwiać z dnia na dzień. Sądzę jednak, że można już śmiało przystępować do operacji.

– Zgadzam się z wami, towarzyszu. Niech sprawa rusza z miejsca. Wydam odpowiednie polecenia. – Jej szorstki, władczy głos złagodniał. – Dziękuję wam za współpracę.

Kronsteen skwitował to lekkim pochyleniem głowy. Odwrócił się i cicho wyszedł z pokoju.

W zapadłej ciszy telekrypton piknął ostrzegawczo i podjął swój mechaniczny terkot. Roza Klebb poruszyła się w fotelu i sięgnęła po jedną ze słuchawek. Wykręciła numer.

– Centrum operacyjne – odezwał się męski głos.

Blade oczy Rozy Klebb, spojrzawszy przez pokój, rozbłysły na widok różowej plamy na mapie ściennej. Była to Anglia. Wilgotne wargi rozchyliły się.

– Mówi pułkownik Klebb. *Kanspiracija* przeciw angielskiemu szpiegowi nazwiskiem Bond. Niezwłocznie przystąpić do operacji.

Część druga

Wykonanie

XI Życie bez wysiłku

Pulchne rączki łatwego życia uchwyciły Bonda za szyję i po trochu zaczynały go dusić. Jego żywiołem była wojna i kiedy przez dłuższy czas otaczał go zastój, duch w nim upadał.

Akurat w jego dziedzinie niemal od roku zapanował pokój. I ten pokój zabijał go.

W czwartek dwunastego sierpnia, o siódmej trzydzieści rano, Bond obudził się w swym wygodnym mieszkaniu przy obsadzonym platanami placu opodal King's Road i stwierdził z niesmakiem, jak straszliwą nudą przejmuje go perspektywa rozpoczynającego się dnia. Jak co najmniej w jednej religii *accidie* jest pierwszym z grzechów głównych, tak nuda, a w szczególności niewiarygodny fakt obudzenia się już znudzonym, była jedynym występkiem, jaki Bond bezwzględnie potępiał.

Wyciągnął rękę i dwukrotnie nacisnął dzwonek, by powiadomić May, swą nieocenioną szkocką gosposię, że jest gotów do śniadania. Po czym gwałtownie odrzucił ze swego nagiego ciała pojedyncze prześcieradło i z rozmachem opuścił stopy na podłogę.

Jest tylko jeden sposób na uporanie się z nudą: dać sobie kopa i wyrwać się z niej. Bond oparł się na dłoniach i wykonał dwadzieścia powolnych pompek, tak przedłużając każdą z nich, aby mięśnie nie zaznały spoczynku. Kiedy nie mógł już wytrzymać bólu w rękach, przetoczył się na plecy i z dłońmi u boków unosił wyprostowane nogi, aż zakrzyczały mięśnie brzucha. Wstał i dwadzieścia razy dotknąwszy palców u stóp, przeszedł do ćwiczeń ramion i klatki piersiowej, połączonych z głębokim oddychaniem, aż zakręciło mu się w głowie. Dysząc z wysiłku, przeszedł do wielkiej, biało wykafelkowanej łazienki i stanął na pięć minut w szklanej kabinie z natryskiem, najpierw pod bardzo gorącą wodą, a później pod syczącą z zimna.

Na koniec, ogoliwszy się i nałożywszy granatową, bawełnianą koszulkę bez rękawów z Sea Island oraz po marynarsku niebieskie spodnie z tropikalnej czesanki, wsunął bose stopy w czarne skórzane sandały i przez sypialnię wszedł do długiej bawialni o wielkich oknach, w poczuciu, że wypocił z siebie, przynajmniej na razie, trochę tej nudy.

May, podstarzała Szkotka z włosami siwymi jak żelazo i ładną, nieprzeniknioną twarzą, weszła z tacą i położyła ją na stole w wykuszowym oknie wraz z „Timesem", jedyną gazetą, jaką czytywał Bond. Pożyczył jej dobrego ranka i zasiadł do śniadania.

– *Good morning...s.* – (Dla Bonda jedną z ujmujących właściwości May było, że nie powiedziałaby „sir" do nikogo z wyjątkiem – jak to Bond się z nią droczył przed laty – królów angielskich i Winstona Churchilla. Jako przejaw wyjątkowego szacunku Bondowi dorzucała niekiedy ślad jakby „s" na końcu któregoś słowa).

Przystanęła u stołu, gdy Bond rozkładał gazetę na środkowej stronie z wiadomościami.

– Ten człek znów tu był wczoraj wieczór z telewizją.

– Co za człowiek? – Bond przebiegł oczyma po nagłówkach.

– Ten co zawdy. Od czerwca już sześć razy mi się naprzykrzył. Jak mu pierwszy raz pedziałam, że to grzeszne, myślałby kto, że już nie będzie nam próbował jej upchnąć. I to w ratach, łaskawco!

– Uparci są ci sprzedawcy. – Bond odłożył gazetę i sięgnął po dzbanek z kawą.

– Jużem wczoraj mu dała popalić. Przeszkadza ludziom w czas wieczerzy. Zapytałam, czy ma jakie dokumenty, kim jest.

– To chyba go załatwiło. – Bond napełnił swój duży kubek czarną kawą po brzegi.

– Gdzie tam! Pomachał kartą ze związku. Że ma prawo zarabiać na życie. A jeszcze ze związku elektryków. Przecież to komuniści, nieprawda...s?

– Tak, prawdaż – odpowiedział niejasno Bond. Pobudziło to jego uwagę. Czy możliwe, żeby *tamci* mieli na niego oko? Upił troszkę kawy i odstawił kubek. – A właściwie co on powiedział, May? – zapytał głosem wystudiowanie obojętnym, ale nie spuszczał z niej oczu.

– Że w wolnym czasie sprzedaje za prowizją telewizory. I czy na pewno takiego nie chcemy. Bo my jedni na tym placu nie mamy telewizora. Pewnie widzi, że dom jest bez anteny. Każdego razu pyta, czy pan jest w domu, bo chciałby o tem pogadać. Ale bezczelność! Ciekawe, że nie myślał pana złapać, jak wchodzi albo wychodzi. Cięgiem pyta, czy się pana spodziewam. Wiadomo, że nic nie powiem, kiedy pan bywa...s. Nawet grzeczny, nie podnosi głosu, tylko taki namolny...s.

Możliwe, pomyślał Bond. Jest wiele sposobów na sprawdzenie, czy właściciel jest w domu, czy go nie ma. Wygląd i zachowanie służby... zerknięcie przez otwarte drzwi. Szkoda pańskiego czasu, nie ma go w domu! – tak brzmiałaby naturalna odpowiedź. Czy powiedzieć o tym w Sekcji Bezpieczeństwa? Bond z irytacją wzruszył ramionami. Co u diabła. Chyba nic się za tym nie kryje. Dlaczego *tamci* mieliby się nim interesować? A gdyby się coś za tym kryło, ci z Bezpieczeństwa gotowi przenieść go do innego mieszkania.

– Myślę, że tym razem go pani odstraszyła. – Bond podniósł oczy i uśmiechnął się do May. – Chyba już się tu nie pokaże.

– Taak...s – odrzekła May z powątpiewaniem. W każdym razie spełniła polecenie, żeby mówić, gdyby się ktoś „kręcił w pobliżu". Oddaliła się z szelestem czarnego, staroświeckiego stroju służbowego, uparcie noszonego przez nią w upałach sierpnia.

Bond wrócił do śniadania. Normalnie takie właśnie drobne słomki na wietrze uruchomiłyby uporczywe intuicyjne tykanie w jego umyśle i kiedy indziej nie dałyby mu spokoju, aż rozwiązałby problem faceta z komunistycznego związku, nachodzącego wciąż jego dom. Ale po miesiącach bezczynności miecz mu zardzewiał w pochwie i mentalne zabezpieczenia nie działały.

Śniadanie było jego ulubionym posiłkiem w ciągu dnia. Zawsze jednakowe, ilekroć przebywał w Londynie. Składało się z bardzo mocnej kawy od De Bry przy New Oxford Street, parzonej w amerykańskim ekspresie Chemex, której wypijał po dwa duże kubki, czarnej i bez cukru. Jedno jajko, w granatowym kieliszku ze złotym paskiem u góry, musiało być gotowane równo przez trzy i jedną trzecią minuty. Bardzo świeże, brązowe i nakrapiane, od francuskich kur odmiany Marans, które jakaś przyjaciółka May hodowała na wsi. (Bond nie znosił białych jajek, a że był kapryśny w wielu drobiazgach, bawiło go podkreślanie, że istnieje coś takiego jak ideał gotowanego jajka). Następnie dwie grube grzanki z razowego pszennego chleba, spora bryłka ciemnożółtego masła z Jersey i w trzech przysadzistych słoiczkach dżem truskawkowy „Little Scarlet" firmy Tiptree; pomarańczowa marmolada Cooper's Vintage z Oksfordu; oraz norweski wrzosowy miód od Fortnuma. Dzbanek do kawy i srebra na tacy w klasycznym stylu królowej Anny, a porcelana od Mintona, w tych samych barwach granatowej, złotej i białej co kieliszek pod jajko.

Tego ranka, kończąc śniadanie na miodzie, Bond uświadomił sobie bezpośredni powód swego letargu i marnego samopoczucia. Przede wszystkim Tiffany Case, jego miłość przez tyle szczęśliwych miesięcy, porzuciła go i po kilku bolesnych tygodniach, na które przeniosła się do hotelu, z końcem lipca pożeglowała do Ameryki. Okropnie mu jej brakowało i wciąż starał się o niej nie myśleć. A był już sierpień i Londyn zrobił się upalny i duszny. Należał mu się urlop, ale brakowało energii oraz chęci, żeby gdzieś wyjechać samotnie albo poszukać na ten wyjazd jakiejś namiastki, która mu przejściowo zastąpi Tiffany. Tkwił w na wpół opustoszałej centrali Secret Service, mieląc rutynowe czynności, powarkując na sekretarkę i kłócąc się z kolegami.

Nawet M stracił w końcu cierpliwość do złoszczącego się w klatce o piętro niżej tygrysa i w tym tygodniu przesłał Bondowi ostrą notatkę, powołując go do komisji śledczej, której przewodniczył oficer finansowy kapitan Troop. Stwierdzono, że najwyższy czas, aby jako starszy oficer w Secret Service Bond przyłożył się do istotnych spraw administracyjnych.

A nikogo innego nie ma pod ręką. W centrali brakuje pracowników, a sekcja zero zero nie ma nic do roboty. Bond proszony jest o zgłoszenie się w dniu dzisiejszym o godzinie drugiej trzydzieści do pokoju nr czterysta dwanaście.

To właśnie Troop, doszedł do wniosku Bond, zapalając pierwszego w tym dniu papierosa, jest najbardziej doskwierającą i bezpośrednią przyczyną jego niezadowolenia.

W każdym wielkim przedsiębiorstwie jest taki biurowy tyran i menda, którego wszyscy nie znoszą. Ten osobnik nieświadomie pełni ważną funkcję swoistego piorunochronu dla normalnych w biurze lęków i nienawiści. W gruncie rzeczy zmniejsza on destrukcyjne skutki tychże, dostarczając im wspólnego celu. Zwykle bywa to dyrektor generalny lub szef administracji. Ten nieodzowny człowiek jak pies łańcuchowy pilnuje wszystkich drobnych spraw: wydatków bieżących, ogrzewania i światła, ręczników i mydła w toaletach, materiałów piśmiennych, stołówki, rotacji urlopów, punktualności. On jeden ma rzeczywisty wpływ na komfort biurowy i różne udogodnienia, a jego władza rozciąga się na sprawy prywatne i na osobiste nawyki mężczyzn i kobiet w instytucji. Aby przyjść do takiej roboty i mieć konieczne do niej kwalifikacje, człowiek musi posiadać te właśnie cechy, które irytują i rażą. Musi być skąpy, spostrzegawczy, drobiazgowy i wścibski. Musi przestrzegać dyscypliny i nie liczyć się z opinią. Musi być małym dyktatorem. Takiego nie brakuje w żadnym dobrze prowadzonym przedsiębiorstwie. W Secret Service to właśnie oficer finansowy, kapitan Troop z marynarki wojennej w stanie spoczynku, szef administracji, do którego należy – aby użyć jego własnych słów – „pilnowanie, żeby wszystko tu było klar i zapięte na ostatni guzik".

Więc obowiązki kapitana Troopa musiały go skłócić z większością, ale – co szczególnie niefortunne – M nie mógł kogoś innego powołać na przewodniczącego tej akurat komisji.

Była to bowiem jeszcze jedna z tych komisji śledczych, co grzebią w subtelnych zawiłościach sprawy Burgessa i Macleana oraz wyciągają z nich przydatne lekcje. M wymyślił ją pięć lat po zamknięciu akt swego własnego dochodzenia w tej sprawie wyłącznie na odczepne dla prowadzonego przez królewską Tajną Radę śledztwa w sprawie Tajnych Służb, które premier nakazał w 1955 roku.

Bond z miejsca wdał się w beznadziejną przepychankę z Troopem na temat zatrudniania w Tajnej Służbie „intelektualistów".

Przewrotnie i z pełną świadomością, jaką to wywoła irytację, Bond wysunął propozycję, że jeśli MI5 i Tajne Służby mają się poważnie zajmować „intelektualnymi szpiegami" ery atomowej, to muszą zatrudnić pewną liczbę intelektualistów, ażeby się im przeciwstawić. „Emerytowani oficerowie Armii Indyjskiej – oświadczył Bond – nie potrafią zrozumieć procesów myślowych jakiegoś Burgessa czy Macleana. Nie będą nawet wiedzieli, że tacy ludzie istnieją; a tym bardziej nie będą zdatni do obracania się w ich zamkniętych kręgach, do poznawania ich przyjaciół i tajemnic. Skoro już Burgess i Maclean czmychnęli do Rosji, to jedynym sposobem, aby znowu nawiązać z nimi kontakt i ewentualnie, kiedy będą mieli dość Rosji, przerobić ich na podwójnych agentów przeciwko Rosji, byłoby wysłanie ich najbliższych przyjaciół do Moskwy, do Pragi, do Budapesztu, z poleceniem doczekania się, aż któryś z tych facetów wypełznie ze sprzysiężenia i poszuka kontaktu. A przecież któregoś z nich, najpewniej Burgessa, skłoniłoby do nawiązania kontaktu jego osamotnienie i dotkliwa potrzeba opowiedzenia komuś swojej historii. Z pewnością jednak nie zaryzykują ujawnienia się komuś w płaszczu wojskowym, z kawaleryjskim wąsem i z umysłowością kaprala".

– Czyżby? – odparł Troop z lodowatym spokojem. – Więc pan sugeruje, żebyśmy naszpikowali organizację długowłosymi zboczeńcami. To całkiem oryginalna koncepcja. Wydawało mi się, że jesteśmy zgodni co do tego, iż homoseksualiści to dla bezpieczeństwa bodajże największe ryzyko, jakie istnieje. Nie mogę sobie wyobrazić, żeby Amerykanie powierzyli dużo sekretów atomowych zgrai uperfumowanych pedałów.

– Nie wszyscy intelektualiści są pedałami. A także wielu z nich jest łysych. Mówię tylko, że... – I tak mniej więcej przebiegał ten spór na sesjach ciągnących się przez ubiegłe trzy dni, a inni członkowie komisji ustawiali się mniej czy bardziej po stronie Troopa. I oto dzisiaj mieli sformułować swe wnioski, a Bond zastanawiał się, czy ma uczynić coś tak niepopularnego jak złożenie raportu mniejszości.

Na ile poważnie ma traktować całą tę sprawę? Bond zastanawiał się nad tym, kiedy o godzinie dziewiątej wyszedł z mieszkania i po schodach zszedł do swojego samochodu. Czy jest po prostu małostkowy i uparty? Czy nie robi z siebie jednoosobowej opozycji tylko po to, żeby mieć w co wbić zęby? Czy już tak się nudzi, że nie znajduje sobie nic lepszego do roboty, niż naprzykrzać się swej własnej organizacji? Nie potrafił się zdecydować. Czuł niepokój i brak zdecydowania, a pod tym wszystkim coś doskwierającego, ale nieuchwytnego.

Gdy nacisnął rozrusznik i podwójny wydech bentleya przebudził się w dygotliwym pomruku, osobliwie dwuznaczny cytat nie wiadomo skąd pojawił się Bondowi w myślach:

„Kogo bogowie chcą zniszczyć, tego najpierw zanudzą".

XII Kawałek tortu

Okazało się, że Bond w ogóle nie musiał podejmować decyzji co do końcowego raportu komisji.

Zdążył pogratulować sekretarce nowej letniej sukienki i w połowie przekopać się przez teczkę depesz, które nadeszły tej nocy, kiedy rozkazująco zaterkotał czerwony telefon, mogący oznaczać tylko M albo szefa kadr.

Bond podniósł słuchawkę.

– Zero zero siedem.

– Możesz wejść na górę? – Był to szef kadr.

– M?

– Tak. I zapowiada się dłuższe posiedzenie. Uprzedziłem Troopa, że nie dotrzesz na komisję.

– Domyślasz się, o co chodzi?

– Owszem, jak najbardziej. – Szef kadr zaśmiał się. – Tylko lepiej, żebyś to usłyszał od niego. Zdębiejesz. Tym razem mamy coś nieźle zakręconego.

Kiedy Bond włożył marynarkę i wyszedł na korytarz, zatrzaskując za sobą drzwi, poczuł coś w rodzaju pewności, że to strzał startera i że martwy sezon dobiegł końca. Nawet jazda windą na górne piętro i przejście długim cichym korytarzem do drzwi biura M wydawały się tak brzemienne w znaczenie jak tyle innych przypadków, gdy dzwonek czerwonego telefonu był dla niego sygnałem, że oto wystrzelony zostanie, jak załadowany pocisk, poprzez świat w jakiś odległy cel, wybrany przez M. Również i oczy panny Moneypenny, osobistej sekretarki M, miały ten dobrze znany wyraz podniecenia i wtajemniczenia, kiedy uśmiechnęła się do niego znad biurka i przycisnęła guzik interkomu.

– Jest zero zero siedem, sir.

– Niech wejdzie – rozległ się metaliczny głos i ponad drzwiami zapalił się czerwony zakaz wstępu.

Bond wszedł i cicho zamknął za sobą drzwi. Pokój był chłodny, a może to żaluzje dawały wrażenie chłodu. Rzucały prążki blasku i cienia na ciemnozielony dywan sięgający wielkiego, stojącego na środku biurka. Dalej światło słoneczne nie dochodziło, tak iż spokojna postać za biurkiem siedziała w strefie zielonkawego cienia. Na suficie wprost nad biurkiem obracał się z wolna wielki tropikalny wentylator o podwójnym śmigle, niedawno zainstalowany w gabinecie M, poruszając burzowe powietrze sierpnia, nawet i tutaj, wysoko nad Regent's Park, ciężkie i duszne po tygodniowej fali upałów.

M wskazał na krzesło naprzeciw siebie, przed biurkiem pokrytym czerwoną skórą. Bond usiadł i patrzył w spokojną, pobrużdżoną twarz marynarza, którą tak kochał, czcił i był jej posłuszny.

– Czy mogę ci zadać osobiste pytanie, James? – M nigdy nie zadawał osobistych pytań swym pracownikom i Bond nie umiał sobie wyobrazić, o co tu może chodzić.

– Oczywiście, sir.

M sięgnął po fajkę, leżącą w wielkiej miedzianej popielniczce, i zaczął ją nabijać, patrząc na swoje palce zajmujące się tytoniem.

– Nie musisz odpowiadać – odezwał się szorstko – ale wiąże się to z twoją... ee... przyjaciółką, panną Case. Jak wiesz, mnie te sprawy na ogół nie interesują, słyszałem jednak, że dużo... ee... widywaliście się od czasu tej sprawy z diamentami. Chodziły nawet słuchy, że moglibyście się pobrać. – M podniósł oczy na Bonda i znów je opuścił. Włożył sobie do ust nabitą fajkę i przytknął do niej zapałkę. Kątem ust, pociągając przy tym podskakujący płomyk, zapytał: – Mógłbyś mi coś o tym powiedzieć?

Że niby co? zastanowił się Bond. Cholerne biurowe plotki.

– No cóż, sir – odparł szorstko – było nam dobrze. I trochę myśleliśmy nawet o ślubie. Ale poznała jakiegoś faceta z ambasady amerykańskiej. Z personelu attaché wojskowego. Major piechoty morskiej. I chyba za niego wyjdzie. Prawdę mówiąc, wyjechali razem do Stanów. Chyba to nawet lepiej. Mieszane małżeństwa rzadko się udają. Zdaje się, że to całkiem miły facet. Chyba jej to bardziej odpowiada niżeli życie w Londynie. Tu nie mogłaby się tak całkiem zaaklimatyzować. Świetna dziewczyna, ale trochę znerwicowana. Za często kłóciliśmy się. Chyba przeze mnie. W każdym razie to już skończone.

M odpowiedział jednym z tych krótkich uśmiechów, bardziej mu rozjaśniających oczy niż usta.

– Przykro mi, James, że nie wyszło. – W głosie M nie było współczucia. Do „kobieciarstwa" Bonda, jak podkreślał to na własny użytek, odnosił się z dezaprobatą, jakkolwiek był świadom, że uprzedzenia te są reliktem wiktoriańskiego wychowania. Ale jako szef Bonda zdecydowanie nie życzył sobie, żeby jego podwładny związał się na stałe z jakąś spódniczką. – Może to i lepiej. W naszej branży niedobrze jest mieć do czynienia z neurotyczkami. Wieszają ci się na ręku ze spluwą, rozumiesz, co chcę powiedzieć. Wybacz, że o to zapytałem. Musiałem znać odpowiedź, zanim ci powiem, co się kroi. Dosyć dziwna historia. Trudno byłoby cię w nią pakować, gdybyś akurat miał się żenić albo coś w tym rodzaju.

Bond potrząsnął głową, czekając na wyjaśnienie.

– No to w porządku – rzekł M. W głosie jego zabrzmiał ton ulgi. Odchylił się na oparcie fotela i kilka razy szybko pociągnął z fajki, żeby ją rozpalić. – Oto co się zdarzyło. Wczoraj dostaliśmy długą depeszę z Istambułu. Bodajże we wtorek szef stacji T otrzymał anonimową wiadomość, pisaną na maszynie, żeby wziął bilet powrotny na prom parowy idący o ósmej wieczór od mostu w Galacie do ujścia Bosforu i z powrotem. Nic więcej. Szef T ma skłonności awanturnicze, więc oczywiście wsiadł na ten parowiec. Stanął przy relingu na dziobie i czekał. Mniej więcej po kwadransie podeszła i stanęła przy nim dziewczyna, Rosjanka, podobno bardzo ładna, i kiedy trochę porozmawiali o widokach i tym podobne, raptem zmieniła temat i tak samo w tonie konwersacji opowiedziała mu niezwykłą historię.

M przerwał i przytknął do fajki kolejną zapałkę. Bond skorzystał z tego, aby wtrącić:

– Kto jest szefem T, sir? Nigdy nie pracowałem w Turcji.

– Niejaki Kerim, Darko Kerim. Z ojca Turka i matki Angielki. Niezwykły facet. Kierował stacją T jeszcze przed wojną. Jeden z najlepszych ludzi, jakich mamy gdziekolwiek. Wykonuje wspaniałą robotę. Uwielbia to. Bardzo inteligentny i zna całą tę część świata jak własne pięć palców.

– M zbył Kerima jednym poruszeniem w bok fajki. – W każdym razie dziewczyna mu powiedziała, że jest kapralem w MGB. Siedziała w tym od ukończenia szkoły i właśnie przeniesiono ją na placówkę w Istambule w roli szyfrantki. Załatwiła sobie to przeniesienie, ponieważ chce wydostać się z Rosji i przejść na naszą stronę.

– To świetnie – powiedział Bond. – Taka ich szyfrantka może się przydać. Ale dlaczego chce do nas przejść?

M popatrzył na Bonda przez biurko.

– Ponieważ się zakochała. – Przerwał i dopowiedział łagodnie: – Mówi, że zakochała się w tobie.

– Zakochała się we mnie?

– Tak, w tobie. Tak mówi. Nazywa się Tatiana Romanowa. Słyszałeś o niej?

– Na Boga żywego, nie! To znaczy nie, sir. – M uśmiechnął się, widząc pomieszanie na twarzy Bonda. – Ale co ona, u diabła, ma na myśli? Czy w ogóle spotkała się ze mną? Skąd wie o moim istnieniu?

– No cóż – powiedział M. – Wszystko to brzmi zupełnie jak dowcip. Ale jest takie zwariowane, że może być prawdą. Dziewczyna ma dwadzieścia cztery lata. Od czasu, kiedy wstąpiła do MGB, pracowała w ich Centralnym Archiwum, w odpowiedniku naszego. Mianowicie w jego dziale angielskim. Od sześciu lat. Jedne z akt, z jakimi zdarzyło się jej mieć do czynienia, dotyczyły akurat ciebie.

– Chciałbym je zobaczyć – skomentował Bond.

– Ona twierdzi, że najpierw spodobały jej się twoje zdjęcia, które się tam znajdują. Zachwyca ją twój wygląd i tak dalej. – Kąciki ust M opuściły się, jakby właśnie possał cytrynę. – Przestudiowała wszystkie twoje sprawy. Doszła do wniosku, że jesteś niezwykły.

Bond spuścił oczy. Z twarzy M nie dało się niczego wyczytać.

– Jak mówiła, podobasz jej się szczególnie dlatego, że przypominasz bohatera książki jakiegoś Rosjanina o nazwisku Lermontow. Bodajże to jej ulubiona książka. Ten bohater uwielbiał hazard i bez przerwy albo wdawał się w jakieś bójki, albo wychodził z nich. W każdym razie ty jej go przypominasz. Powiada, że już nie mogła myśleć o niczym innym i pewnego dnia przyszło jej do głowy, że gdyby ją przeniesiono do któregoś z ich ośrodków za granicą, to mogłaby z tobą nawiązać kontakt, a ty przyszedłbyś jej na ratunek.

– W życiu nie słyszałem równie zwariowanej historii, sir. Szef T na pewno jej nie przełknął.

– Chwileczkę. – W głosie M pojawiła się irytacja. – Nie śpiesz się zbytnio tylko dlatego, że pojawiło się coś, z czym nigdy jeszcze się nie zetknąłeś. Przypuśćmy, że jesteś gwiazdorem filmowym. Dostajesz takie zbikowane listy od dziewcząt z całego świata, pełne Bóg raczy wiedzieć jakich głupotek, że nie mogą żyć bez ciebie i tym podobne. A tutaj stuknięta dziewuszka jest sekretarką w Moskwie. Prawdopodobnie cały wydział jest pełen kobiet, tak jak nasze archiwum. W pokoju ani jednego chłopa, żeby na niego spojrzeć, a tu ona, w obliczu twojej... ee... junackiej urody w aktach, które ciągle rzucają się jej w oczy. Więc ona, jak to mówią, zadurza się w tych fotografiach, tak jak sekretarki na całym świecie zadurzają się w tych okropnych gębach z tygodników i miesięczników. – M pomachał fajką w bok, aby wyrazić swój brak zrozumienia dla tych strasznych kobiecych odruchów. – Bóg mi świadkiem, że słabo się orientuję w tych sprawach, ale musisz przyznać, że to się zdarza.

Bond uśmiechnął się, słysząc to błaganie o pomoc.

– No, w rzeczy samej, sir, zaczynam rozumieć, że to może mieć jakiś sens. Nie ma powodu, żeby rosyjska dziewuszka nie mogła wariować tak samo jak angielska. Ale musi mieć nie lada ikrę, żeby zrobić to, co zrobiła. Czy ona sobie uświadamia, jakie konsekwencje by ją spotkały, gdyby się wydało? Jak to widzi szef sekcji T?

– Powiada, że umierała ze strachu – rzekł M. – Cały czas na tym statku oglądała się, czy ktoś nie patrzy. Ale zdaje się, że tam nie było nikogo prócz wieśniaków i zwyczajnie dojeżdżających, a że już zrobiło się późno, więc w ogóle pasażerów było mało. Ale poczekaj. Nie słyszałeś jeszcze nawet połowy tej historii. – M głęboko pociągnął z fajki i wypuścił duży kłąb dymu pod sufit, w stronę obracającego się z wolna wentylatora. Bond przyglądał się, jak śmigi chwytają dym i przenoszą go w nicość. – Powiedziała Kerimowi, że ta namiętność do ciebie stopniowo przeobraziła się w uraz. Widok rosyjskich mężczyzn stał się jej nienawistny. Z czasem obróciło się to w niechęć do reżimu, a zwłaszcza do pracy, jaką dla nich wykonywała, można by powiedzieć, przeciw tobie. Wystąpiła więc o przeniesienie do pracy za granicą, a ponieważ doskonale opanowała języki – angielski i francuski – więc naturalnym biegiem rzeczy zaproponowano jej Istambuł, jeśli przejdzie do wydziału szyfrów, co oznacza obniżkę poborów. Aby nie wdawać się w długą opowieść, po sześciu miesiącach szkolenia trzy tygodnie temu trafiła do Istambułu. Po czym zaczęła węszyć i niebawem odkryła nazwisko naszego człowieka: Kerim. Jest od tak dawna w Turcji, że teraz wszyscy już tam wiedzą, czym się zajmuje. Jemu to nie przeszkadza, a odwraca uwagę od naszych specjalnych wysłanników, których kierujemy tam od czasu do czasu. W takich miejscach dobrze czasem mieć kogoś na pokaz. Mnóstwo klientów przychodziłoby do nas, gdyby wiedzieli, gdzie się udać i z kim rozmawiać.

– Jawny agent często spisuje się lepiej od takiego, który musi poświęcać dużo czasu i energii na maskowanie się – skomentował Bond.

– Więc wysłała to pismo do Kerima. A teraz chciałaby wiedzieć, czy on może jej pomóc. – M przerwał i w zadumie ssał fajkę. – Oczywiście pierwsze reakcje Kerima były dokładnie takie same jak twoje i zaczął węszyć, czy nie kryje się w tym jakaś pułapka. Tylko że po prostu nie mógł zrozumieć, co Rosjanie mogliby zyskać na podesłaniu nam tej dziewczyny. W tym czasie parowiec coraz dalej odpływał w Bosfor i niebawem już zawracałby do Istambułu. A dziewczyna była coraz bardziej zdesperowana, bo Kerim ciągle usiłował podważyć jej opowieść. I wtedy – M łagodnie błysnął oczyma w stronę Bonda – padł rozstrzygający argument.

Ten błysk w oczach, pomyślał Bond.

Jakże znane mu były te chwile, kiedy chłodne szare oczy M nagle zdradzają podniecenie i pożądliwość.

– Miała do zagrania ostatnią kartę. I wiedziała, że to as atutowy. Gdyby mogła przejść na naszą stronę, wzięłaby ze sobą swój szyfrator. Nowiutkiego Spektora. Za którego dalibyśmy sobie uciąć rękę.

– Boże – powiedział cicho Bond. Ogrom stawki przekraczał jego pojęcie. Spektor! Urządzenie, które pozwoliłoby im rozszyfrować najbardziej tajne ze wszystkich komunikatów. Uzyskanie go – choćby zaraz odkryto jego stratę i zmieniono programowanie, albo przestano się nim posługiwać w rosyjskich ambasadach i centralach szpiegowskich na całym świecie – byłoby bezcennym zwycięstwem. Bond nie znał się zbytnio na kryptografii, i na wypadek, gdyby go kiedyś złapano, pragnął wiedzieć o niej tak mało, jak to tylko możliwe, ale wiedział przynajmniej, że dla rosyjskich tajnych służb utrata Spektora byłaby równoznaczna z olbrzymią klęską.

Kupił to. Natychmiast pogodził się z wiarą M w prawdziwość tego, co mówiła dziewczyna, jakkolwiek wydaje się to zwariowane. Dla Rosjanki potworne ryzyko wiążące się z przyniesieniem tego daru mogło być tylko aktem desperacji – lub desperackiego zauroczenia, jak kto woli. Czy opowieść jej była prawdziwa, czy nie, stawki są zbyt wysokie, by nie zaryzykować.

– Teraz widzisz, zero zero siedem? – rzekł cicho M. Nietrudno było wyczytać myśli Bonda z podniecenia w oczach. – Widzisz, co mam na myśli?

Bond jeszcze się zastrzegł.

– Ale czy powiedziała, jak mogłaby to zrobić?

– Nie do końca. Ale Kerim powiada, że mówiła jak najkonkretniej. Coś o dyżurze nocnym. Bodajże w niektóre noce tygodnia ona pełni ten dyżur samotnie, śpiąc w biurze na polowym łóżku. Chyba nie miała w tej sprawie wątpliwości, chociaż uświadamiała sobie, że zastrzelona zostanie na miejscu, nawet jeśli komuś tylko przyśniłyby się jej zamysły. Niepokoiła się nawet na myśl, że Kerim będzie mnie o tym raportował. Wymusiła na nim obietnicę, że własnoręcznie zakoduje tę depeszę i wyśle ją na samoniszczącym się papierze jednorazowego użytku, nie zachowując kopii. Oczywiście zrobił tak, jak sobie życzyła. Kiedy tylko wspomniała o Spektorze, Kerim uświadomił sobie, że może to być najważniejsza sprawa, jaka przytrafiła nam się od czasu wojny.

– I co było dalej, sir?

– Parowiec przybił do miejsca zwanego Ortaköy. Powiedziała, że tu wysiada. Kerim obiecał tejże nocy wysłać depeszę. Odmówiła umawiania się na jakikolwiek kontakt. Oświadczyła tylko, że dotrzyma swojej części targu, jeśli my dotrzymamy swojej. Powiedziała dobranoc i wmieszała się w tłum schodzący po trapie i tyle ją Kerim widział.

M pochylił się nagle w przód i twardo popatrzył na Bonda.

– Ale oczywiście nie mógł bez ciebie *zagwarantować*, czy my dobijemy *naszej* części targu.

Bond nie odpowiedział. Zgadywał, co teraz nastąpi.

– Dziewczyna zrobi to wszystko tylko pod jednym warunkiem. – M przymknął oczy, aż zwęziły się w ostre, znaczące szparki. – Że pojedziesz do Istambułu i przywieziesz ją razem z tą maszyną do Anglii.

Bond wzruszył ramionami. Z tym nie będzie trudności. Tylko że... Odpowiedział szczerym spojrzeniem.

– To będzie jak bułka z masłem, sir. Ale dostrzegam w tym jeden drobny haczyk. Ona widziała tylko moje zdjęcia i naczytała się o mnie podniecających opowieści. A przypuśćmy, że jak mnie zobaczy na żywo, to nie spełnię jej oczekiwań.

– Na tym właśnie polega twoja robota – odparł posępnie M. – Dlatego zadawałem ci te pytania o pannę Case. Do ciebie należy zadziałać tak, abyś *spełnił* jej oczekiwania.

XIII B.E.A. zapewnia przelot

Cztery nieduże, prostokątne na końcach śmigła zaczęły się z wolna obracać, jedno po drugim, aż zamieniły się w cztery małe świszczące jeziorka. Niski pomruk turboodrzutowych silników wzmógł się do przeraźliwie równego gwizdu. Rodzaj tego hałasu i całkowity brak wibracji różniły się od zająkliwego ryku i odczuwalnego wytężenia koni mechanicznych we wszystkich innych samolotach, jakimi dotychczas Bond latał. Kiedy ich viscount gładko pokołował na połyskliwy wschodnio-zachodni pas startowy portu lotniczego w Londynie, Bond poczuł się, jak gdyby siedział w drogiej mechanicznej zabawce.

Nastąpiła przerwa, gdy pierwszy pilot dodał gazu i wycie czterech silników wzmogło się do upiornego skowytu, a potem, z szarpnięciem odpuszczonych hamulców, samolot Rzym-Ateny-Istambuł o dziesiątej trzydzieści lot B.E.A. nr sto trzydzieści przyśpieszył, pognał wzdłuż pasa startowego i poderwał się do szybkiej, gładkiej wspinaczki w niebo.

Po dziesięciu minutach osiągnęli wysokość siedmiu tysięcy metrów i pędzili już na południe szerokim korytarzem powietrznym dla ruchu z Anglii nad Morze Śródziemne. Wrzask odrzutowego napędu zmalał do niskiego, sennego świstu. Bond odpiął pas bezpieczeństwa i zapalił papierosa. Sięgnął po cienki, kosztowny z wyglądu neseser, stojący przy nim na podłodze, i wyjął powieść Erica Amblera

Maska Dimitriosa, po czym odłożył bardzo ciężką jak na swój rozmiar walizeczkę na sąsiedni fotel. Wyobrażał sobie zaskoczenie urzędnika z odprawy bagażowej na londyńskim lotnisku, gdyby ten zważył walizeczkę, zamiast przepuścić ją bez sprawdzania jako „bagaż podręczny". I gdyby z kolei celnicy, zaintrygowani jej wagą, włożyli ją do inspektoskopu.

Wydział Q zmontował mu tę elegancką walizeczkę, prując staranne rzemiosło firmy Swaine & Adeney, aby wpakować pięćdziesiąt naboi kalibru .25, w dwóch płaskich rzędach, między skórę a podszewkę grzbietu. W każdym z niewinnie wyglądających boków mieścił się płaski nóż do rzucania, skonstruowany przez Wilkinsonów, płatnerzy robiących szpady, a czubki ich rękojeści zostały chytrze ukryte w szyciu na rogach. Mimo prześmiewczych starań Bonda, żeby dać temu spokój, majstrowie od Q uparli się, żeby w rączkę wbudować skrytą przegródkę, która po naciśnięciu w określonym miejscu wyrzucała mu w dłoń zabójczą kapsułkę cyjanku. (Zaraz po otrzymaniu walizeczki Bond wrzucił tę kapsułkę do klozetu). Ważniejszy był krem do golenia Palmolive w grubej tubie, w skądinąd niewinnej kosmetyczce. Wierzch tej tuby po odkręceniu ujawniał tłumik do beretty, spowity w bawełnianą watę. Gdyby potrzebował gotówki, wierzchnia część neseseru zawierała pięćdziesiąt złotych suwerenów. Można je było wysypać, przesuwając jedno z okuć.

Ta skomplikowana torba pełna sztuczek śmieszyła Bonda, lecz musiał przyznać, że choć ważyła cztery kilogramy, stanowiła jednak wygodny sposób na przewożenie zawodowego ekwipunku, który w przeciwnym razie musiałby ukrywać na własnym ciele.

W samolocie był zaledwie tuzin pasażerów. Bond uśmiechnął się na myśl o tym, jak przeraziłaby się Loelia Ponsonby, gdyby wiedziała, że jest ich łącznie trzynastka.

Poprzedniego dnia, kiedy wyszedłszy od M, wrócił do swego biura, by w szczegółach załatwić przelot, jego sekretarka gwałtownie protestowała, kiedy okazało się, że ma lecieć w piątek trzynastego.

– Przecież podróżować trzynastego zawsze jest lepiej – wyjaśniał cierpliwie Bond. – Wtedy prawie że nie ma pasażerów, jest wygodniej i obsługa lepsza. Jeżeli mogę, zawsze wybieram trzynastego.

– No cóż – odparła z rezygnacją – to twój pogrzeb. Ale przez cały dzień będę się o ciebie martwiła. Tylko na Boga, nie przechodź pod drabinami i w ogóle nie rób głupstw. Przynajmniej w to popołudnie. Nie nadużywaj swego szczęścia. Nie wiem, po co jedziesz do Turcji, i nie chcę wiedzieć. Ale czuję to w kościach.

– Ach, jakie piękne kości! – droczył się z nią Bond. – Zabiorę je na kolację tego wieczora, kiedy wrócę.

– Nic podobnego – odpowiedziała chłodno. Po czym na pożegnanie ucałowała go z nagłą serdecznością, a Bond po raz setny zastanawiał się, po jaką cholerę zadaje się z innymi kobietami, skoro najmilsza z nich to jego sekretarka.

Samolot śpiewał bez ustanku nad niekończącym się morzem chmur z bitej śmietany, wyglądających tak solidnie, jakby można było na nich wylądować, gdyby silniki zawiodły. W chmurach powstała przerwa i odległa błękitna mgiełka, daleko po lewej, to był Paryż. Przez godzinę lecieli wysoko nad wypalonymi polami Francji, aż za Dijon ziemia odmieniła się z bladej w ciemniejszą zieleń, wznosząc się pochyło do Gór Jurajskich.

Nadszedł lancz. Bond odłożył książkę a myśli, wciskające się przy czytaniu między niego a zadrukowaną stronicę, przestały zaprzątać mu głowę. Jedząc, spoglądał w dół na chłodne zwierciadło Jeziora Genewskiego. Kiedy sosnowe lasy zaczęły piąć się ku śnieżnym połaciom w pięknie wyczyszczonych zębiskach Alp, przypomniał sobie dawne wakacje na nartach. Samolot okrążył potężny kieł Mont Blanc, o kilkaset metrów po lewej, i spojrzawszy w dół na brudnoszarą słoniową skórę lodowców, Bond znów zobaczył samego siebie jako nastolatka, z górnym końcem liny obwiązanym wokół pasa, zapartego w górnej części komina skalnego na Aiguilles Rouges, i swoich dwóch kolegów z uniwersytetu w Genewie, jak wspinają się ku niemu, pokonując kolejne centymetry gładkiej skały.

A teraz? Bond uśmiechnął się krzywo do swego odbicia w pleksiglasie, gdy samolot wykręcił od gór i poleciał nad prążkowanymi tarasami Lombardii. Gdyby podszedł doń na ulicy i zagadał ów młody James Bond, czy rozpoznałby czystego jak łza, zapalczywego młodzieńca, jakim był w wieku lat siedemnastu? I co ten młodzieniec pomyślałby o nim, tajnym agencie, starszym Jamesie Bondzie? Czy rozpoznałby się pod powłoką tego mężczyzny, zszarganego przez lata zdrad, bezwzględności, strachu – tego mężczyzny o zimnym, wyzywającym spojrzeniu i z blizną na policzku – i z płaską wypukłością pod lewym ramieniem? Gdyby młodzieniec go rozpoznał, jak wypadłaby jego ocena? Co by pomyślał o aktualnej misji Bonda? Co pomyślałby o zuchwałym tajnym agencie, który wyrusza w świat w nowej i bardzo romantycznej roli: by wykazać się jako alfons dla chwały Anglii?

Bond wyrzucił z myśli pamięć o swej umarłej młodości. Nigdy nie myśl o przeszłości. Gdybanie to strata czasu. Trzymaj się swego losu i bądź z niego zadowolony, i ciesz się, że nie jesteś sprzedawcą używanych samochodów albo dziennikarzem z brukowych gazet, zamarynowanym w dżinie i nikotynie – albo kaleką – albo trupem.

Patrząc w dół na spieczone słońcem, bezładne skupiska domów Genui, na łagodne niebieskie wody Morza

Śródziemnego, Bond odciął się w końcu myślami od tego, co przeminęło i skoncentrował na najbliższej przyszłości, w której sam siebie widział jako „alfonsa na rzecz Anglii".

Gdyż to właśnie – jakkolwiek inaczej chciałoby się nazwać owo zadanie – miał uczynić: uwieść, i to jak najszybciej, dziewczynę, której nigdy nie widział na oczy i dopiero wczoraj usłyszał, jak się nazywa. I przez cały czas – jakkolwiek byłaby atrakcyjna – a szef sekcji T nazwał ją „bardzo piękną" – Bond nie tym się będzie zajmował, czym i jaka ona jest, ale tym, co posiada – co przyniesie w posagu. Jak gdyby starał się ożenić z bogatą niewiastą dla jej pieniędzy. Czy potrafi odgrywać tę rolę? Może będzie mógł przybierać odpowiednie miny i wygłaszać to, co powinien – ale czy jego ciało zdoła się uniezależnić od potajemnych myśli i spełniać czynności miłosne, będące treścią jego deklaracji? Czy mężczyzna może zachowywać się wiarygodnie w łóżku, kiedy jego myśli skupiają się na pieniądzach, które kobieta ma w banku? Może kryje się jakaś podnieta erotyczna w świadomości, że kopuluje się z workiem złota. Ale z maszyną do szyfrowania?

Pod nimi przesunęła się Elba i samolot wszedł w liczący siedemdziesiąt kilometrów poślizg w kierunku Rzymu. Pół godziny w jazgocie głośników na lotnisku Ciampino, czas na dwie szklaneczki znakomitego americano i znowu był w drodze, lecąc wytrwale ku palcom włoskiego buta, podczas gdy umysł znów przesiewał najdrobniejsze szczegóły spotkania, zbliżającego się z szybkością pięciuset kilometrów na godzinę.

Czy wszystko to nie jest po prostu jakąś zawiłą intrygą MGB, do której nie może znaleźć klucza? Czy pakuje się w jakąś pułapkę, której nie umie zgłębić nawet M w swoim pokrętnym umyśle? Tylko Bóg wiedział, czy M martwił się możliwością takiej pułapki. Przemyślano wszelkie warianty i główkował nie tylko M, ale też szefowie sekcji na zebraniu operacyjnym w pełnym składzie, którzy wczoraj pracowali nad tym przez całe popołudnie i wieczór. Ale jakkolwiek roztrząsano tę sprawę, nikt nie umiał zasugerować, co Rosjanie mogliby na tym zyskać. Może chcą porwać Bonda i wziąć go na przesłuchanie. Ale dlaczego Bonda? Jest agentem operacyjnym, nie zajmuje się całością działań Służby, nie ma w głowie niczego, co mogłoby się Rosjanom przydać, z wyjątkiem szczegółów aktualnej misji oraz pewnej ilości tła informacyjnego, które nie może być istotne. A może chcą zabić Bonda w formie odwetu? Ale nie występował przeciwko nim już dwa lata. Gdyby chcieli go zabić, wystarczyłoby zastrzelić go na ulicy w Londynie albo w jego mieszkaniu, albo podłożyć mu bombę do samochodu.

Stewardesa przerwała Bondowi te myśli.

– Proszę zapiąć pasy.

Kiedy to mówiła, samolot nagle opadł, aż Bonda zemdliło, i znów się poderwał z niemiłą nutą wrzaskliwego napięcia w silnikach. Niebo na zewnątrz stało się raptem czarne. Deszcz zatłukł po oknach. Oślepiający błysk niebieskiego i białego światła i łoskot, jakby uderzył w nich pocisk przeciwlotniczy, samolot zaczął się miotać i rzucać w brzuchu elektrycznej burzy, przyczajonej w paszczy Adriatyku.

Bond poczuł woń niebezpieczeństwa. To całkiem realna woń, coś jakby mieszanina potu z elektrycznością, jaka zdarza się w salonie gier automatycznych. I znowu piorun trzepnął po oknach. Trzask! Jak gdyby się znaleźli w środku tego chlaśnięcia. Samolot nagle wydał się niewiarygodnie mały i kruchy. Trzynastu pasażerów! Piątek i trzynastego! Bondowi przypomniały się słowa Loelii Ponsonby i poczuł, że dłonie na poręczach fotela mu zwilgotniały. Zaczął się zastanawiać, jak stary jest ich samolot? Ile ma przelatanych godzin? Czy nie zaląga się w nim śmiercionośny kołatek zmęczenia metalu w skrzydłach? Ile wyżarł z ich wytrzymałości? Może nawet nie dolecą do Istambułu. Może gwałtowne chlupnięcie w Zatokę Koryncką ma okazać się tym przeznaczeniem, które tak filozoficznie zgłębiał jeszcze godzinę temu?

Gdzieś w samym środku Bond miał jednak „schron huraganowy", taki pokój w rodzaju twierdzy, jaki spotyka się w staromodnych budynkach pod tropikami. Są to nieduże, mocno zbudowane komórki w sercu domu, w środku parteru, a czasami nawet wpuszczone w głąb fundamentów. Do tej komórki wycofują się właściciel z rodziną, jeśli burza grozi zniszczeniem domu, i siedzą tam, aż niebezpieczeństwo przeminie. Bond chował się w swoim schronie huraganowym tylko wówczas, gdy sytuacja wymknęła się spod jego kontroli i nie dało się już podjąć innych działań. Teraz właśnie wycofał się do swej twierdzy, zamknął się na piekło hałasu i miotaniny, skupił się na jednym szwie na plecach fotela przed sobą i w rozluźnieniu czekał, co los postanowił dla lotu B.E.A. nr sto trzydzieści.

Prawie natychmiast w kabinie pojaśniało. Ulewa przestała walić w okno z pleksiglasu i zgiełk odrzutowych silników powrócił do spokojnego świstu. Bond otworzył drzwi swego schronu i wyszedł. Z wolna odwrócił głowę, wyjrzał z ciekawością przez okno i zobaczył drobny cień samolotu pędzący głęboko w dole po spokojnych wodach Zatoki Korynckiej. Westchnął głęboko i sięgnął do tylnej kieszeni po spiżową papierośnicę. Z przyjemnością skonstatował kamienny spokój swych dłoni, kiedy wyjmował zapalniczkę i zapalał sobie papierosa Morland z trzema złotymi kółkami. Czy ma powiedzieć swojej Lil, że omal miała rację?

Postanowił, że uczyni to, jeśli trafi mu się w Istambule dostatecznie ordynarna pocztówka.

Dzień na zewnątrz zaczął blaknąć w barwach konającego delfina i wyszła im naprzeciw góra Hymettos, niebieska w zmroku. Opadli w głąb migotliwego zbiorowiska Aten, po czym viscount pokołował po typowo betonowej płycie lotniska z jej obwisłą pończochą do wskazywania wiatru i dziwnymi, roztańczonymi napisami, których Bond raczej nie widywał od czasów szkolnych.

Wydostał się po schodkach z samolotu, razem z garstką bladych i milczących pasażerów, przeszedł do poczekalni tranzytowej i wyżej do baru. Zamówił szklankę ouzo i wypił ją do dna, popił haustem wody z lodu. Mocne ukąszenie kryło się pod mdłym smakiem anyżku i Bond poczuł, jak trunek zapala mu szybki, mały płomyczek w gardle i żołądku. Odstawił szkło i zamówił następne.

Zanim głośniki znowu go wywołały, zapadł zmierzch i półksiężyc płynął jasno i wysoko ponad światłami miasta. Powietrze było miękkie od wieczoru i woni kwiatów, cykady tętniły bez ustanku – zing a zing a zing – i z daleka dobiegał głos śpiewającego mężczyzny. Głos był czysty i smutny, a w pieśni pobrzmiewała nuta lamentu. Gdzieś w pobliżu lotniska ujadał pies. Bond nagle uświadomił sobie, że przybył na wschód, gdzie stróżujące psy wyją po nocach. Z jakiegoś niejasnego powodu uczuł w sercu skurcz rozkoszy i podniecenia.

Przed sobą miał już tylko dziewięćdziesiąt minut lotu do Istambułu, poprzez ciemne Morze Egejskie i morze Marmara. Wyborna kolacja, do tego dwa wytrawne martini i pół butelki bordo Calvet wymiotły z umysłu Bonda wątpliwości co do latania trzynastego i w piątek, jak również zmartwienia dotyczącego misji, zastępując je nastrojem miłego oczekiwania.

A potem byli już na miejscu i cztery śmigła dociągnęły samolot na postój przed ładnym, nowoczesnym portem lotniczym Yeşilköy, godzinę jazdy od Istambułu. Bond pożegnał się ze stewardesą i podziękował jej za udany lot, poniósł mały ciężki neseser przez kontrolę paszportową do celnej i czekał, aż dowiozą mu z samolotu walizkę.

A ci smagli, szpetni, schludni i drobni funkcjonariusze to współcześni Turkowie. Słuchał ich głosów, w których brzmiało wiele otwartych samogłosek, z lekka syczących spółgłosek i odmian samogłoski *u*, spoglądał w ciemne oczy zadające kłam ściszonemu, grzecznemu brzmieniu ich głosów. Były to bystre, złe, okrutne oczy, które dopiero co zeszły z gór. Bond pomyślał, że zna historię takich oczu. To oczy od wieków nawykłe do czuwania nad stadami owiec i rozpoznawania drobnych poruszeń na odległym horyzoncie. Oczy niepostrzeżenie wypatrujące ręki z nożem, liczące ziarenka w posiłku i drobne pieniążki, baczące na każde drgnięcie palców u kupca. Twarde, nieufne i zazdrosne oczy.

Nie spodobały się Bondowi.

Za stanowiskiem odprawy celnej wystąpił z cienia wysoki, szczupły mężczyzna o zwisających czarnych wąsach. Miał na sobie elegancki prochowiec i czapkę szoferską. Zasalutował i nie pytając Bonda o nazwisko, wziął jego walizkę, skierował się przodem do połyskliwego, wytwornego samochodu – był to stary, czarny rolls-royce *coupé de ville* zdobny we wzór plecionki – zbudowany zapewne, jak się domyślał Bond, dla jakiegoś milionera z lat dwudziestych.

Kiedy samochód płynnie opuszczał lotnisko, mężczyzna odwrócił się i przemówił grzecznie przez ramię, doskonałą angielszczyzną:

– Kerim Bey uznał, że chyba wolałby pan tej nocy odpocząć, sir. Mam się do pana zgłosić jutro o dziewiątej rano. W którym hotelu pan się zatrzymał, sir?

– Kristal Palas.
– Doskonale, sir. – Samochód zaledwie westchnął i pomknął szeroką, nowoczesną szosą.

Za nimi, w plamiście cętkowanych cieniach parkingu przy lotnisku, Bond dosłyszał cichy terkot zapalanego silnika u ruszającego skutera. Odgłos ten nic dla niego nie znaczył. Usadowił się wygodnie, aby rozkoszować się jazdą.

XIV Darko Kerim

James Bond obudził się wcześnie w obskurnym pokoju hotelowym Kristal Palas na wzgórzach Pera i w roztargnieniu sięgnął ręką w dół, aby zbadać ostre swędzenie po zewnętrznej stronie prawego uda. Coś go w nocy pogryzło. Podrapał się z irytacją. Mógł się tego spodziewać.

Kiedy tu przyjechał ubiegłej nocy, został powitany przez opryskliwego recepcjonistę w spodniach i koszuli bez kołnierzyka. Pobieżnie obejrzał hol z upstrzonymi przez muchy palmami w mosiężnych garnkach oraz podłogę i ściany kryte wyblakłą mauretańską glazurą, i już wiedział, co go czeka. Omal nie pomyślał, czy się nie przenieść do innego hotelu. Siła bezwładu i przewrotne zamiłowanie do tandetnej romantyczności, lgnącej do staroświeckich hoteli na kontynencie, sprawiły, że zdecydował się tu pozostać, zameldował się i ruszył za tym facetem na trzecie piętro starą windą o linowo-grawitacyjnym napędzie.

Jego pokój, wyposażony w kilka sfatygowanych gratów i żelazne łóżko, był taki, jak się spodziewał. Popatrzył tylko, czy na tapecie w głowach łóżka nie widać krwawych śladów po rozgniecionych pluskwach, i odprawił recepcjonistę.

Zbyt pochopnie. Kiedy wszedł do łazienki i odkręcił kran z gorącą wodą, wydobyło się z niego najpierw głębokie westchnienie, potem wzgardliwie zakaszlał i wreszcie wypluł do umywalki małą stonogę. Bond posępnie spłukał ją wątłym strumyczkiem brązowawej wody z zimnego kranu. To na tyle, pomyślał drwiąco, jeśli chodzi o wybór hotelu, ponieważ go rozbawiła nazwa i ponieważ chciało mu się oderwać od łatwego życia w wielkich hotelach.

Ale spało mu się dobrze, a teraz, zapamiętawszy tylko, że musi kupić coś owadobójczego, postanowił zapomnieć o wygodach i zająć się sprawami na dzień bieżący.

Wstał z łóżka, odsunął ciężkie czerwone, pluszowe zasłony i oparłszy się o żelazną barierkę, wpatrzył się w jeden z najsłynniejszych widoków świata: po prawej ciche wody Złotego Rogu, po lewej roztańczone fale nieosłoniętego Bosforu, a pośrodku spadziste dachy, strzeliste minarety i przysadziste meczety dzielnicy Pera. W końcu zrobił całkiem niezły wybór. Taki widok jest wart obfitości pluskiew i wielu niewygód.

Przez dziesięć minut stał, przyglądając się rozmigotanej wodnej granicy między Europą i Azją, po czym odwrócił się w stronę pokoju, teraz już rozjaśnionego od słońca, i zatelefonował po śniadanie. Jego angielszczyzny nie rozumiano, ale w końcu przebił się po francusku. Zrobił sobie zimną kąpiel i cierpliwie ogolił się w zimnej wodzie, w nadziei, że egzotyczne śniadanie, które zamówił, nie rozczaruje go.

I nie zawiódł się. Jogurt w niebieskiej porcelanowej miseczce był ciemnożółty i miał konsystencję gęstej śmietany. Zielone figi, już obrane, pękały od dojrzałości, a kawa turecka była czarna jak węgiel i miała posmak spalenizny – dowód, że została świeżo zmielona. Bond spożył ten świetny posiłek przy stole przysuniętym do otwartego okna.

Oglądał parowce i kaiki przecinające wody dwóch mórz, rozpostartych przed nim, i zastanawiał się, kto zacz ten Kerim i jakie może mieć świeże nowiny.

Punktualnie o dziewiątej przyjechał elegancki rolls-royce, aby go zabrać przez plac Taksim i zatłoczoną ulicą Istiklal, a następnie wywieźć z Azji. Gęsty czarny dym oczekujących parowców z godłem marynarki handlowej – dwiema wdzięcznie skrzyżowanymi kotwicami – zasnuwał pierwsze przęsło mostu Galata i zakrywał przeciwległy brzeg, na który rolls przedzierał się pośród rowerów i tramwajów, wytwornymi prychnięciami staroświeckiej trąbki z gumową gruszką ledwie powstrzymując przechodniów od włażenia pod koła. Później przerzedziło się i stara europejska dzielnica Istambułu u końca półkilometrowego mostu zamigotała od smukłych minaretów godzących w niebo i kopulastych meczetów, przykucniętych u ich stóp jak duże i jędrne piersi. Widok niczym z baśni z tysiąca i jednej nocy, ale na Bondzie, który ujrzał je pierwszy raz ponad dachami tramwajów i wielkimi bliznami współczesnych reklam nad rzeką, sprawił wrażenie pięknej dekoracji teatralnej, której współczesna Turcja wyrzekła się na korzyść stalowych i betonowych żelazek hotelu Istanbul-Hilton, nijako połyskujących w tle wzgórz Pera.

Za mostem samochód zjechał na prawo wąską, brukowaną uliczką, równoległą do nabrzeża, i zatrzymał się pod wysoką drewnianą bramą wjazdową.

Z budki portiera wyszedł i zasalutował strażnik o wyglądzie twardziela i mięsistej, uśmiechniętej twarzy, ubrany w postrzępione khaki. Otworzył drzwi samochodu i gestem zaprosił Bonda, by poszedł za nim. Powiódł go z powrotem do swojej wartowni, stamtąd przcz drzwi na małe, wyżwirowane i starannie zagrabione, ogrodowe podwórko, gdzie na środku rósł sękaty eukaliptus, a pod nim dziobały dwa białe grzywacze. Panowała tu cisza i spokój, a zgiełk miasta zmienił się w odległy pomruk.

Przeszli po żwirze, przez kolejne małe drzwi, i Bond znalazł się na końcu wielkiego, sklepionego domu towarowego o wysokich, okrągłych oknach, z których zapylone smugi słońca kładły się ukosem na pakach i belach towaru. Kiedy w chłodnej, zastałej woni przypraw korzennych i kawy Bond szedł za strażnikiem przez środkowe przejście, nagle uderzyła go mocna fala zapachu mięty.

Na końcu długiego magazynu znajdowało się podwyższenie otoczone balustradą. Na nim pół tuzina młodych mężczyzn i dziewcząt siedziało na wysokich stołkach, pilnie skrobiąc w grubych, staroświeckich księgach rachunkowych. I jak w kantorze z Dickensa, Bond zauważył na każdym wysokim biurku sfatygowane liczydła przy kałamarzu. Żaden z pracowników nie spojrzał na przechodzącego wśród nich Bonda, natomiast wysoki, czarniawy mężczyzna o chudej twarzy i zaskakująco niebieskich oczach wyszedł zza najdalszego biurka i przejąwszy od strażnika, poprowadził go dalej. Uśmiechnął się ciepło do Bonda, pokazując nadzwyczaj białe uzębienie, i powiódł go na tył podwyższenia. Zapukał w eleganckie mahoniowe drzwi z zamkiem yale i nie czekając na odpowiedź, otworzył je, wpuścił Bonda i cicho zamknął za nim drzwi.

– Ach, mój przyjaciel. Proszę. Proszę. – Ogromny mężczyzna w pięknie skrojonym kremowym garniturze z chińskiego jedwabiu wstał zza mahoniowego biurka i z wyciągniętą dłonią wyszedł mu na spotkanie.

Władcza nuta pobrzmiewająca w donośnym, przyjaznym głosie przypomniała Bondowi, że jest to szef placówki T i że Bond, znajdując się na cudzym terytorium, formalnie mu podlega. Było to wyłącznie kwestią etykiety, jednak wypadało o tym pamiętać.

Darko Kerim miał przedziwnie ciepły i suchy uścisk dłoni. Mocna, zachodnia garść sprawnych palców, a nie orientalne podanie ręki jakby ze skórki od banana, po którym ma się ochotę wytrzeć palce o poły marynarki. A wielka dłoń miała w sobie sprężoną siłę, mówiącą, że łatwo by jej przyszło ścisnąć twoją dłoń mocniej i mocniej, aż na koniec zaczną ci trzaskać kości.

Bond miał ponad metr osiemdziesiąt, ale ten człowiek był co najmniej o pięć centymetrów wyższy i sprawiał wrażenie dwa razy tak barczystego i dwa razy tęższego niż Bond. Podnosząc oczy, Bond popatrzył w dwoje szeroko rozstawionych, uśmiechniętych, niebieskich oczu w wielkiej, gładkiej, brązowej twarzy ze złamanym nosem. Oczy były lekko załzawione, wodniste i czerwono pożyłkowane, jak ślepia ogara, zbyt często wylegującego się zbyt blisko ognia. Bond rozpoznał w nich oczy wściekłego hulaki.

Twarz czyniła wrażenie z lekka cygańskie przez swoją zajadłą dumę, bujne, czarne, kręcone włosy i garbaty nos, a wrażenie wędrownego najemnika i zabijaki wzmagało jeszcze małe, cieniutkie złote kółko noszone przez Kerima w płatku prawego ucha. Zaskakująco wyrazista twarz, żywotna, okrutna i rozwiązła, ale jeszcze bardziej niżeli jej wyraz rzucała się w oczy promieniująca z niej żywotność. Bond pomyślał, że nigdy jeszcze nie widział w ludzkiej twarzy tyle życia i ciepła. Czując się jak w bliskości słońca, Bond puścił krzepką, suchą dłoń i odpowiedział Kerimowi uśmiechem takiej przyjaźni, jaką rzadko czuł dla nieznajomych.

– Dzięki za przysłanie mi zeszłej nocy samochodu.

– Ha! – uradował się Kerim. – Podziękuj też naszym przyjaciołom. Obie strony wyszły ci na spotkanie. Oni zawsze śledzą mój samochód, kiedy wyjeżdża na lotnisko.

– Vespa czy lambretta?

– Zauważyłeś? Lambretta. Mają ich całą flotę dla swojego drobiazgu, dla tych przydupasów, których ja nazywam pętakami bez twarzy. Są do siebie tacy podobni, że nigdy nie mogliśmy się w nich połapać. Drobni bandyci, przeważnie te śmierdziele z Bułgarii, do brudnej roboty. Ale ten się chyba trzymał daleko z tyłu. Już nie podjeżdżają blisko do rollsa, odkąd mój szofer nagle zahamował i ostro wrzucił wsteczny. Uszkodził lakier i zakrwawił spód karoserii, ale pozostałych to nauczyło grzeczności.

Kerim podszedł do swego fotela i wskazał taki sam po drugiej stronie biurka. Pchnął ku niemu płaskie białe pudełko papierosów i Bond usiadł, wziął jednego, zapalił. Najwspanialszy papieros, jakiego w życiu zakosztował: najłagodniejszy i najsłodszy turecki tytoń w cienkiej długiej, owalnej tutce z eleganckim złotym półksiężycem.

Podczas gdy Kerim umieszczał jeden z nich w długiej, pożółkłej od nikotyny cygarniczce z kości słoniowej, Bond skorzystał z okazji, żeby rozejrzeć się po pokoju, mocno pachnącym farbą i lakierem, jakby go dopiero co przemalowano.

Był duży, kwadratowy i wyłożony połyskliwą boazerią, tylko za fotelem Kerima zwisała z sufitu orientalna tkanina, poruszająca się z lekka w podmuchu, jakby za nią było otwarte okno. Lecz nie wydawało się to prawdopodobne, jako że światło płynęło z trzech okrągłych okien pod sufitem. Może za tą zasłoną jest balkon wychodzący na Złoty Róg, którego fale pluszczą na dole o ściany. Na środku ściany po prawej stronie wisiała oprawna w złote ramy reprodukcja portretu Królowej, którą namalował Annigoni. Naprzeciwko, też w imponujących ramach, wisiało zrobione w latach wojny przez Cecila Beatona zdjęcie, na którym Winston Churchill spoglądał zza biurka w swoim urzędzie premiera jak nadęty buldog. Pod jedną ze ścian mieściła się spora biblioteka, a naprzeciwko wygodna skórzana sofa. Na środku pokoju wielkie biurko migotało wypolerowanym mosiądzem uchwytów. Na zarzuconym papierami biurku stały trzy srebrne ramki do zdjęć i Bond spostrzegł w nich z ukosa kaligraficzne pismo dwóch zaszczytnych *Mentions in Dispatch* w rozkazie dziennym i Orderu Imperium Brytyjskiego w kategorii wojskowej.

Kerim zapalił swego papierosa. Krótkim ruchem głowy wskazał na tkaninę za swymi plecami.

– Nasi przyjaciele złożyli mi wczoraj wizytę – rzekł od niechcenia. – Przyczepili dywersyjną bombę do ściany od zewnątrz. Zapalnik tak ustawili, żeby mnie zastać przy biurku. Na szczęście zafundowałem sobie akurat chwilę relaksu na tej sofie z młodą Rumunką, wciąż jeszcze wyobrażającą sobie, że mężczyzna wyzna jej swoje tajemnice w zamian za seks. Bomba wybuchła w krytycznym momencie. Mnie to nie przeszkodziło, lecz obawiam się, że dla dziewczyny było to zbyt mocne doświadczenie. Kiedy puściłem ją, dostała histerii. Podejrzewam, że uznała mój styl kochania się stanowczo za zbyt gwałtowny. – Przepraszająco machnął cygarniczką. – Ale trzeba było naprawdę w dużym pośpiechu doprowadzać ten pokój do porządku przed twoim przybyciem. Nowe szyby w oknach i na obrazach, a wszystko tu wciąż jeszcze śmierdzi farbą. Ale co tam! – Kerim poprawił się w fotelu. – Czego nie mogę pojąć, to aż tak nagłego zerwania stosunków pokojowych. Żyjemy tu w Istambule całkiem przyjaźnie. Wszyscy mamy do wykonania swoją robotę. To niesłychane, żeby moi *chers collègues* nagle i w ten sposób wypowiadali wojnę. Coś niepokojącego. Może to oznaczać tylko kłopoty dla naszych rosyjskich przyjaciół. Będę zmuszony przywołać do porządku faceta, który to zrobił, skoro tylko wykryję jego nazwisko. – Kerim potrząsnął głową. – Bardzo podejrzana

sprawa. Mam nadzieję, że nie ma nic wspólnego z naszą sprawą.
— Ale czy należało tak manifestować moje przybycie? — spytał łagodnie Bond. — Ostatnia rzecz, jakiej bym pragnął, to żeby cię mieszać w to wszystko. Po co było wysyłać rollsa na lotnisko? Z tego wynika tylko powiązanie mnie z tobą.
— Przyjacielu — Kerim zaśmiał się pobłażliwie — muszę ci wyjaśnić coś, o czym powinieneś wiedzieć. My, Rosjanie i Amerykanie mamy opłacanych ludzi w każdym hotelu. I wszyscy mamy przekupionego funkcjonariusza w centrali tajnej policji, więc dostajemy odbity przez kalkę wykaz wszystkich cudzoziemców, jacy każdego dnia wjechali do kraju drogą powietrzną, kolejową lub morską. Wystarczyłoby mi parę dni, żebym cię mógł do nas przemycić przez granicę z Grecją. Tylko po co? Twoja obecność tutaj musi być znana drugiej stronie, żeby nasza przyjaciółka mogła się z tobą skontaktować. Ona postawiła to jako warunek, że sama załatwi wasze spotkanie. Może nie dowierza naszemu bezpieczeństwu. Któż to wie? Ale była w tej kwestii stanowcza i powiedziała mi, jakbym o tym nie wiedział, że jej centrala natychmiast ją powiadomi o twoim przybyciu. — Kerim wzruszył barczystymi ramionami. — Więc po co jej to utrudniać? Mnie chodzi wyłącznie o to, żeby twoje sprawy poszły ci łatwo i wygodnie. Aby twój pobyt przynajmniej okazał się przyjemny... nawet gdyby nie przyniósł owoców.

Bond roześmiał się.

— Cofam wszystko, co powiedziałem. Zapomniałem o bałkańskich regułach gry. Tak czy owak ty mi tu rozkazujesz. Powiesz mi, co mam zrobić, i ja to zrobię.

— A teraz, skoro już mowa o twojej wygodzie — Kerim zbył sprawę jednym gestem — jak ci się podoba hotel? Zaskoczyło mnie, że wybrałeś Palas. To niewiele lepsze miejsce niż burdel: Francuzi nazywają to *baisodrome*. No i stała meta dla Rosjan. Chociaż to nie gra roli.

– Nie jest taki zły. Po prostu nie chciałem się zatrzymywać w Instanbul-Hiltonie czy którymś z tych eleganckich.

– Chodzi o pieniądze? – Kerim sięgnął do szuflady i wyjął płaski plik nowiutkich zielonych banknotów. – Tu masz tysiąc tureckich funtów. Ich rzeczywista wartość i kurs na czarnym rynku to jakieś dwadzieścia za funta. Oficjalne przeliczenie siedem za funta. Powiedz mi, kiedy je zużyjesz, i dam ci tyle, ile zechcesz. Rozliczyć się możemy po zakończeniu gry. Ale to i tak śmiecie. Od czasu, kiedy Krezus, pierwszy milioner, wynalazł złote monety, pieniądz już tylko traci wartość. A twarze na monecie parszywieją tak samo jak jej wartość. Początkowo były to twarze bogów. Później królów. Później prezydentów. A teraz już nie ma żadnej twarzy. Popatrz na to świństwo! – Kerim rzucił Bondowi pieniądze. – Dziś to już tylko papier z obrazkiem jakiegoś publicznego budynku i podpisem kasjera. Gówno! Prawdziwy cud, że można jeszcze za to coś kupić. Ale mniejsza o to. Co jeszcze? Papierosy? Pal tylko te. Każę ci przysłać kilka setek do hotelu. To najlepsze. *Diplomates*. Trudno je dostać. Większość biorą ministerstwa i ambasady. Coś jeszcze zanim przejdziemy do rzeczy? Nie martw się o posiłki i rozrywkę. Ja się zajmę jednym i drugim. Sprawi mi to przyjemność, a poza tym – jeśli mi to wybaczysz – chciałbym zawsze być w pobliżu ciebie, dopóki tu jesteś.

– Niczego bardziej nie pragnę – odrzekł Bond. – Tylko tego, żebyś przyjechał kiedyś do Londynu.

Nigdy odparł stanowczo Kerim. Pogoda i kobiety są tam o wiele za zimne. A ja dumny jestem, że mam cię tutaj. Przypomina mi to wojnę. A teraz – przycisnął dzwonek na biurku – wolisz kawę gorzką czy słodką? W Turcji nie da się poważnie rozmawiać bez kawy albo *raki*. A na *raki* jeszcze za wcześnie.

– Gorzką.

Drzwi za Bondem otwarły się. Kerim wypalił rozkaz. Kiedy drzwi się zamknęły, Kerim otworzył którąś szufladę z klucza i wyjął teczkę, którą położył przed sobą. Uderzył po niej dłonią.

– Przyjacielu – odezwał się posępnie. – Nie wiem, co mam powiedzieć o tej sprawie. – Odchylił się na oparcie i złączył dłonie na karku. – Czy przyszło ci kiedyś do głowy, że nasze zajęcie przypomina kręcenie filmu? Tyle razy ściągałem wszystkich na plan i już myślałem, że mogę kręcić tą korbą. A tu okazuje się, że pogoda, to znów aktorzy, to jakieś wypadki. I jeszcze coś innego przydarza się w trakcie kręcenia filmu. Otóż pojawia się w jakiejś formie albo postaci miłość, w najgorszym razie taka jak teraz, między dwojgiem gwiazdorów. W tym wypadku dla mnie to jest czynnik najbardziej niepokojący i najbardziej zagadkowy. Czy ta dziewczyna się naprawdę zakochała w twoim wyobrażeniu? Czy zakocha się w tobie, jak cię zobaczy? Czy ty będziesz mógł tę Rosjankę dostatecznie pokochać, żeby przeciągnąć ją na naszą stronę?

Bond nie skomentował tego. Zapukano do drzwi i starszy kancelista postawił filiżankę ze „skorupki jajka", ujętą w filigranowe złoto, przed każdym z nich, po czym wyszedł. Bond upił troszeczkę kawy i odstawił ją. Była dobra, lecz pełna fusów. Kerim swoją wychylił jednym haustem, włożył papierosa do cygarniczki i zapalił go.

– Ale z tą miłością nic nie możemy zrobić – podjął Kerim, na wpół do siebie. – Możemy tylko czekać i patrzeć. Są inne sprawy. – Pochylił się na biurko i spojrzał na Bonda. Jego oczy nagle stały się bardzo twarde i chytre.

– Coś tam dzieje się w nieprzyjacielskim obozie, mój przyjacielu. Nie chodzi tylko o tę próbę pozbycia się mnie. Przyjazdy i wyjazdy. Faktów mam niewiele – uniósł wielki palec wskazujący i przyłożył go z boku do nosa – ale mam to. – Postukał się po nosie, jakby poklepał psa. – Ale to mój dobry przyjaciel i ja na nim polegam. – Z wolna i znacząco opuścił dłoń na biurko i dodał ściszonym głosem: – I gdyby stawki nie były tak wielkie, powiedziałbym ci: „Wracaj do domu, przyjacielu. Wracaj do domu. Tu się kroi coś, od czego lepiej trzymać się z daleka".

Kerim znów usiadł prosto. Z głosu jego znikło napięcie. Parsknął gardłowym śmiechem.

– Ale my nie jesteśmy stare baby. A to nasza robota. Zapomnijmy więc o moim nosie i bierzmy się do dzieła. Przede wszystkim: czy jest coś takiego, o czym nie wiesz, a ja mógłbym ci to powiedzieć? Od czasu mojej depeszy dziewczyna nie dała znaku życia i nie mam żadnych dalszych wiadomości. Ale może chciałbyś mnie o coś zapytać na temat tego spotkania?

– Tylko jedno pragnąłbym wiedzieć – spytał rzeczowo Bond. – Co sądzisz o tej dziewczynie? Wierzysz jej czy nie wierzysz? W to, co mówiła o mnie? Nic innego nie ma znaczenia. Jeżeli nie dostała histerii na moim punkcie, to cała sprawa upada i jest to jakaś zawiła intryga MGB, której nie rozumiemy. A więc. Czy wierzysz tej dziewczynie? – Głos Bonda brzmiał nagląco, a oczy badały twarz rozmówcy.

– Ach, mój przyjacielu. – Kerim potrząsnął głową. – Rozłożył ramiona. – To jest właśnie pytanie, które wtedy sobie zadawałem i od tej pory wciąż je sobie zadaję. Ale któż potrafi powiedzieć, czy w tych sprawach kobieta kłamie? Oczy jej świeciły: piękne, niewinne oczy. Wargi miała wilgotne i rozchylone. Prześliczne usta. Głos miała natarczywy i przestraszony tym, co robi i mówi. Zbielałe kostki palców zacisnęła na poręczy statku. Ale co w sercu? – Kerim podniósł dłonie. – Bóg raczy wiedzieć. – Opuścił dłonie z rezygnacją. Położył je płasko na biurku i popatrzył Bondowi wprost w oczy. – Jest tylko jeden sposób, ażeby się dowiedzieć, czy kobieta cię naprawdę kocha, i to również odczytać może tylko znawca.

– Tak – rzekł z powątpiewaniem Bond. – Wiem, co masz na myśli. W łóżku.

XV Parantela szpiega

Znowu pojawiła się kawa, a potem więcej kawy, aż w wielkim pokoju zrobiło się duszno od dymu z papierosów, kiedy obaj mężczyźni sięgali po najdrobniejszą z poszlak, roztrząsali ją i odkładali na bok. Po godzinie wrócili do punktu wyjścia. Rozstrzygnięcie problemu dziewczyny należy do Bonda i jeżeli przekona go jej opowieść, wówczas on musi wywieźć ją i maszynę z tego kraju.

Kerim wziął na siebie sprawy organizacyjne. Przede wszystkim sięgnął po słuchawkę, pomówił ze swoim agentem w dziale podróży i zarezerwował dwa miejsca na każdy samolot odlatujący w najbliższym tygodniu: B.E.A., Air France, SAS i Turkair.

– Teraz potrzebny ci paszport – powiedział. – Jeden wystarczy. Ona może podróżować jako twoja żona. Jeden z moich ludzi zrobi ci zdjęcie i znajdzie fotografię jakiejś dziewczyny, która będzie w miarę podobna do niej. W gruncie rzeczy nadałoby się wczesne zdjęcie Grety Garbo. Są trochę podobne. Można je wziąć z archiwum prasowego. Porozmawiam z konsulem generalnym. To świetny facet i lubi moje intryżki płaszcza i szpady. Paszport będzie gotów dziś wieczór. Jakie chcesz mieć nazwisko?

– Weź z kapelusza.

– Somerset. Moja matka stamtąd pochodziła. David Somerset. Zawód: dyrektor spółki. To nic nie znaczy. A dziewczyna? Powiedzmy: Caroline. Wygląda na Caroline. Dwoje młodych, szczupłych Anglików lubiących podróżować. Deklaracja walutowa? Zostaw to mnie. Będzie na niej osiemdziesiąt funtów, powiedzmy, w czekach podróżnych i pokwitowanie z banku, że z tego pięćdziesiąt wymieniłeś podczas pobytu w Turcji. Cło? W ogóle nie sprawdzają. Cieszą się, jeżeli ktoś coś kupił w tym kraju. Zadeklarujesz trochę rachatłukum na prezenty dla przyjaciół w Londynie. Jeżeli będziesz musiał nagle wyjeżdżać, zostawisz mi swój rachunek za hotel i sprawę bagażu. W Palas dobrze mnie znają. Coś jeszcze?

– Nic mi nie przychodzi do głowy.

Kerim popatrzył na zegarek.

– Dwunasta. Pora, żeby samochód cię odwiózł do hotelu. Może tam czekać wiadomość. Przyjrzyj się uważnie swoim rzeczom, czy ktoś ich nie sprawdzał.

Zadzwonił i rzucił instrukcje starszemu kanceliście, który stał i patrzył mu bystro w oczy, wyciągając wąską głowę do przodu jak chart na starcie.

Kerim odprowadził Bonda do drzwi. Znów ten ciepły, potężny uścisk dłoni.

– Samochód przywiezie cię na lancz – zapowiedział. – Lokalik na Bazarze Korzennym. – Z radością popatrzył Bondowi w oczy. – Cieszę się na współpracę z tobą. Zapowiada się obiecująco. – Puścił dłoń Bonda. – A teraz mam do załatwienia mnóstwo szybkich spraw. Może nie takich, jak należy, ale jak by nie było – wyszczerzył szeroko zęby – *jouons mal, mais jouons vite!*

Starszy kancelista, będący u Kerima zapewne kimś na kształt szefa sztabu, wyprowadził Bonda z podwyższenia innymi drzwiami. Głowy wciąż pochylały się nad księgami. Krótki korytarz miał pokoje po obu stronach. Facet wprowadził go do jednego z nich i Bond znalazł się w znakomicie wyposażonym laboratorium i ciemni fotograficznej. Po dziesięciu minutach wyszedł znów na ulicę. Rolls wymanewrował z wąskiej alejki i znalazł się ponownie na moście Galata.

Dyżur w Kristal Palas miał już inny recepcjonista, mały służalec z oczyma winowajcy w żółtawej twarzy. Wyszedł zza biurka i przepraszająco rozłożył ręce. Bardzo mi przykro, *efendi*. Kolega wskazał panu niewłaściwy pokój. Nie wiedzieliśmy, że jest pan przyjacielem Kerim Beya. Pańskie rzeczy przeniesiono do pokoju numer dwanaście. To najlepszy pokój w hotelu. Właściwie – recepcjonista łypnął znacząco – rezerwujemy go dla par podczas miodowego miesiąca. Z wszelkimi wygodami. Ogromnie przepraszam, *efendi*. Tamten pokój nie nadaje się dla znakomitych gości.
– Wykonał służalczy pokłon, zacierając ręce.

Czego Bond nie znosił, to odgłosu lizania po butach. Popatrzył recepcjoniście w oczy.

– Ach tak! – Oczy umknęły. – Chcę zobaczyć ten pokój. Nie wiem, czy będzie mi odpowiadał. W tamtym było mi całkiem wygodnie.

– Naturalnie, *efendi*. – Facet odprowadził go w pokłonach do windy. – Ale tam niestety już pracują ślusarze. Instalacja wodociągowa... – Głos jakby go zawiódł. Winda podjechała jakieś trzy metry do góry i zatrzymała się na pierwszym piętrze.

No, zreflektował się Bond, z tymi ślusarzami to rzeczywiście. A zresztą, co mu szkodzi mieć najlepszy pokój w hotelu.

Recepcjonista otworzył wysokie drzwi i odstąpił.

Bond musiał wyrazić aprobatę. Słońce płynęło z szerokich podwójnych okien wychodzących na mały balkon. Wnętrze w barwach różu i szarości, w stylu udającym francuski *empire*, nieco podniszczone z upływem lat, ale wciąż jeszcze odznaczało się elegancją z przełomu stuleci. Na parkiecie leżały piękne dywany z Buchary. Z ozdobnego sufitu zwisał błyszczący żyrandol. Olbrzymie łoże przy prawej ścianie. Za nim prawie na całą ścianę ogromne lustro w złotych ramach. (Bonda to rozbawiło. Miodowy miesiąc! A gdzie lustro na suficie?). Przylegająca łazienka była cała w glazurze i wyposażona we wszystko, aż do bidetu i prysznica włącznie. Porządnie ułożono jego przybory do golenia.

Recepcjonista wrócił razem z nim do sypialni. Gdy Bond oznajmił, że bierze ten pokój, wycofał się, bijąc pokłony.

Czemu nie? Bond znów obszedł pokój. Tym razem starannie oglądał ściany i okolice łoża oraz telefonu. Dlaczego miałby nie wziąć tego pokoju? Do czego by tu służyły mikrofony albo ukryte drzwi? Z jakiego powodu?

Jego walizka spoczywała na ławce przy komodzie. Przyklęknął. Żadnych zadrapań koło zamka. Malutki kłaczek pod zatrzaskiem wciąż tam jest. Otworzył walizkę i wyjął z niej neseser. Ciągle żadnego śladu manipulacji. Bond zamknął walizkę i wstał.

Umył się, wyszedł z pokoju i zszedł po schodach. Nie, *efendi*, nie zostawiono żadnej wiadomości. Recepcjonista kłaniał się, otwierając mu drzwi rolls-royce'a. Czyżby jakiś cień spisku ukrywał się za ciągłym wyrazem jakby przewinienia w tych oczach? Bond postanowił nie zwracać na to uwagi. Grę należy rozegrać, na czymkolwiek by polegała. Jeśli zmiana pokoju to gambit otwarcia, tym lepiej. Gra się musi od czegoś rozpocząć.

Kiedy samochód pędził w dół ze wzgórza, myśli Bonda powróciły do Darko Kerima. Co za człowiek z tego szefa stacji T! Choćby jego postura, w tym kraju podejrzanych, małych, pokracznych ludzików, nadawała mu autorytet, a wszystkich mogła uczynić jego przyjaciółmi tylko dzięki samej witalności i radości życia. Skąd się wziął ten żywiołowy i sprytny pirat? I jak to się stało, że pracuje dla Secret Service? Był rzadkim typem człowieka, z gatunku nad wyraz cenionego przez Bonda, i ten już był gotów zaliczyć go do półtuzina prawdziwych przyjaciół, którym rezerwował miejsce w swoim sercu.

Samochód przejechał na powrót most Galata i przystanął pod sklepionymi arkadami Bazaru Korzennego. Szofer powiódł go po niskich, wydeptanych stopniach na górę, w opary egzotycznych zapachów, donośnie klnąc żebraków i obładowanych workami tragarzy. Skierował się w lewo od wejścia, pozostawiając za sobą potok szurającej, rozjazgotanej masy ludzkiej i wskazał Bondowi małą arkadę w grubym murze. Stopnie jak w baszcie zakręcały ku górze.

– Kerim Beya znajdzie pan w najdalszym pokoju po lewej, *efendi*. Wystarczy zapytać. Wszyscy go znają.

Bond wspiął się po chłodnych schodach do małego przedpokoju, gdzie zajął się nim kelner, nie zapytawszy o nazwisko, i zaprowadził go przez labirynt małych sklepionych pokoi wykładanych barwną glazurą tam, gdzie Kerim siedział przy narożnym stoliku nad wejściem do bazaru. Kerim powitał go wylewnie, machając szklanką mlecznego płynu, w którym pobrzękiwały kawałki lodu.

– Jesteś, przyjacielu! Więc na początek trochę *raki*. Musisz być wymęczony po tej wycieczce. – Rzucił polecenia kelnerowi.

Bond zasiadł w fotelu o wygodnych poręczach i wziął od kelnera szklaneczkę. Przepił nią do Kerima i skosztował.

Nie różniła się niczym od *ouzo*. Wypił do dna. Kelner od razu ją napełnił.

– A teraz zamówimy ci lancz. W Turcji nic się nie jada prócz odpadków uwarzonych w zjełczałym oleju. Ale te odpadki w Misir Çarsisi przynajmniej są najlepsze.

Kelner pokazał w uśmiechu zęby i coś zaproponował.

– On mówi, że *doner kebab* jest dzisiaj znakomity. Nie wierzę mu, ale kto wie. To bardzo młode jagnię pieczone na węglach w przyprawionym ryżu. Z mnóstwem cebuli. A może wolisz coś innego? Pilaw albo trochę tych piekielnych nadziewanych papryk, które tu jedzą? W porządku. A zacząć musisz od kilku sardynek z rusztu *en papillote*. Są względnie jadalne. – Kerim zaczął rugać kelnera. Odchylił się w tył i uśmiechnął do Bonda. – To jedyny sposób na tych cholerników. Uwielbiają, żeby ich przeklinać i kopać. Tylko tak rozumieją. Mają to we krwi. Ich wykańcza całe to udawanie demokracji. Chcą mieć sułtanów, wojny, gwałty i uciechę. Biedne dzikusy, w tych prążkowanych garniturach i melonikach. Są żałośni. Wystarczy na nich popatrzeć. Ale do diabła z nimi. Coś nowego?

Bond potrząsnął głową. Powiedział Kerimowi o wymianie pokoju i nienaruszonej walizce.

Kerim wychylił szklaneczkę *raki* i wytarł sobie usta grzbietem dłoni. Odpowiedział jak echo na to, co sobie pomyślał Bond.

– No, kiedyś ta gra się musi rozpocząć. Wykonałem jakieś drobne ruchy. Teraz możemy tylko czekać i zobaczymy. Po jedzeniu zrobimy sobie mały wypad na terytorium wroga. Pewnie cię to zainteresuje. Och, nie zobaczą nas. Będziemy się poruszali w cieniu, pod ziemią. – Kerim roześmiał się z satysfakcją. – A teraz pogadajmy o innych sprawach. Jak ci się podoba Turcja? Nie, nie chcę wiedzieć. Co jeszcze?

Przerwało im pojawienie się pierwszego dania. Sardynki *en papillote* dla Bonda nie różniły się od innych smażonych sardynek. Kerim zabrał się do wielkiego talerza czegoś, co wyglądało na pokrojoną w paski surową rybę. Spostrzegł zaciekawione spojrzenie Bonda.

– Surowa ryba – wyjaśnił. – Później zjem surowego mięsa z sałatą i miskę jogurtu. Nie jestem maniakiem nowości, ale trenowałem kiedyś na zawodowego siłacza. W Turcji to niezły zawód. Publika ich uwielbia. Otóż mój trener wymagał, żebym jadł tylko surową żywność. No i przyzwyczaiłem się. Mnie to odpowiada, ale – pomachał widelcem – nie twierdzę, że to dobre dla każdego. Diabła mnie tam obchodzi, co jedzą inni, skoro im to sprawia przyjemność. Nie znoszę takich, co jedzą na smutno i piją na smutno.

– Dlaczego w końcu nie zdecydowałeś się być siłaczem? Jak trafiłeś do naszej branży?

Kerim nadział na widelec pasek rybiego mięsa i zaczął go rwać zębami. Popił połową szklaneczki *raki*. Zapalił papierosa i odchylił się w fotelu.

– No cóż. – Uśmiechnął się kwaśno. – Możemy równie dobrze pogadać o mnie jak o czymkolwiek innym. A ty się pewnie zastanawiasz, skąd się ten stuknięty drab wziął w Secret Service. Powiem ci, ale krótko, bo to długa historia. Przerwiesz mi, jak cię znudzę. Dobrze?

– W porządku. – Bond zapalił diplomate'a. Pochylił się do przodu i podparł na łokciach.

– Pochodzę z Trebizondy. – Kerim popatrzył, jak dym z jego papierosa skręca się, idąc w górę. – Byliśmy ogromną rodziną z mnóstwem matek. Z mego ojca był taki facet, któremu kobiety nie mogą się oprzeć. Wszystkie chcą, żeby mężczyzna je zwalił z nóg. Marzy im się w snach, żeby facet zarzucił je sobie na ramię, zaniósł do jaskini i zgwałcił. I on tak z nimi postępował. Z mojego ojca był wielki rybak, sławny z tego na całe Morze Czarne. Polował na mieczniki. One są trudne do złapania, ciężko je pokonać, a on z tymi rybami zawsze był najlepszy. Kobiety lubią bohaterów. On był czymś w rodzaju bohatera w takim zakątku Turcji, gdzie lubi się twardych mężczyzn. Był z niego duży facet i romantyczny w typie. Więc mógł mieć każdą kobietę, jaką zechciał. A chciał mieć je wszystkie i zdarzało mu się nawet zabijać innych, żeby je dostać. Oczywiście miał mnóstwo dzieci. Wszyscy żyliśmy na kupie w wielkiej, starej, rozpadającej się ruinie, w której dzięki naszym „ciotkom" jakoś tam dawało się mieszkać. Te ciotki to właściwie był harem. Jedna z nich była angielską guwernantką z Istambułu, którą mój ojciec wypatrzył, jak oglądała przedstawienie w cyrku. Zapalił się do niej, a ona do niego, i tego samego wieczora zabrał ją na swoją rybacką łódź i pożeglowali przez Bosfor z powrotem do Trebizondy. Myślę, że chyba nigdy tego nie żałowała. Chyba zapomniała o całym świecie poza nim. Umarła zaraz po wojnie. Miała sześćdziesiąt lat. Przede mną urodził się dzieciak z jednej Włoszki i ta dziewczyna nazwała go Bianco. Był jasny. A ja ciemny. Więc nazwano mnie Darko. Nas było tam piętnaścioro i mieliśmy wspaniałe dzieciństwo. Nasze ciotki często się tłukły i my również. Jak w obozie cygańskim. W kupie całe to towarzycho trzymał mój ojciec, tłukąc nas, kobiety czy dzieci, kiedyśmy się stawali nieznośni. Ale kiedy robiliśmy się potulni, był dla nas dobry. Chyba nie potrafisz zrozumieć takiej rodziny?

– Tak jak opisujesz, potrafię.

– W każdym razie tak było. Wyrosłem na faceta prawie tak dużego jak mój ojciec, tylko lepiej wykształconego. Matka o to zadbała. Ojciec nauczył nas tylko czystości, chodzenia raz dziennie do klozetu i żebyśmy się niczego w życiu nie wstydzili. Matka nauczyła mnie też szacunku do Anglii, ale to już na marginesie. W wieku lat dwudziestu miałem już własną łódź i robiłem pieniądze. Ale byłem dziki. Porzuciłem ten wielki dom i przeniosłem się do dwóch małych pokoików na nabrzeżu. Bo chciałem mieć swoje kobiety, gdzie matka ich nie zobaczy. Ale przydarzył mi się pech. Miałem taką młodziutką jędzę z Besarabii. Zdobyłem ją, walcząc z kilkoma Cyganami, tu we wzgórzach pod Istambułem. Gonili mnie, ale zabrałem ją na pokład mojej łodzi. Musiałem ją w tym celu najpierw ogłuszyć. Próbowała mnie zabić, kiedy wróciliśmy do Trebizondy, więc zaciągnąłem ją do siebie, rozebrałem do naga i tak trzymałem na łańcuchu pod stołem. Jedząc, rzucałem jej pod stół resztki jak psu. Żeby się nauczyła, kto tu jest panem. Ale zanim do tego doszła, moja matka zrobiła coś niesłychanego. Odwiedziła mnie bez uprzedzenia. Przyszła powiedzieć, że ojciec mnie potrzebuje natychmiast. Znalazła tę dziewczynę. Pierwszy raz w życiu tak naprawdę się na mnie rozgniewała. To był gniew? Po prostu furia! Że ze mnie okrutny nicpoń i ona wstydzi się nazywać mnie swoim synem. Że dziewczynę mam natychmiast oddać tamtym. Przyniosła jej z domu własne ubranie. Dziewczyna je nałożyła, ale jak przyszło co do czego, to nie chciała już mnie opuścić. – Darko Kerim pokładał się ze śmiechu. – Ciekawa lekcja kobiecej psychologii, mój przyjacielu. Ale problem tej dziewczyny to inna sprawa. Kiedy matka zajmowała się nią, a tamta ją w zamian tylko przeklinała po cygańsku, ja miałem rozmowę z ojcem, który w ogóle o tym wszystkim nie słyszał i nigdy się nie dowiedział. Taka już była moja matka. Z moim ojcem był jeszcze drugi facet, spokojny, wysoki Anglik z czarną przepaską na oku. Gadali o Rosjanach. Anglik dowiadywał się, co oni wyprawiają na granicy i co się dzieje w Batumi, ich wielkiej bazie naftowej i okrętowej zaledwie o siedemdziesiąt kilometrów od Trebizondy. Że dobrze zapłaci za te informacje. Ja umiałem po angielsku i po rosyjsku. Miałem doskonały wzrok i słuch. Miałem łódź. Ojciec postanowił, że mam pracować dla tego Anglika. A tym Anglikiem, drogi przyjacielu, był major Dansey, mój poprzednik na stanowisku szefa tej stacji. I ciąg dalszy – Kerim wykonał szeroki gest swoją cygarniczką – możesz sobie już wyobrazić.

– A co z treningiem na zawodowego siłacza?

– Ach – powiedział chytrze Kerim – to było uboczne zajęcie. Przez granicę nie wpuszczano tam prawie żadnych Turków poza tymi w naszych wędrownych cyrkach. Rosjanie nie potrafią żyć bez cyrku. Takie to proste. Więc ja rozrywałem łańcuchy i podnosiłem ciężary na linie w zębach. Mocowałem się z miejscowymi siłaczami po wsiach rosyjskich. A pośród tych Gruzinów zdarzają się olbrzymy. Na szczęście są głupi, więc prawie zawsze wygrywałem. A potem, przy wódce, zawsze mnóstwo się gadało i plotkowało. Robiłem za durnia i udawałem, że nie rozumiem. Czasem zadawałem jakieś niewinne pytanie, a oni wyśmiewali się z mojej głupoty i odpowiadali.

Pojawiło się drugie danie, z butelką Kavaklidere, bogatego, cierpkiego burgunda, jak to wina bałkańskie. Wyśmienity kebab smakował wędzonym tłuszczem z szynki i cebulą. Kerim jadł coś w rodzaju tatara: wielki kotlet z drobno zmielonego surowego mięsa doprawionego pieprzem, szczypiorkiem i związanego żółtkiem. Namówił Bonda, żeby spróbował, jak smakuje.

Mięso okazało się świetne.

– Powinieneś to jadać codzienne – rzekł poważnie Kerim. – Jest dobre dla tych, co się chcą dużo kochać. Są też pewne ćwiczenia, które należy wykonywać w tym samym celu. To ważne dla mężczyzn. A przynajmniej dla mnie. Tak jak mój ojciec, potrzebuję dużej liczby kobiet. Ale w przeciwieństwie do niego za dużo też piję i palę, a to nie sprzyja kochaniu się. Moja praca zresztą także. Za wiele stresów i za dużo myślenia. Odciąga krew do głowy stamtąd, gdzie powinna być do kochania się. Ale jestem chciwy życia. Wciąż żyję za dwóch. Któregoś dnia serce mi nawali. Żelazny Krab złapie mnie, jak złapał mojego ojca. Ale nie boję się Żelaznego Kraba. Przynajmniej umrę na zaszczytną chorobę. Może mi napiszą na grobie: UMARŁ OD NADMIARU ŻYCIA.

– Ale nie śpiesz się z tym za bardzo, Darko. Bond roześmiał się. – M nie byłby zadowolony. Bardzo dobrze o tobie myśli.

– Naprawdę? – Kerim przyjrzał się badawczo twarzy Bonda. Roześmiał się z uciechy. – W takim razie nie dam jeszcze Żelaznemu Krabowi mojego ciała. – Spojrzał na zegarek. – Idziemy, James – powiedział. – Dobrze, że mi przypomniałeś o moich obowiązkach. Kawy napijemy się w biurze. Nie mamy wiele czasu do stracenia. Codziennie o drugiej trzydzieści u Rosjan odbywa się narada wojenna. Dzisiaj ty i ja zaszczycimy ich swoją obecnością na tych obradach.

XVI W tunelu szczurów

Kiedy wróciwszy do chłodnego biura, czekali na nieuniknioną kawę, Kerim otworzył szafę w ścianie i wyjął z niej granatowe kombinezony dla mechaników. Włożył jeden z nich, rozdziawszy się aż do szortów, i naciągnął parę gumowych butów. Bond również wybrał kombinezon i buty, z grubsza pasujące na niego, i przebrał się.

Wraz z kawą starszy kancelista przyniósł dwie mocne latarki, które położył na biurku.

— To jeden z moich synów — powiedział Kerim po wyjściu kancelisty z pokoju. — Najstarszy. Wszyscy tutaj są moimi dziećmi. Szofer i strażnik to moi stryjowie. Więzy krwi są najlepszą gwarancją bezpieczeństwa. A ten handel przyprawami to dobra przykrywka dla nas wszystkich. M tak mnie urządził. Porozmawiał ze swoimi przyjaciółmi w Londynie. Jestem obecnie czołowym w Turcji kupcem w dziedzinie przypraw korzennych. Już dawno temu zwróciłem wszystkie pieniądze, które M za mnie założył. Moje dzieci są udziałowcami w tym interesie. Dobrze im się żyje. Kiedy trzeba wykonać jakąś tajną robotę i potrzebuję pomocy, wybieram to z dzieci, które się najlepiej nadaje. Wszystkie są przeszkolone w rozmaitych sekretnych umiejętnościach. Są również inteligentne i odważne. Niektóre z nich już zabijały dla mnie. Wszystkie oddałyby życie za mnie... i za M. Nauczyłem je, że M jest następny zaraz po Bogu. — Kerim bagatelizująco machnął ręką. — Mówię to po prostu, ażebyś wiedział, że jesteś w dobrych rękach.

— Ani przez chwilę nie sądziłem, że jest inaczej.

— Ha! — odrzekł Kerim ogólnikowo. Wziął latarki i wręczył jedną Bondowi. — A teraz do roboty.

Kerim podszedł do szerokiej, oszklonej szafy bibliotecznej i sięgnął poza nią. Kliknęło i szafa odjechała cicho i lekko po ścianie na lewo. Za nią ukazały się małe drzwi. Nacisnął je z jednej strony i drzwi otworzyły się do wewnątrz, ukazując ciemny tunel z kamiennymi stopniami wiodącymi prosto w dół. Do pokoju wdarł się zapach stęchlizny pomieszany z lekką wonią zwierzęcą.

— Ty pierwszy — powiedział Kerim. — Zejdź po schodach na dół i zaczekaj. Ja muszę zająć się drzwiami.

Bond włączył latarkę, wszedł w otwór i ruszył ostrożnie w dół. Światło latarki ukazywało świeżą murarkę i sześć metrów niżej połysk wody. Gdy znalazł się na dole, stwierdził, że tak połyskuje strumyczek płynący ściekiem pośrodku starego tunelu o kamiennych ścianach, stromo wznoszącego się w prawo. Po lewej tunel opadał i zapewne wylot miał pod powierzchnią Złotego Rogu.

Poza kręgiem światła jego latarki słychać było nieustanne ciche, drobne tuptanie i w czerni poruszały się, migotały setki czerwonych punkcików. Zarówno pod górę, jak i w dół. Z odległości dwudziestu metrów po obu stronach spoglądały na Bonda setki szczurów. Węszyły jego zapach. Bond wyobrażał sobie ich wąsy unoszące się z lekka ponad zębami. Przez moment zastanowił się, co by zrobiły, gdyby mu zgasła latarka.

Wtem pojawił się obok niego Kerim.

– To długa wspinaczka. Potrwa kwadrans. Mam nadzieję, że lubisz zwierzęta. – Śmiech Kerima rozszedł się w tunelu potężnym grzmotem. Wśród szczurów rozległ się drobniutki tupot i poruszenie. – Niestety, nie ma tu dużego wyboru. Szczury i nietoperze. Dywizje i dywizjony, całe wojska powietrzne i lądowe. A my je będziemy przed sobą pędzić. Pod koniec naszej wspinaczki zrobi się całkiem tłoczno. Ruszajmy. Powietrze tu nienajgorsze. Pod nogami sucho z obu stron tego strumyczka. Ale w zimie idą powodzie i potrzebne tu są kostiumy do nurkowania. Idąc, świeć mi po stopach. Jeżeli nietoperz wpadnie ci we włosy, strąć go i tyle. Ale to rzadkość. Mają wyborny radar.

Ruszyli po stromej pochyłości. Pośród gęstej woni szczurów i łajna nietoperzy, niczym w małpiarni połączonej z kurnikiem. Bond pomyślał, że nie pozbędzie się tego smrodu przez wiele dni.

Gromadki nietoperzy zwieszały się z góry jak kiście zwietrzałych winogron, a ilekroć zdarzyło się, że Kerim czy Bond musnął je głową, buchały, popiskując w ciemność. Przed nimi, w miarę wspinaczki, buzowało jak w dżungli od piskliwego szurgotu i kłębiły się tumany czerwonych punkcików, a masa zwierzęcych ciałek gęstniała w miarę, jak posuwali się naprzód centralnym ściekiem. Od czasu do czasu Kerim błyskał latarką przed siebie i blask oświetlał szare pole usiane błyskiem ząbków i migotem wąsików. Za każdym razem szczury ogarniał coraz większy szał i co bliższe wskakiwały na grzbiety innym, żeby uciec. Przez cały czas kotłujące się szare ciała wpadały, sczepione w walce, do rynsztoka, a im większa masa szczurów tłoczyła się w górze tunelu, tym bliżej kipiały ich tylne linie.

Dwaj mężczyźni trzymali latarki niczym strzelby, aż po dobrym kwadransie tej wspinaczki osiągnęli cel.

Była to głęboka, świeżo obmurowana cegłami wnęka w bocznej ścianie tunelu. Z jej sufitu zwieszał się jakiś gruby przedmiot, spowity w brezent, z ławkami po obu stronach.

Weszli tam. Jeszcze kilka metrów pod górę, pomyślał Bond, i masowa histeria ogarnęłaby tysiące szczurów stłoczonych w dalszej części tunelu. Cała horda by zawróciła. Najzwyklejszy ścisk i brak miejsca przemógłby trwogę szczurów przed światłem i rzuciłyby się na dwóch intruzów pomimo dwojga rozjarzonych ślepi i groźnego zapachu.

– Uważaj – powiedział Kerim.

Chwila ciszy. W górze tunelu piski jakby na komendę ucichły. Potem nagle tunel zalała na głębokość do połowy łydki ogromna fala skłębionych, miotających się szarych ciał, gdy z nieustającym, wysokim kwikiem szczury zawróciły i rzuciły się w dół pochyłości.

Przez kilka minut równa szara rzeka pędziła, pieniąc się, obok wnęki, aż wreszcie liczba gryzoni się przerzedziła i już tylko wątły strumyczek chorych czy poranionych szczurów, utykając i badając drogę, sączył się po dnie w dół tunelu.

Przeraźliwy kwik całej hordy z wolna oddalił się w dół ku rzece i zapadła cisza, przerywana tylko niekiedy piskiem uciekającego nietoperza.

Kerim tylko niewyraźnie burknął.

– Któregoś dnia te szczury zaczną zdychać. Wtedy znów będziemy mieli w Istambule zarazę. Miewam czasem poczucie winy, że nie mówię władzom o tym tunelu, żeby go mogły oczyścić. Ale nie mogę tego zrobić, dopóki tam na górze są Rosjanie. – Podrzucił głową w stronę sufitu. Spojrzał na zegarek. – Jeszcze pięć minut. Zaczną przesuwać krzesła i szeleścić papierami. Będą ci trzej co zawsze – z MGB, a może jeden z GRU, z wojskowego wywiadu – i do tego prawdopodobnie trzech innych. Dwaj przybyli tu dwa tygodnie temu, jeden przez Grecję, a drugi przez Iran. A trzeci przyjechał w poniedziałek. Bóg raczy wiedzieć, co to za jedni i po co tu przyjechali. A czasami pokazuje się ta dziewczyna, Tatiana, przyniesie depeszę i wychodzi. Miejmy nadzieję, że dziś ją zobaczymy. Zrobi na tobie wrażenie. Niezła sztuka.

Kerim sięgnął wzwyż, odwiązał brezentowy pokrowiec i ściągnął go na dół. Teraz Bond zrozumiał. Pokrowiec osłaniał połyskliwy okular peryskopu, jak w łodzi podwodnej, całkowicie obsunięty w dół. Wilgoć połyskiwała na grubo natłuszczonym teleskopowym złączu.

Bond aż parsknął śmiechem.

– Skąd u diabła go wziąłeś, Darko?

– Od tureckiej marynarki wojennej. Z demobilu. – Głos Kerima nie zachęcał do dalszych pytań. – Obecnie wydział Q w Londynie stara się podłączyć przekazywanie głosu. Nie jest to łatwe. Obiektyw na górze nie przekracza rozmiaru postawionej na sztorc zapalniczki. Kiedy go wysunę, dochodzi u nich do poziomu podłogi. W kącie pokoju, tam skąd patrzy, zrobiliśmy drobną mysią norkę. Nieźle wykonana. Raz jak spojrzałem, to pierwszą rzeczą, którą zobaczyłem, była ogromna pułapka na myszy z nabitym kawałkiem sera. W każdym razie wyglądała na olbrzymią przez ten obiektyw. – Kerim się krótko zaśmiał. – Ale nie ma tam dużo miejsca na wpasowanie obok soczewki czułego mikrofonu. I nie ma szansy, żeby się tam jeszcze raz dostać i pokombinować coś z architekturą. Tylko dlatego udało mi się to zainstalować, że załatwiłem z przyjaciółmi w Ministerstwie Robót Publicznych wyproszenie stamtąd Rosjan na parę dni, bo jadące pod górę tramwaje wstrząsają fundamentami budynku. Więc konieczna była inspekcja. Kosztowało mnie to kilkaset funtów do odpowiednich kieszeni. Ci z Robót Publicznych sprawdzili pół tuzina budynków po jednej i drugiej stronie i stwierdzili, że nie ma zagrożenia. A ja z rodziną przez ten czas zrobiliśmy swoje. Rosjanie byli podejrzliwi jak cholera. Powróciwszy tam, na pewno przeczesali wszystko wykałaczką, szukając mikrofonów, bomb i tym podobnych. Ale dwa razy ten chwyt się nie uda. Jeżeli nasz wydział Q nie wymyśli czegoś bardzo sprytnego, to przyjdzie mi się zadowolić tym, że mam ich na oku. Któregoś dnia ujawnią nam coś pożytecznego. Będą przesłuchiwali kogoś, kto nas interesuje albo coś w tym rodzaju.

Z obsadą peryskopu w sklepieniu wnęki sąsiadował sterczący w dół metalowy bąbel, dwa razy większy od piłki nożnej.

– Co to jest? – zapytał Bond.

– Dolna połowa bomby. Dużej bomby. Gdyby mi się coś przydarzyło albo gdyby wybuchła wojna z Rosją, wysadziłoby się ją na sygnał radiowy z mojego biura. To smutne (Kerim wcale nie wyglądał na zasmuconego), ale obawiam się, że zabiłaby sporo niewinnych ludzi oprócz Rosjan. Jak w człowieku zakipi krew, to staje się niewybredny.

Kerim polerował osłonięty okular między dwiema rękojeściami sterczącymi na boki z podstawy peryskopu. Teraz spojrzał na zegarek, schylił się i chwyciwszy za rękojeści, z wolna podciągnął je na wysokość swego podbródka. Zasyczała hydraulika i połyskliwa kolumna peryskopu wsunęła się w stalową rurę w suficie wnęki. Kerim pochylił głowę, przybliżył oczy do podwójnych soczewek i wolniutko podciągał uchwyty, aż mógł już stanąć wyprostowany. Obrócił się z lekka. Nastawił obraz i skinął na Bonda.

– Jest ich tylko sześciu.

Bond podszedł i złapał za uchwyty.

– Przypatrz się im dobrze – rzekł Kerim. – Ja ich znam, ale tobie radzę zapamiętać sobie ich twarze. Na głównym miejscu siedzi sam szef. Po lewej dwóch z personelu. Naprzeciw nich trzej świeżo przybyli. Ten najnowszy, chyba ktoś bardzo ważny, siedzi po prawej ręce dyrektora. Powiedz mi, kiedy będą robić cokolwiek prócz gadania.

W pierwszym odruchu Bond chciał ostrzec Kerima, żeby nie mówił za głośno. Całkiem jakby znajdował się w tym pokoju z Rosjanami, jak gdyby siedział w rogu na krześle, może jako sekretarz robiący stenogram z posiedzenia.

Panoramiczne soczewki, tak zaprojektowane, aby mogły wypatrzyć zarówno samoloty, jak i okręty nawodne, ukazywały mu dziwny obraz – widziany z mysiej perspektywy – gąszcz nóg pod przednią krawędzią stołu i rozmaicie umieszczone głowy przynależące do tych nóg. Dyrektor i jego dwaj koledzy byli doskonale widoczni: poważne i pozbawione wyrazu rosyjskie twarze, które Bond zaksięgował sobie w pamięci. A więc uważne, profesorskie oblicze dyrektora: grube okulary, wystająca szczęka przy zapadniętych policzkach, duże czoło i zaczesane w tył przerzedzone włosy. Po lewej kwadratowa drewniana twarz z głębokimi bruzdami ciągnącymi się od nosa, jasne włosy na jeża i uszczknięty kawałek lewego ucha. Trzeci ze stałych pracowników miał przebiegłą twarz w typie ormiańskim i bystre, inteligentne, migdałowe oczy. Właśnie przemawiał. Z obłudnie pokornym wyrazem twarzy. Ze złotem błyskającym w ustach.

Trzech gości nie widział tak dobrze. Siedzieli plecami do niego i wyraźny był tylko profil najbliższego z nich, bodajże najmłodszego. Cerę miał także śniadą. Też chyba pochodził z którejś południowej republiki. Szczęka niedokładnie ogolona, widziane z profilu cielęce i tępe oko pod grubą czarną brwią. Nos mięsisty i porowaty. Długa górna warga ust o posępnym wyrazie i zaczątek podwójnego podbródka. Sztywne czarne włosy ostrzyżone maszynką po wojskowemu i tak krótko, że prawie cały kark wydawał się granatowy aż po czubki uszu.

Następnego z mężczyzn wyróżniały tylko zaogniony czyrak na tłustym gołym karku, połyskliwie niebieski garnitur i krzykliwie jasnobrązowe obuwie. Przez cały czas, kiedy Bond patrzył, nie poruszył się i chyba w ogóle nie odezwał.

Teraz najstarszy z gości, po prawej ręce dyrektora, odchylił się na oparcie i zaczął mówić. Jego mocny, ostry, grubokościsty profil wyróżniały sterczący podbródek i gruby brązowy wąs jak u Stalina. Bond widział jedno zimne szare oko pod krzaczastą brwią i niskie czoło pod sztywną szarobrązową czupryną. Tylko on jeden palił. Zawzięcie pykał z drewnianej fajeczki, w której główce tkwiła połówka papierosa. Od czasu do czasu machał fajką w bok, aż popiół spadał na podłogę. Profil miał bardziej władczy od całej reszty i Bond zgadywał, że to najważniejszy wysłannik z Moskwy.

Bond poczuł zmęczenie w oczach. Lekkim obrotem rękojeści przejechał po całym pokoju, jak tylko pozwalały na to niewyraźne i poszczerbione brzegi mysiej dziury. Nie wypatrzył nic ciekawego: dwie oliwkowe kartoteki, przy drzwiach stojak na kapelusze, na którym naliczył sześć filcowych i całkiem podobnych, bufet z masywną karafką wody i kilkoma szklankami. Odstąpił od okularu, trąc oczy.

– Gdybyśmy tak mogli słyszeć – rzekł Kerim, potrząsając ze smutkiem głową. Byłoby to warte diamentów.

– Dźwięk rozwiązałby mnóstwo problemów – przyznał Bond. – A nawiasem mówiąc, Darko, jak trafiłeś na ten tunel? Do czego on służył?

Kerim nachylił się, zerknął w peryskop i wyprostował się.

– To zapomniany odpływ z Sali Kolumnowej – odpowiedział. – Obecnie zabytek dla turystów, znajdujący się ponad nami na wzgórzach w pobliżu bazyliki Hagia Sophia. Tysiąc lat temu zbudowano ją jako rezerwuar na wypadek oblężenia. Olbrzymi podziemny pałac, długi na sto metrów i mniej więcej na połowę tego szeroki. Miał pomieścić miliony galonów wody. Odkrył go znów jakieś czterysta lat temu niejaki Gyllius. Czytałem kiedyś jego relację, jak to znalazł. Że w zimie napełniano go „z wielkiej rury z potężnym hałasem". Pomyślałem sobie, że może być jeszcze druga „wielka rura" do szybkiego opróżniania go w wypadku, gdyby nieprzyjaciel zdobył miasto. Więc poszedłem do Sali Kolumnowej, przekupiłem strażnika i przez całą noc pływałem tam z jednym z moich chłopców na gumowym pontonie, badając ściany młotkiem i echosondą. W jednym końcu, w najbardziej prawdopodobnym miejscu, słychać było jakiś głuchy odgłos. Zapłaciłem większą sumę w Ministerstwie Robót Publicznych i zamknęli to miejsce na tydzień „do oczyszczenia". Wzięliśmy się do roboty z moim niedużym zespołem. – Kerim znów się schylił, żeby zerknąć w okular, i mówił dalej: – Wykuliśmy dziurę w murze ponad poziomem wody i trafiliśmy na łukowe sklepienie. To był początek tunelu. Poszliśmy w dół. Było to całkiem podniecające nie wiedzieć, gdzie się wyjdzie. I oczywiście tunel biegł prościutko w dół wzgórza, pod Ulicą Ksiąg, tam gdzie Rosjanie mają swój ośrodek, i do Złotego Rogu pod mostem Galata, o dwadzieścia metrów od moich magazynów. Więc zamurowaliśmy tę dziurę w Sali Kolumnowej i zaczęliśmy kopać z mojego końca. To było dwa lata temu. Kosztowało nas rok i mnóstwo pracy badawczej, żeby trafić dokładnie pod Rosjan. – Kerim roześmiał się. – A teraz przypuśćmy, że Rosjanie któregoś dnia postanowią gdzieś przenieść swoje biura. Ale mam nadzieję, że wtedy już ktoś inny będzie kierownikiem sekcji T.

Kerim nachylił się do gumowego wziernika.

Bond spostrzegł, że Kerim raptem zesztywniał.

– Drzwi się otwierają – rzekł nagląco. – Prędko. Chodź tu i patrz. To ona.

XVII Czas do zabicia

Była godzina siódma tegoż wieczora i James Bond wrócił już do hotelu. Wziął gorącą kąpiel i zimny prysznic. Uznał, że wreszcie zmył z siebie cały zwierzęcy zapach.

Usiadł w samych tylko szortach przy jednym z okien swego pokoju, sącząc wódkę z tonikiem i patrząc w serce wielkiego, spektakularnego zachodu słońca nad Złotym Rogiem. Lecz jego oczy nie dostrzegały poszarpanej tkaniny ze złota i krwi, rozpostartej za teatralną dekoracją z minaretów, pod którą ujrzał pierwszy raz Tatianę Romanową.

Myślał o tej wysokiej, pięknej dziewczynie, poruszającej się długim krokiem tancerki, która weszła przez zielonkawobrązowe drzwi z kawałkiem papieru w ręku. Stanęła przy swoim szefie i wręczyła mu papier. Wszyscy mężczyźni popatrzyli na nią. Ona zarumieniła się i spuściła oczy. Co znaczył ten wyraz na twarzach mężczyzn? Coś więcej niż po prostu sposób, w jaki niektórzy patrzą na piękną dziewczynę. Byli zaciekawieni. To zrozumiałe. Chcieli się dowiedzieć, co jest w depeszy i dlaczego się im przeszkadza. Ale co jeszcze? Wyczuwało się w tym chytrość i pogardę – tak ludzie gapią się na prostytutki.

Dziwaczna, zagadkowa scena.

Miała w sobie coś z bardzo zdyscyplinowanej organizacji paramilitarnej. Oficerowie na służbie, każdy z nich bardzo czujny wobec pozostałych. A dziewczyna po prostu jest jedną z nich, w randze kaprala, wykonuje po prostu zwykłe obowiązki służbowe. Ale dlaczego wszyscy patrzyli na nią z tak jawną, dociekliwą wzgardą: prawie jak na szpiega, którego przyłapano i ma być stracony? Czy ją podejrzewają? Czyżby się czymś zdradziła? Ale w toku rozgrywającej się sceny wydawało się to coraz mniej prawdopodobne. Szef odczytał depeszę i oczy tamtych mężczyzn przeniosły się z niej na niego. Powiedział coś, zapewne powtarzając tekst depeszy, a tamci spoglądali na niego, jakby ich to nie interesowało. Po czym szef znów spojrzał na dziewczynę, a ich oczy poszły za jego spojrzeniem. Powiedział coś z życzliwym i pytającym wyrazem twarzy. Dziewczyna potrząsnęła głową i udzieliła krótkiej odpowiedzi. Tamci dopiero teraz wyglądali na zainteresowanych. Szef wymówił jedno słowo z pytającą intonacją. Dziewczyna się mocno zaczerwieniła i kiwnęła głową, posłusznie patrząc mu w oczy. Inni uśmiechnęli się zachęcająco, może i chytrze, ale z aprobatą. Bez podejrzliwości. Bez potępienia. Scena skończyła się na kilku zdaniach z ust szefa, na które dziewczyna odpowiedziała czymś w rodzaju „Tak jest, sir!" i odwróciwszy się, wyszła z pokoju. Kiedy poszła, szef powiedział coś z ironicznym wyrazem twarzy, a tamci roześmiali się serdecznie, ich twarze znów przybrały wyraz chytrości, jak gdyby to, co powiedział, było nieprzyzwoite.

Po czym wrócili do swojej roboty.

Od tej pory, w drodze powrotnej przez tunel i później, w gabinecie Kerima, kiedy omawiali to, co Bond widział, Bond łamał sobie głowę nad rozwiązaniem tej dręczącej, niemej zgadywanki i teraz, patrząc niewidzącym wzrokiem na dogasające słońce, ciągle nie mógł nic z tego zrozumieć.

Dopił wódkę i zapalił następnego papierosa. Odsunął od siebie problem i zaczął rozmyślać nad dziewczyną.

Tatiana Romanowa. Jedna z Romanowych. No cóż, z pewnością wyglądała jak rosyjska księżniczka lub jej tradycyjne wyobrażenie. Miała wysoką, drobnokościstą figurę, tak wdzięczną w ruchu i tak ładną w postawie. Włosy bujnie spadające do ramion i spokojną pewność profilu. Cudowną twarz w typie Grety Garbo, osobliwie pogodną w nieśmiałości. Wyraźnie dostrzegalny był kontrast między prostolinijną niewinnością dużych, ciemnoniebieskich oczu a namiętną zapowiedzią szerokich ust. Czy sposób, w jaki rumieniła się i jak długie rzęsy opadały na spuszczone oczy, wskazywał na pruderię dziewicy? Raczej nie. Pewność, że jest kochana, zaznaczała się w dumnych piersiach i zuchwale wygiętym tyłeczku: to ciało, które wie, do czego może być zdatne.

Czy z tego, co zobaczył Bond, można było uwierzyć, że taka dziewczyna zakochała się w zdjęciach i dossier? Jak to poznać? Taka dziewczyna miałaby naturę głęboko romantyczną. Rozmarzone oczy i linię ust. W tym wieku, dwudziestu czterech lat, sowiecka maszyna jeszcze by nie wykruszyła z niej uczuciowości. Krew Romanowych mogłaby w niej zatęsknić do innego rodzaju mężczyzn niżeli ten współczesny typ oficera rosyjskiego, jaki ją otacza: zimny, mechaniczny, surowy, w istocie swej histeryczny i wskutek partyjnego wychowania piekielnie nudny.

Mogło to być prawdą. Wygląd dziewczyny w żaden sposób nie przeczył tej historii. Bond pragnął, aby tak było.

Zadzwonił telefon.

– Nic nowego? – Kerim.

– Nie.

– Więc przyjadę po ciebie o ósmej.

– Będę gotów.

Bond odłożył słuchawkę i zaczął się wolno ubierać.

Kerim uparł się na ten wieczór. Bond chciał zostać w hotelu i czekać na pierwszy kontakt: jakąś kartkę, telefon czy cokolwiek. Ale Kerim zaprotestował. Dziewczyna oznajmiła stanowczo, że sama wybierze czas i miejsce. Byłoby błędem ze strony Bonda podporządkowanie się jej działaniom.

– To zła psychologia, przyjacielu – rzekł stanowczo Kerim. – Żadna dziewczyna nie lubi, żeby mężczyzna biegł na jej gwizdnięcie. Gardziłaby tobą, gdybyś okazał się zbyt dostępny. Sądząc po twarzy i po dokumentacji, spodziewałaby się po tobie zachowania dość obojętnego, a nawet bezczelnego. To by jej odpowiadało. Chce się o ciebie starać, zapracować na pocałunek – Kerim mrugnął – tych okrutnych ust. Zakochała się w takim wizerunku. Zachowuj się zgodnie z tym, co sugeruje ten wizerunek. Graj tę rolę.

– W porządku, Darko. – Bond wzruszył ramionami. – Chyba masz rację. Co sugerujesz?

– Żyj tak, jakbyś żył normalnie. Idź teraz do domu, wykąp się i napij. Tutejsza wódka jest niezła, kiedy ją zalać tonikiem. Jeżeli nic się nie wydarzy, wpadnę po ciebie o ósmej.

Zjemy kolację u mego cygańskiego przyjaciela. Nazywa się Vavra. Jest wodzem szczepu. I tak muszę się z nim dziś wieczór spotkać. To jedno z moich najlepszych źródeł. Sprawdza, kto próbował wysadzić moje biuro. Kilka z jego dziewczyn dla ciebie zatańczy. To nie jest z mojej strony sugestia, że masz zakosztować intymnej rozrywki. Twój miecz musi pozostać ostry. Jest takie powiedzonko: „Raz być królem, to być nim na zawsze. Ale rycerzem wystarczy być raz!".

Bond uśmiechnął się, wspomniawszy powiedzonko Kerima, kiedy znów zadzwonił telefon. Podniósł słuchawkę. Ale to był samochód. Schodząc po tych kilku stopniach do Kerima czekającego w rollsie, przyznał się sam sobie, że jest rozczarowany.

Wspinali się na odległe wzgórze przez uboższe dzielnice nad Złotym Rogiem, kiedy szofer, na wpół odwróciwszy głowę, bąknął coś od niechcenia. Kerim odpowiedział monosylabą.

– On mówi, że śledzi nas jakaś lambretta. Człowiek bez Twarzy. Ale to nie ma znaczenia. Kiedy zechcę, to potrafię ukrywać, jak się poruszam. Nieraz już śledzili ten samochód przez wiele kilometrów, a z tyłu siedział manekin. Rzucający się w oczy wóz ma swoje zalety. Oni wiedzą, że ten Cygan to mój przyjaciel, ale chyba nie rozumieją, dlaczego jest moim przyjacielem. Nie zawadzi, jeśli się dowiedzą, że tej nocy się zabawiamy. W sobotę, z przyjacielem z Anglii, wszystko inne byłoby nienormalne.

Bond popatrzył przez tylne okno na zatłoczone ulice. Zza tramwaju, który przystanął, wyjrzał na chwilę skuter, a potem zasłoniła go taksówka. Bond z powrotem się odwrócił. Pomyślał: Jak ci Rosjanie prowadzą swoje ośrodki – ten ogrom kosztów i wyposażenia podczas gdy Secret Service przeciwstawia im garstkę marnie opłacanych awanturników, jak choćby ten, z jego starym rolls-royce'em i dziećmi do pomocy. A jednak to Kerim panuje nad tym, co dzieje się w Turcji. Może jednak właściwy człowiek jest lepszy niż cały ten aparat.

O wpół do dziewiątej zatrzymali się w połowie wysokości długiego wzgórza na przedmieściach Istambułu pod obskurną z wyglądu kawiarnią pod gołym niebem, z kilkoma pustymi stolikami na chodniku. Poza nią widniały szczyty drzew za wysokim kamiennym murem. Wysiedli i samochód odjechał. Czekali na lambrettę, ale jej bzyk, podobny do bzyku osy, ucichł; natychmiast zawróciwszy, odjechała w dół wzgórza. Co do kierowcy, dojrzeli tylko tyle, że mignął im przysadzisty facet w goglach.

Kerim poprowadził między stolikami do wnętrza. Wydawało się puste, ale zza baru wstał szybko mężczyzna. Jedną dłoń trzymał pod kontuarem. Poznawszy, kto idzie, przesłał Kerimowi nerwowy uśmiech. Coś spadło z brzękiem na podłogę. Wyszedł zza lady i powiódł ich tylnym wyjściem, przez posypaną żwirem przestrzeń, do drzwi w wysokim murze, raz puknąwszy, otworzył je i dał znak, żeby weszli.

Znaleźli się w sadzie z drewnianymi stołami wśród drzew. Na środku widniało koliste podwyższenie do tańca. Wokół niego rozpięto na wkopanych w ziemię słupkach sznury kolorowych lampek, teraz zgaszonych. Dalej zobaczyli długi stół, przy którym siedziało, jedząc, ze dwadzieścia osób w różnym wieku; towarzystwo odłożyło teraz noże i patrzyło na wchodzących. W trawie za stołem bawiły się dzieci, lecz one też ucichły i przyglądały się. Scenerię oświetlał jasny księżyc w trzeciej kwadrze, zostawiając kałuże cienia rozpięte pod drzewami.

Kerim i Bond podeszli. Mężczyzna siedzący u szczytu stołu coś powiedział do innych. Wstał i wyszedł im na spotkanie. Reszta wróciła do posiłku, a dzieci do swych zabaw.

Mężczyzna powściągliwie przywitał Kerima. Przez dłuższą chwilę stał i wyjaśniał coś, Kerim zaś uważnie słuchał, od czasu do czasu wtrącając pytanie.

Cygan był imponującą, teatralną postacią w stroju macedońskim: biała koszula z obszernymi rękawami, bufiaste spodnie i wysokie sznurowane buty. Czupryna jak kłębowisko czarnych wężów. Obfite, czarne, zwisające wąsy niemalże skrywały pełne czerwone wargi. Dzikie i okrutne oczy po dwóch stronach syfilitycznego nosa. Księżyc lśnił na ostrym zarysie szczęki i wysokich kościach policzkowych. Prawa dłoń, ze złotym pierścieniem na kciuku, spoczywała na rękojeści krótkiego, zakrzywionego sztyletu w skórzanej pochwie z czubkiem ze srebrnego filigranu.

Cygan przestał mówić. Kerim wypowiedział kilka słów, dobitnych i zapewne pochlebnych, o Bondzie, wyciągając równocześnie dłoń w jego kierunku, jak konferansjer w klubie nocnym, zapowiadający nową atrakcję. Cygan przystąpił do Bonda i przyjrzał mu się uważnie. Skłonił się krótko. Bond odpowiedział tym samym. Cygan z ironicznym uśmiechem wygłosił kilka słów. Kerim się roześmiał i zwrócił do Bonda.

– On mówi, że gdybyś szukał kiedyś pracy, masz przyjść do niego. On cię zatrudni, żebyś trzymał w ryzach jego kobiety i żebyś dla niego zabijał. To duży komplement dla *gadjo*, czyli dla cudzoziemca. Powinieneś mu coś odpowiedzieć.

– Powiedz mu, że nie wyobrażam sobie, aby w tych sprawach potrzebował pomocy.

Kerim przetłumaczył. Cygan grzecznie błysnął zębami. Powiedział coś i zawrócił do stołu, ostro klasnąwszy w dłonie. Dwie kobiety wstały i podeszły do niego. Coś im krótko powiedział i wróciły do stołu, podniosły duże gliniane naczynie i znikły między drzewami.

Kerim ujął Bonda za ramię i odprowadził go na bok.

- Przyszliśmy w złą noc - wyjaśnił. - Restauracja jest zamknięta. Mają tu rodzinne problemy do załatwienia, na ostro i we własnym gronie. Ale jestem ich starym przyjacielem, więc zaprosili nas do udziału w kolacji. Będzie obrzydliwa, więc posłałem po *raki*. A później możemy się przyglądać, lecz pod warunkiem, że nie będziemy się w nic mieszać. Spodziewam się, że rozumiesz to, przyjacielu? - Kerim mocniej ścisnął Bonda za ramię. - Cokolwiek byś zobaczył, nie wolno ci się poruszyć ani komentować. Właśnie odbył się sąd i nastąpi wymierzenie sprawiedliwości: na ich sposób. Chodzi tu o miłość i zazdrość. Dwie dziewczyny ze szczepu zakochały się w jednym z jego synów. Śmierć całkiem poważnie wisi w powietrzu. Każda z nich zapowiedziała, że zabije tę drugą, żeby go dostać. Jeśli on wybierze jedną z nich, to poprzysięgły, że odrzucona zabije jego i tę drugą. Sytuacja bez wyjścia. W szczepie zdania są bardzo podzielone. Więc syna wyprawiono w góry, a dziewczęta mają tej nocy rozstrzygnąć spór walką na śmierć i życie. Syn zgodził się wziąć tę, która zwycięży. Kobiety są zamknięte w osobnych wozach. To wielki zaszczyt, że możemy być przy tym obecni. Rozumiesz? Jesteśmy *gadjo*. Wyłączysz swoje poczucie przyzwoitości? Nie będziesz się w to mieszał? Gdybyś to zrobił, zabiją cię, a może i mnie również.

- Darko - rzekł Bond. - Mam przyjaciela Francuza. Niejaki Mathis, szef Deuxième. Powiedział mi kiedyś: *J'aime les sensations fortes*. Jestem taki jak on. Nie przyniosę ci wstydu. Mężczyźni bijący się z kobietami to jedno. A kobiety bijące się z kobietami to coś innego. Ale co z bombą, która wysadziła twoje biuro? Co o tym mówią?

- Zrobił to przywódca Ludzi bez Twarzy. Sam ją umieścił. Przypłynęli łodzią ze Złotego Rogu i on wspiął się po drabinie, umocował ją tam do ściany. Tylko miał pecha, bo nie załatwił mnie. Operacja była świetnie przemyślana. Ten facet to gangster. Bułgarski „uchodźca" zwany Krylenko. Muszę się z nim policzyć. Bóg raczy wiedzieć, czemu nagle zachciało im się mnie zabić, ale nie mogę pozwalać na takie wybryki. Może jeszcze tej nocy zdecyduję się coś zrobić. Wiem, gdzie mieszka. Na wypadek gdyby Vavra już znał odpowiedź, poleciłem szoferowi przywieźć potrzebny sprzęt.

Młoda dziewczyna o dzikiej urodzie, w staromodnej, grubej i czarnej sukni, z łańcuchami złotych monet na szyi i chyba dziesiątką złotych bransoletek na każdym przegubie, odeszła od stołu i wykonała głębokie, brzękotliwe dygnięcie przed Kerimem. Powiedziała coś, a Kerim jej odpowiedział.

– Jesteśmy proszeni do stołu – rzekł. – Mam nadzieję, że umiesz jeść palcami. Widzę, że wszyscy włożyli na ten wieczór swe najbardziej eleganckie ubrania. Z tą dziewczyną warto by się ożenić. Ma na sobie mnóstwo złota. Jest to jej posag.

Podeszli do stołu. Zrobiono im dwa wolne miejsca po obu stronach cygańskiego naczelnika. Kerim zwrócił się do całego stołu z czymś w rodzaju grzecznego pozdrowienia. Odpowiedziało mu krótkie skinienie głowami. Usiedli. Przed każdym z nich stał duży talerz jakiejś potrawki mięsnej, mocno pachnącej czosnkiem, butelka *raki*, dzbanek wody i tania szklanka. Na stole było też więcej nietkniętych butelek *raki*. Gdy Kerim sięgnął po swoją i nalał sobie pół szklanki, wszyscy poszli za jego przykładem. Kerim dolał trochę wody i podniósł szkło. Bond uczynił to samo. Kerim wygłosił krótkie, energiczne przemówienie i wszyscy podnieśli szklanki, wypili. Atmosfera stała się swobodniejsza. Stara kobieta siedząca koło Bonda podała mu długą bułkę i powiedziała coś. Bond uśmiechnął się i podziękował. Ułamał kawałek i przekazał bułkę

Kerimowi, grzebiącemu w swej potrawce kciukiem i palcem wskazującym. Kerim jedną dłonią wziął pieczywo, a drugą równocześnie włożył sobie do ust duży kawałek mięsa i zabrał się do jedzenia.

Bond miał zrobić to samo, gdy Kerim rzucił mu cicho i ostro:

– Jedz prawą ręką, James. Lewa służy u nich tylko do jednego celu.

Bond zatrzymał w powietrzu lewą dłoń i sięgnął nią po najbliższą butelkę *raki*. Nalał sobie jeszcze pół szklanki i wziął się do jedzenia prawą dłonią. Potrawka okazała się znakomita, lecz bardzo gorąca. Aż skręcało go, ilekroć zanurzył w niej palce. Wszyscy się im przyglądali, jak jedzą, a staruszka od czasu do czasu zanurzała palce w talerzu Bonda i wybierała mu jakiś kawałek.

Kiedy opróżnili talerze, postawiono między Bondem a Kerimem srebrną miskę z wodą, w której pływały płatki róż, i położono czysty lniany ręcznik. Bond, obmywszy sobie palce i zatłuszczony podbródek, zwrócił się do gospodarza z należnymi słowami podziękowania, które Kerim tłumaczył. Biesiadnicy zamamrotali z uznaniem. Cygański naczelnik skłonił się w stronę Bonda i oznajmił, według Kerima, że nienawidzi wszystkich *gadjo* z wyjątkiem Bonda, którego z dumą nazywa swym przyjacielem. Po czym ostro zaklaskał w dłonie i wszyscy podnieśli się od stołu, zaczęli odciągać ławki i ustawiać je wokół podwyższenia do tańca.

Kerim obszedł stół w kierunku Bonda.

– Jak się czujesz? Poszli po te dziewczęta.

Bond kiwnął głową. Podobał mu się ten wieczór. Sceneria była piękna, podniecająca: biały księżyc jasno oświetlał krąg postaci sadowiących się na ławkach, złoto i klejnoty migotały, kiedy ktoś zmieniał pozycję, obrazu dopełniał świetlisty krąg taneczny i wszędzie wokół cicho stojące na straży drzewa w swoich czarnych spódniczkach z cienia.

Kerim poprowadził Bonda do ławki, na której samotnie siedział cygański naczelnik. Zajęli miejsca po jego prawej stronie.

Czarny kot o zielonych oczach przeszedł z wolna po podwyższeniu i dołączył do grupki dzieci, tak cicho siedzących, jakby na podwyższenie miał ktoś wyjść i udzielić im lekcji.

Kot usiadł i zaczął sobie lizać pierś. Za wysokim murem zarżał koń. Dwóch Cyganów obejrzało się na ten dźwięk, jakby wyczytali coś z końskiego krzyku. Od strony drogi bryznęło srebrzystym dzwonkiem roweru pędzącego w dół pagórka.

Przyczajoną ciszę przerwał szczęk odsuwanego rygla. Łupnęły otwierające się drzwi w ścianie i wypadły z nich, parskając i szamocząc się jak rozwścieczone koty, dwie dziewczyny, pobiegły przez trawę i wskoczyły na podwyższenie.

XVIII Mocne wrażenia

Głos cygańskiego naczelnika smagnął jak bicz. Dziewczyny odstąpiły od siebie niechętnie i stanęły zwrócone ku niemu. Cygan zaczął przemawiać tonem ostrym i oskarżycielskim.

Kerim przysłonił sobie usta dłonią i szeptał spoza niej.

– Vavra mówi im, że są wielkim plemieniem cygańskim, a one zasiały w nim niezgodę. Mówi, że między swoimi nie ma miejsca na nienawiść, dopuszczalną tylko wobec obcych. Z nienawiści, jaką wywołały, trzeba się oczyścić, żeby plemię znów mogło żyć w pokoju. Będą walczyć. Jeśli przegrywająca nie zostanie zabita, będzie na zawsze wyklęta. A to równa się śmierci. Ci ludzie usychają i mrą poza swoim plemieniem. Nie potrafią żyć w naszym świecie. To jakby dzikie bestie zmuszano do życia w klatce.

Podczas gdy Kerim tłumaczył, Bond oglądał te dwa piękne, sprężone, ponure zwierzęta w środku kręgu.

Obydwie były po cygańsku śniade, z szorstkimi czarnymi włosami aż do ramion, obydwie ubrane w kupę łachmanów, kojarzących się z budami nędznych dzielnic murzyńskich: obszarpane brązowe szmaty, składające się przeważnie z łat i strzępów. Jedna, mocniejsza w kościach i wyraźnie silniejsza, była ponura, nie tak bystro patrząca i może nie tak szybka w nogach. Z urody podobna lwicy, z oczami płonącymi nieśpiesznie i czerwonawo pod ciężkimi powiekami, stała, niecierpliwie słuchając wodza szczepu. Powinna zwyciężyć, pomyślał Bond. Jest o pół cala wyższa i silniejsza.

Jeżeli ta dziewczyna była lwicą, to druga panterą: gibka i prędka, o chytrych i ostrych oczach, które nie spoczywały na mówiącym, lecz umykały na boki, dłonie zaś miała zagięte w szpony. Mięśnie jej zgrabnych nóg wyglądały twardo jak męskie. Drobne piersi w odróżnieniu od tamtej ledwie unosiły łachman jej odzienia. Wygląda jak niebezpieczna dziewczęca suczka, pomyślał Bond. Pierwszy cios na pewno będzie należał do niej. Za szybka dla tamtej drugiej.

Z miejsca poznał swój błąd. Kiedy Vavra domawiał ostatnich słów, ta większa, imieniem Zora, jak mu wyszeptał Kerim, potężnie kopnęła w bok, nie mierząc, i trafiła tamtą prosto w żołądek, aż się zatoczyła, i z rozmachu poprawiła pięścią z boku w głowę tej drobniejszej, rozkładając ją na kamiennej posadzce.

– Oj, Vida! – dobiegł z tłumu lament kobiety.

Nie musiała się martwić. Już i Bond spostrzegł, że Vida udaje, leżąc na ziemi pozornie bez tchu. Widział, jak oczy jej błysnęły pod zgiętym ramieniem, kiedy Zora mierzyła stopą w jej żebra.

Dłonie jej śmignęły obie naraz. Vida chwyciła za lecącą ku niej kostkę i głową jak wąż uderzyła w podbicie. Zora wrzasnęła z bólu i targnęła wściekle złapaną nogą. Za późno. Tamta już uklękła na jedno kolano, potem wstała, nie wypuszczając stopy z rąk. Szarpnęła w górę i druga stopa też straciła oparcie. Zora runęła jak długa.

Łomot upadku tej dużej aż wstrząsnął gruntem. Leżała chwilę bez ruchu. Vida ze zwierzęcym warknięciem skoczyła na nią, drapiąc pazurami i szarpiąc.

Boże, ale piekielna kocica, pomyślał Bond. Tuż obok Kerim w napięciu syknął przez zęby.

Jednak duża dziewczyna broniła się za pomocą kolan i łokci, i wreszcie zdołała, kopiąc, pozbyć się przeciwniczki. Podźwignęła się chwiejnie na nogi i odstąpiła, ściągnąwszy wargi z zębów, w odzieniu zwisającym w strzępach ze wspaniałego ciała. Znów przeszła do ataku, rękoma szukając przed sobą czegoś do uchwycenia, a gdy mniejsza dziewczyna uskakiwała w bok, Zora chwyciła jej odzież i rozdarła ją do samego dołu. Ale Vida z miejsca zwinęła się pod wyciągniętymi rękoma tamtej i jej pięści oraz kolana załomotały po ciele atakującej.

Przejście do walki w zwarciu było błędem. Mocne ramiona ogarnęły jej drobniejsze ciało, unieruchomiły dłonie u dołu, tak że już nie mogła sięgnąć Zorze do oczu. Po trochu Zora zaczęła ją zgniatać, podczas gdy Vida nogami i kolanami tłukła nieskutecznie u dołu.

Bond pomyślał, że teraz już duża musi wygrać. Wystarczyłoby jej upaść na tamtą. Vida huknęłaby głową o kamień i Zora już mogłaby z nią zrobić, co zechce. Ale to Zora nagle zaczęła wrzeszczeć. Bond zobaczył, że Vida ma głowę schowaną w jej piersiach. Zęby w robocie. Zora puściła zgniataną, żeby złapać ją rękoma za włosy i oderwać od swoich piersi. Ale teraz już Vida miała wolne dłonie i dobierała się do niej.

Oderwały się od siebie i odstąpiły, jak kocice, a połyskliwe ich ciała przebłyskiwały spod ostatnich strzępów i duża dziewczyna miała nagie piersi całe we krwi.

Okrążały się czujnie, obydwie rade, że się uwolniły, i krążąc tak, zdzierały z siebie resztki szmat, rzucając nimi w patrzących.

Bond wstrzymał oddech na widok dwóch połyskliwych, nagich ciał i czuł obok siebie napięte ciało Kerima. Krąg Cyganów jakby zacieśnił się wokół walczących. Księżyc odbijał się w błyszczących oczach i szemrały gorące, zdyszane oddechy.

Dziewczyny okrążały się z wolna, szczerząc zęby i chrapliwie dysząc. Światło migotało im na obnażonych piersiach oraz brzuchach i na twardych, chłopięcych biodrach. Stopy pozostawiały ciemne ślady od potu na białych kamieniach.

Znowu pierwszy ruch wykonała ta duża, Zora, nagle skoczywszy do przodu z rękoma wyciągniętymi jak u zapaśnika. Lecz Vida nie ustąpiła. Jej prawa stopa śmignęła we wściekłym kopnięciu, które zabrzmiało jak strzał z pistoletu. Duża krzyknęła z bólu i złapała się oburącz za poszkodowane miejsce. Vida natychmiast zadała drugie kopnięcie w żołądek i skoczyła w ślad za nim.

W tłumie rozległ się głuchy pomruk, kiedy Zora upadła na kolana. Poderwała dłonie, by chronić twarz, ale było za późno. Mniejsza dziewczyna już siedziała na niej okrakiem, uchwyciwszy Zorę za przeguby i przygniótłszy ją całym ciężarem, przyciskała do ziemi, białymi zębami sięgając jej wprost do obnażonej szyi.

BUM!

Eksplozja strzaskała napiętą ciszę jak orzech. Błysk ognia rozdarł ciemność za kręgiem tanecznym i kawałek muru świsnął Bondowi koło ucha. Nagle sad był pełen biegnących mężczyzn i cygański naczelnik przemykał się po kręgu tanecznym, w wyciągniętej ręce trzymając swój krzywy sztylet. Tuż za nim posuwał się Kerim z pistoletem w ręku. Cygan mijając dwie dziewczyny, które z błędnymi oczyma stały teraz i dygotały, wykrzyknął do nich jedno słowo, a one rzuciły się do ucieczki i znikły między drzewami, gdzie przepadły w cieniu już ostatnie z kobiet i dzieci.

Bond, niepewnie trzymając w ręku berettę, ruszył z wolna śladem Kerima w stronę szerokiego wyłomu, dokonanego przez wybuch w murze ogrodu, zastanawiając się, co u diabła się dzieje.

Kawał trawy pomiędzy dziurą w murze a kręgiem tanecznym stanowił kłębowisko zmagających się, biegnących postaci. Dopiero zrównawszy się z nimi, Bond odróżnił krępych, konwencjonalnie ubranych Bułgarów od mieniących się biżuterią Cyganów. Wydawało się, że Ludzi bez Twarzy jest więcej, może nawet dwóch na jednego. Kiedy Bond wpatrywał się w tłum walczących, wypadł z niego cygański młodzieniec, trzymając się za brzuch. Ruszył na oślep w stronę Bonda, okropnie kaszląc. Za nim biegło dwóch niskich, ciemnych mężczyzn, trzymając u dołu noże.

Bond instynktownie odstąpił w bok, aby tłum nie był za nimi. Wymierzył im w nogi powyżej kolana, pistolet w jego dłoni dwa razy huknął. Obaj padli, bez głosu, twarzami w trawę.

O dwie kule mniej. Zostało sześć. Bond przybliżył się do gromady walczących.

Nóż świsnął mu koło ucha i z brzękiem upadł na krąg taneczny.

Był wymierzony w Kerima, który nadbiegł z cienia drzew, goniony przez dwóch. Ten drugi przystanął i uniósł nóż, by nim rzucić, a Bond strzelił z biodra, nie mierząc, i zobaczył, jak napastnik pada. Tamten odwrócił się i uciekł pomiędzy drzewa, a Kerim przypadł na jedno kolano koło Bonda, szamocząc się ze swym pistoletem.

– Kryj mnie! – zawołał. – Zaciął się przy pierwszym strzale. To ci cholerni Bułgarzy. Nie wiadomo, o co im chodzi.

Jakaś dłoń złapała Bonda za usta i szarpnęła go do tyłu. Upadając, poczuł woń karbolowego mydła i nikotyny. But łupnął go w kark. Przekręcając się na bok w trawie, czekał na błysk prującego noża. Ale im, a było ich trzech, szło o Kerima. I dźwignąwszy się na kolano, Bond ujrzał, jak trzy krępe czarne postacie walą się na przykuchniętego przyjaciela, który raz uderzył w górę bezużyteczną bronią i upadł pod nimi.

W tej samej chwili Bond skoczył i kolbą pistoletu łupnął w krągły wygolony łeb, coś błysnęło mu przed oczyma i zakrzywiony sztylet wodza Cyganów wyrósł z podnoszących się pleców. Po czym Kerim już był na nogach i trzeci z tamtych uciekał, a w wyłomie muru stał mężczyzna wykrzykujący raz po raz jedno słowo i napastnicy, jeden za drugim porzucając walkę, pędzili do tego w wyłomie i wyskakiwali tamtędy na ulicę.

– Strzelaj, James, strzelaj! – ryknął Kerim. – To Krylenko.

Rzucił się naprzód. Broń Bonda huknęła raz. Lecz tamten uskoczył za mur, a trzydzieści metrów to za daleko na nocne strzelanie z pistoletu. Gdy Bond opuścił rozgrzany pistolet, rozległo się staccato, z jakim zapalał silniki cały szwadron skuterów Lambretta i Bond słuchał, jak rój os leci, oddalając się w dół po wzgórzu.

Zapanowała cisza, zakłócana tylko jękami rannych. Bond obojętnie patrzył, jak Kerim i Vavra powracają przez wyłom w murze i chodzą pośród ciał, niekiedy przewracając któreś z nich stopą. Inni Cyganie wracali po trochu z drogi, a starsze kobiety wypadały z cienia, by zająć się swymi mężczyznami.

Bond otrząsnął się. O co tu chodziło, do diabła? Zabito dziesięciu albo dwunastu mężczyzn. Po co? Kogo starano się dopaść? Nie jego, Bonda. Kiedy już na dobre był rozłożony, zostawili go i wzięli się do Kerima. To już drugi zamach na jego życie. Czyżby miało to coś wspólnego ze sprawą Romanowej?

Ale jakiż tu mógłby istnieć związek?

Bond sprężył się. Jego broń przemówiła dwukrotnie z biodra. Nóż nieszkodliwie brzęknął, nie sięgnąwszy pleców Kerima. Osobnik, który powstał z martwych, obrócił się z wolna jak tancerz i zwalił się do przodu na twarz. Bond podbiegł. Ledwie zdążył. Księżyc błysnął, odbiwszy się w ostrzu, i Bond miał dobre pole ostrzału. Kerim spojrzał na drgające ciało. Obrócił się w stronę Bonda.

Bond przystanął.

– Ty cholerny głupcze! – powiedział ze złością. – Czemu, do diabła, nie potrafisz zachować ostrożności! Przydałaby ci się pielęgniarka. – Gniew Bonda brał się głównie ze świadomości, że to on ściągnął na Kerima wciąż otaczający go cień śmierci.

– Niedobrze, James. – Darko Kerim uśmiechnął się zawstydzony. – Za często ratujesz mi życie. Mogliśmy być przyjaciółmi. A teraz się zrobił między nami za duży dystans. Wybacz mi, bo nigdy nie zdołam ci się odpłacić. – Wyciągnął do niego rękę.

Bond odtrącił ją.

– Nie bądź taki cholerny dureń, Darko – rzekł opryskliwie.
– Moja spluwa działa i tyle. A twoja nie. Może byś się postarał o taką, która działa. Jak Boga kocham, powiedz mi wreszcie, o co w tym wszystkim chodzi. Za dużo krwi się polało tej nocy. Mam tego powyżej gardła. Chcę się napić. Chodź i dopijmy tę *raki*. – Wziął ogromnego draba za ramię.

Kiedy podeszli do stołu, zarzuconego resztkami wieczerzy, w głębi sadu rozległ się przeraźliwy, okropny krzyk. Bond położył rękę na pistolecie. Kerim potrząsnął głową.

– Wkrótce będziemy wiedzieć, o co chodziło tym Ludziom bez Twarzy – wyjaśnił posępnie. – Moi przyjaciele to sprawdzają. Domyślam się, czego się dowiedzą. Chyba nigdy mi nie wybaczą, że tu byłem dzisiejszej nocy. Pięciu z nich zabito.

– Mogła być zabita również kobieta – rzekł Bond bez odrobiny współczucia. – Jej przynajmniej uratowałeś życie. Nie bądź głupi, Darko. Ci Cyganie wiedzieli, na co się narażają, kiedy zgodzili się dla ciebie szpiegować przeciwko tym Bułgarom. To była wojna gangów. – Dolał wody do dwóch szklanek *raki*.

Opróżnili swe szklanki jednym haustem. Naczelnik Cyganów podszedł, ocierając czubek zakrzywionego sztyletu garścią trawy. Usiadł i przyjął od Bonda szklankę *raki*. Wyglądał na całkiem wesołego. Bond odniósł wrażenie, że walka jak dla niego trwała za krótko. Cygan powiedział coś z wyrazem chytrości.

– Mówi, że cię słusznie ocenił. – Kerim parsknął rozbawiony. – Dobrze zabijasz. Teraz chciałby, żebyś się zajął tymi dwiema kobietami.

– Powiedz mu, że dla mnie byłoby za dużo nawet jednej. Ale też mu powiedz, że moim zdaniem to świetne niewiasty. Cieszyłbym się, gdyby mi wyświadczył przysługę i uznał ten pojedynek za remis. Już dosyć jego ludzi zginęło tej nocy.

Te dwie dziewczyny będą mu potrzebne do rodzenia dzieci dla jego szczepu.

Kerim przetłumaczył. Cygan kwaśno popatrzył na Bonda i wypowiedział parę gorzkich słów.

– On mówi, że nie powinieneś był go prosić o taką trudną przysługę. Mówi, że masz za miękkie serce jak na dobrego wojownika. Ale mówi, że spełni twoją prośbę.

Cygan zignorował uśmiech podzięki, którym odpowiedział mu Bond. Zaczął szybko coś mówić do Kerima, który słuchał uważnie, czasami przerywając ten potok mowy jakimś pytaniem. Często pojawiało się nazwisko Krylenki. Kerim zaczął mu odpowiadać. W głosie jego brzmiało ubolewanie i nie słuchał protestów rozmówcy. Jeszcze raz padło nazwisko Krylenki. Kerim zwrócił się do Bonda.

– Przyjacielu mój – rzekł sucho. – To dziwna sprawa. Wygląda na to, że Bułgarom kazano zabić Vavrę i jak największą liczbę jego ludzi. To całkiem proste. Wiedzieli, że Cygan pracuje dla mnie. Może to nieco brutalne. Ale Rosjanom w zabijaniu jest obca subtelność. Oni lubią to robić masowo. Vavra był tu głównym celem. A ja drugim. Mogę też zrozumieć wypowiedzenie wojny mnie osobiście. Ale na to wygląda, że ciebie kazano nie ruszać. Zostałeś dokładnie opisany, żeby nie było pomyłki. To dziwne. Może chciano uniknąć reperkusji dyplomatycznych. Któż to wie? Atak był dobrze przygotowany. Przybyli okrężną drogą na szczyt wzgórza i zjechali tu na luzie, żebyśmy nie mogli ich usłyszeć. Tu jest odludne miejsce i policjanta nie uświadczysz na wiele kilometrów. Mam wyrzuty sumienia, że ich tak niepoważnie traktowałem.

Kerim wyglądał na stropionego i niezadowolonego.

Teraz się zdecydował.

– Już północ – powiedział. – Rolls chyba przyjechał. Została jeszcze mała robótka do wykonania, zanim pójdziemy spać. I czas się pożegnać. Oni tu mają dużo do zrobienia, nim się rozjaśni. Sporo trupów trzeba spuścić do Bosforu i naprawić mur. Za dnia już nie może być śladu po tym wszystkim. Nasz przyjaciel życzy ci jak najlepiej. Powiada, że musisz tu wrócić i że Zora i Vida są twoje, dopóki im piersi nie obwisną. Nie ma do mnie pretensji o to, co się stało. Powiada, żebym dalej mu przysyłał Bułgarów. Dzisiaj zabito ich dziesięciu. A chciałby więcej. A teraz uściśniemy sobie ręce i pójdziemy. Tylko o to nas prosi. Jesteśmy dobrymi przyjaciółmi, ale jesteśmy też *gadjo*. I chyba nie chce, żebyśmy widzieli, jak jego kobiety opłakują zabitych.

Kerim wyciągnął olbrzymią dłoń. Vavra ją ujął i potrzymał, patrząc w oczy Kerimowi. Przez chwilę jego własne dzikie oczy jak gdyby się zamgliły. Po czym Cygan puścił tę dłoń i zwrócił się do Bonda. Jego dłoń była sucha, szorstka i nabita w sobie jak łapa dużego zwierzęcia. Znów oczy mu się zamgliły. Puścił dłoń Bonda. Szybko i z naciskiem powiedział coś do Kerima i odwróciwszy się, poszedł w stronę drzew.

Nikt nie oderwał wzroku od roboty, kiedy Kerim i Bond wychodzili przez wyłom w murze. Rolls-royce stał, połyskując w świetle księżyca przy drodze w odległości kilku metrów od wejścia do kawiarni.

Młody człowiek siedział obok szofera. Kerim wskazał na niego dłonią.

– To mój dziesiąty syn. Nazywa się Boris. Pomyślałem, że może mi się przydać. I przyda się.

Młodzieniec odwrócił się i powiedział:

– Dobry wieczór, sir. – Bond rozpoznał w nim jednego z pracowników magazynu. Był tak samo śniady i chudy jak ten główny i też z niebieskimi oczyma.

Samochód ruszył w dół wzgórza. Kerim przemówił do szofera po angielsku.

– Mała uliczka odchodząca od placu Hipodromu. Tam już będziemy jechać po cichu. Powiem ci, gdzie przystanąć. Masz mundury i wyposażenie?
– Tak jest, Kerim Bey.
– W porządku. A teraz pośpiesz się. Wszyscy już powinniśmy leżeć w łóżkach.

Kerim oparł się wygodnie. Wyjął papierosa. Siedzieli, paląc. Bond wyglądał na ponure ulice i myślał sobie, że marne oświetlenie ulic to niezawodny znak biednego miasta.

Upłynęło trochę czasu, nim Kerim się odezwał.

– Cygan powiedział – rzekł wreszcie – że obydwaj mamy nad sobą skrzydła śmierci. Powiedział, że ja mam się wystrzegać syna śniegów, a ty powinieneś wystrzegać się człowieka, który należy do księżyca. – Roześmiał się gardłowo.
– Takie gadki to u nich normalne. Ale powiada, że Krylenko nie jest żadnym z nich. No i dobrze.
– Dlaczego?
– Bo nie zasnę, aż go zabiję. Nie wiem, czy to, co wydarzyło się dzisiejszej nocy, ma jakiś związek z twoją misją. Mnie to nie obchodzi. Z jakiegoś powodu wypowiedziano mi wojnę. Jeżeli nie zabiję Krylenki, to za trzecim razem on mnie z pewnością zabije. Więc jedziemy teraz, żeby spotkać się z nim w Samarze.

XIX Usta Marilyn Monroe

Samochód gnał przez opustoszałe ulice, mijał spowite w mrok meczety, których olśniewające minarety wznosiły się pod księżyc w trzeciej kwadrze, przejechał pod ruinami akweduktu, przez bulwar Atatürka i po północnej stronie zakratowanych wejść na Wielki Bazar. Przy kolumnie Konstantyna samochód skręcił na prawo, pojechał przez nędzne kręte uliczki cuchnące odpadkami, nareszcie wjechał w długi ozdobny plac, na którym trzy kamienne kolumny strzelały jak bateria rakiet kosmicznych w gwiaździste niebo.

– Zwolnij – rzekł cicho Kerim. Popełzli wokół placu w cieniu drzew limonkowych. Po prawej stronie z głębi ulicy wielkie żółte mignięcie przesłała im latarnia morska poniżej pałacu Seraglio.

– Stop.

Samochód przystanął w mroku pod limonkami. Kerim sięgnął do klamki.

– Długo nie zabawimy, James. Usiądź z przodu na miejscu kierowcy i w razie gdyby podszedł policjant, powiedz tylko: *Ben Bey Kerim'in ortagiyim*. Potrafisz to zapamiętać? Znaczy to: „Jestem wspólnikiem Kerim Beya". I dadzą ci spokój.

Bond prychnął.

– Bardzo ci dziękuję. Ale może się zdziwisz, kiedy ci powiem, że idę z tobą. Beze mnie na pewno wpakowałbyś się w kłopoty. W każdym razie niech mnie cholera, jeśli będę tu siedział i próbował nabierać policjantów. W dobrym zdaniu, którego człowiek się nauczy w obcym języku, to jest najgorsze, że stwarza pozór, jakby się znało ten język. Policjant na to mi zasunie coś po turecku i kiedy mu nie odpowiem, dopiero zwęszy coś podejrzanego. Nie spieraj się, Darko.

– Tylko nie miej mi za złe, jeśli ci się to nie spodoba.
– W głosie Kerima czuło się zakłopotanie. – Będzie to zwyczajne zabójstwo z zimną krwią. W moim kraju nie budzi się śpiących psów, ale jak się budzą i gryzą, to trzeba je zastrzelić. Nie proponuje się im pojedynku. W porządku?

– Jak sobie życzysz – odparł Bond. – A jak byś chybił, wiedz, że została mi jeszcze jedna kula.

– No to chodź – rzekł niechętnie Kerim. – Czeka nas nie byle jaka przechadzka. Tamci dwaj pójdą inną drogą.

Kerim wziął od szofera długą laskę i skórzany futerał. Zarzucił je sobie na ramię i ruszyli ulicą w kierunku, skąd migała do nich żółtym blaskiem latarnia morska. Ich kroki powracały do nich głuchym echem, odbite od spuszczonych żaluzji sklepowych. Ani żywej duszy w polu widzenia, nawet kota, i Bond był rad, że nie samotnie schodzi tą długą ulicą ku dalekiemu, złowrogiemu oku.

Istambuł od samego początku sprawiał na nim wrażenie miasta, w którym nocą groza wypełza z kamieni. To miasto wydawało mu się od stuleci tak przesiąknięte krwią i przemocą, że kiedy zgaśnie światło dzienne, już tylko duchy zmarłych je zaludniają. Instynkt podpowiadał mu, jak innym podróżnikom, że Istambuł to miasto, z którego rad by wyjechać, zachowując życie.

Doszli do wąskiej, śmierdzącej uliczki, stromo zbiegającej po wzgórzu w stronę wiodącego ich światła. Kerim skręcił w nią, ostrożnie stąpając po jej brukowanej nawierzchni.

– Patrz pod nogi – powiedział cicho. – Śmietnik to grzeczne określenie tego, co moi czarujący rodacy wyrzucają na swoje ulice.

Księżyc oświetlał im na biało mokrą rzeczułkę kocich łbów. Bond nie otwierał ust i oddychał przez nos. Stopy ustawiał na płask, jedna za drugą, przyginając kolana, jakby schodził po zaśnieżonym zboczu. Myślał o swoim łóżku w hotelu i o wygodnych poduszkach w samochodzie pod słodko pachnącymi lipami, zastanawiając się, ile jeszcze rodzajów okropnego smrodu pozna w trakcie tej misji.

Przystanęli na samym dole alejki. Kerim zwrócił się do niego z szerokim, białym uśmiechem. Wskazał w górę na piętrzący się masyw czarnego cienia.

– Meczet sułtana Ahmeta. Słynne bizantyjskie freski. Szkoda, że nie zdążę ci pokazać więcej uroków mojego kraju. – Nie czekając na odpowiedź Bonda, skręcił w prawo i ruszył w dół zakurzonym bulwarem, wzdłuż szeregu nędznych sklepików, gdzie z daleka połyskiwało morze Marmara. Szli, nie odzywając się, przez jakieś dziesięć minut. Wreszcie Kerim zwolnił i skinieniem przywołał Bonda w cień.

– Operacja będzie prosta – rzekł cicho. – Krylenko mieszka tam w dole, przy torach. – Wskazał ogólnikowo na skupisko czerwonych i zielonych świateł u końca bulwaru. Jego kryjówka mieści się w szopie za tablicą reklamową. Ma wejście od frontu. Ale także wyjście na ulicę przez klapę w billboardzie. Wydaje mu się, że nikt o tym nie wie. Moi ludzie wejdą od frontu. On wymknie się przez klapę w tablicy. Wtedy ja go zastrzelę. W porządku?

– Jak uważasz.

Poszli dalej bulwarem, trzymając się tuż pod ścianą. Po dziesięciu minutach ujrzeli sześciometrowy billboard na froncie skrzyżowania w kształcie litery T. Księżyc świecił z tyłu i przód tablicy pogrążony był w cieniu. Teraz Kerim stąpał jeszcze ostrożniej, po cichu, stopa za stopą. Jakieś sto metrów od tablicy cień się skończył i księżyc jasno oświetlił skrzyżowanie. Kerim zatrzymał się w ciemnej wnęce ostatniego wejścia do budynku. Bonda ustawił przed sobą, z głową na wysokości swej piersi.

– Teraz musimy poczekać – szepnął. Bond słyszał, jak Kerim z tyłu coś majstruje. Cicho pyknęło wieko zdjęte ze skórzanego futerału. Włożył Bondowi do ręki cienką stalową rurę, ciężką, ponad półmetrową, ze zgrubieniami na obu końcach. – Noktowizor. Model niemiecki – szepnął Kerim. – Na podczerwień. Widzi po ciemku. Popatrz na tę wielką reklamę filmu. Na jej twarz. Pod samym nosem. Zobaczysz zarys klapy. W prostej linii pod światłami.

Bond oparł przedramię o framugę i przyłożył sobie rurę do prawego oka. Ustawił ją na czarną plamę cienia przed sobą. Czerń po trochu zamieniła się w szarość. Pojawiła się olbrzymia twarz kobieca i jakiś napis. Teraz już Bond mógł odczytać litery: NIYAGARA. MARILYN MONROE VE JOSEPH COTTEN i poniżej zapowiedź dodatku rysunkowego: BONZO FUTBOLOU. Bond przesunął z wolna obiektyw po ogromnej fryzurze Marilyn Monroe, po urwisku jej czoła i półmetrowym grzbiecie nosa aż do przepastnych nozdrzy. Na plakacie ukazał się ledwie dostrzegalny prostokąt. Od nosa po ogromne, kuszące wygięcie ust. Około metra szerokości. Dość wysoko nad ziemią.

Bond posłyszał za sobą szereg cichych kliknięć. Kerim wysunął przed siebie laskę. Tak jak Bond się domyślał, był to w istocie karabin ze szkieletową kolbą, w której mieścił się także skrętny zamek. Miejsce gumowej nasadki zajął krótki tłumik.

– Lufa z nowego Winchestera osiemdziesiąt osiem – wyszeptał z dumą Kerim. – Zmontował to dla mnie jeden facet w Ankarze. Mieści nabój kalibru .308. Ten krótki. Trzy sztuki. Podaj mi szkła. Chcę mieć tę klapę namierzoną, zanim moi ludzie wejdą od frontu. Mogę użyć twojego ramienia jako podpórki?

– Jasne. – Bond wręczył Kerimowi noktowizor. Kerim umieścił go na lufie i położył broń na ramieniu Bonda.

– Mam – szepnął Kerim. – Tam gdzie Vavra mówił. Porządny z niego facet. – Opuścił karabin w momencie, gdy na prawym rogu skrzyżowania pojawili się akurat dwaj policjanci. Bond zesztywniał.

– W porządku – szepnął Kerim. – To mój chłopak i szofer. – Włożył dwa palce do ust. Bardzo krótkie, bardzo ciche gwizdnięcie. Przez ułamek sekundy. Jeden z policjantów dotknął sobie karku. Odwrócili się i odeszli, butami głośno stukając po bruku.

– Jeszcze parę minut – szepnął Kerim. – Muszą obejść ten billboard. – Bond poczuł ciężką lufę układającą mu się na ramieniu.

Księżycową ciszę przerwało głośne, żelazne szczęknięcie od sygnału za tablicą. Jedno z ramion semafora opadło. Wśród czerwonych światełek pokazało się jedno zielone. Cichy, powolny hurgot rozległ się w oddaleniu, gdzieś na lewo koło Seraglio. Przybliżył się i podzielił na ciężkie sapanie lokomotywy i zgrzytliwy szczęk źle sprzężonych wagonów towarowych. Wzdłuż nabrzeża z lewej pojawiła się wątła żółtawa poświata. Zza billboardu wyłoniła się ciężko pracująca lokomotywa.

Pociąg z wolna przejechał, poszczękując, w drodze do oddalonej o sto pięćdziesiąt kilometrów granicy z Grecją – przerywana czarna sylwetka na srebrzystym tle morza – i ciężka chmura dymu z lichego paliwa poniosła się ku nim w cichym powietrzu. Kiedy zaświeciły krótko i znikły czerwone światła na wagonie hamulcowym, rozległ się mocniejszy turkot pociągu na rozjazdach, a potem dwa ochrypłe, żałosne wycia jako zapowiedź, że skład zbliża się do odległej o półtora kilometra stacyjki Buyuk.

Turkot pociągu zamarł. Bond poczuł, jak lufa broni mocniej wciska się w jego ramię. Wytężył wzrok w stronę ciemnego celu. W jego środku pojawił się prostokąt głębszej czerni.

Bond ostrożnie podniósł lewą dłoń, aby osłonić oczy od blasku księżyca. Zza prawego ucha mu tchnęło: „Idzie".

Z ust ogromnego ciemnego plakatu, spomiędzy wielkich purpurowych warg rozchylonych w ekstazie wyłonił się ciemny kształt mężczyzny i osunął jak robak zwisający z ust trupa.

Mężczyzna puścił się i spadł. Jakiś statek płynący w górę Bosforu zaryczał w noc jak bezsenny zwierz w zoo. Bond poczuł swędzenie potu na czole. Lufa pochyliła się, kiedy mężczyzna zszedł cicho z chodnika i ruszył w ich stronę.

Kiedy znajdzie się na skraju cienia, pobiegnie, pomyślał Bond. Ty głupcze, celuj z poprawką.

Już. Mężczyzna pochylił się, żeby przebiec przez oślepiająco białą ulicę. Wynurzył się z cienia. Prawą nogę miał ugiętą do przodu i ramiona skręcone dla rozpędu.

Przy uchu Bonda jakby topór siepnął, uderzając w pień drzewa. Mężczyzna z rozłożonymi rękoma dał nura w przód. Z ostrym „łup" jego czoło i podbródek uderzyły o ziemię.

Łuska brzęknęła u stóp Bonda. Usłyszał kliknięcie wprowadzające do komory drugi nabój.

Palce mężczyzny przez chwilę skrobały bruk. Buty postukiwały. Potem legł już całkiem spokojnie.

Kerim mruknął. Karabin usunął się Bondowi z ramienia. Bond słyszał, jak Kerim go składa i chowa noktowizor do skórzanego futerału. Odwrócił wzrok od postaci rozłożonej na ulicy, od postaci człowieka, który był, ale już go nie ma. Poczuł przelotny żal do życia, które zmusza do patrzenia na takie sprawy. Nie był to żal do Kerima. Ten człowiek już dwa razy miał Kerima na celu. Był to w pewnym sensie długi pojedynek, w którym tamten strzelił dwa razy, a Kerim tylko raz. Ale Kerim jest sprytniejszy, bardziej opanowany, ma większe szczęście i właśnie o to chodzi. Ale Bond nigdy nie zabijał z zimną krwią i nie lubił patrzeć, ani pomagać, kiedy inni to robią.

Kerim ujął go w milczeniu za ramię. Bez pośpiechu odeszli z tego miejsca i wrócili tą samą drogą, co przyszli.

Kerim jakby wyczuwał myśli Bonda.

– Życie jest pełne śmierci, mój przyjacielu – odezwał się filozoficznie. – A my bywamy niekiedy narzędziem śmierci. Nie żałuję, że zabiłem tego człowieka. I nie żałując, zabiłbym każdego z tych Rosjan, których dzisiaj oglądaliśmy w biurze. To twardzi ludzie. Z takimi jak nie weźmiesz siłą, to nie dostaniesz po dobroci. Oni wszyscy są tacy sami, ci Rosjanie. Chciałbym, żeby twój rząd uświadomił to sobie i twardo z nimi postępował. Ot, niekiedy taka drobna lekcja obyczajów, jakiej ja dzisiaj im udzieliłem.

– Stosując politykę siły, nieczęsto miewa się szanse działać tak szybko i czysto jak ty dzisiejszej nocy, Darko. I nie zapominaj, że ukarałeś tylko jednego z ich pomagierów, jednego z ludzi, których oni zawsze znajdą do swojej brudnej roboty. Zauważ – powiedział Bond – że ja się z tobą całkowicie zgadzam co do tych Rosjan. Oni po prostu nie rozumieją, co to marchewka. Tylko kij odnosi skutek. W gruncie rzeczy to masochiści. Oni kochają knut. Dlatego było im tak dobrze za Stalina. On im to dawał. Nie jestem pewien, jak zareagują na tę odrobinę marchewki, jaką ich próbują karmić Chruszczow i spółka. Co do Anglii, z nią dzisiaj mamy ten kłopot, że w modzie jest marchewka dla wszystkich. W kraju i za granicą. Nigdy już nie pokazujemy zębów... a tylko dziąsła.

Kerim zaśmiał się szorstko, ale nie skomentował. Znowu się wspinali tą cuchnącą alejką i nie było czym odetchnąć na tyle, żeby prowadzić rozmowę. Odpoczęli na górze i poszli z wolna ku drzewom na placu Hipodromu.

– Więc przebaczasz mi ten dzień? – Dziwnie było usłyszeć potrzebę tego zapewnienia w zazwyczaj tak buńczucznym głosie potężnego mężczyzny.

– Czy przebaczam? A co miałbym przebaczać? Nie bądź śmieszny. – W głosie Bonda brzmiała serdeczność. – Masz do wykonania robotę i ją wykonujesz. Jestem pełen podziwu. Cudowny zespół i organizacja. To ja powinienem przepraszać. Wygląda na to, że ściągnąłem ci na głowę mnóstwo kłopotów. A ty sobie z tym radzisz. Ja tylko wlokę się za tobą. I kompletnie z miejsca nie ruszyłem ze swoją główną robotą. M będzie się mocno niecierpliwić. Może w hotelu jest jakaś wiadomość.

Ale gdy Kerim odwiózł Bonda do hotelu i podszedł z nim do recepcji, nic nie czekało na Bonda. Kerim poklepał go w plecy.

– Nie martw się, przyjacielu – rzekł wesoło. – Nadzieja dobra jest na śniadanie. Najedz się nią. Z rana przyślę samochód i jeżeli ciągle nic się nie zdarzy, to wymyślę znów jakieś awantury dla zabicia czasu. Wyczyść swój pistolet i prześpij się na nim. Obaj zasłużyliście na odpoczynek.

Bond wszedł po kilku stopniach, otworzył drzwi kluczem, znów je zamknął i zaryglował za sobą. Księżycowe światło przesączało się przez zasłony. Podszedł i włączył na toalecie lampy w różowych abażurach. Rozebrał się, wszedł do łazienki i stał kilka minut pod natryskiem. O ileż bogatsza w wydarzenia, pomyślał, była sobota czternastego niż piątek trzynastego. Umył zęby, przepłukał gardło ostrym płynem do ust, żeby pozbyć się smaku tego dnia, i zgasiwszy światło w łazience, wrócił do sypialni.

Odsunął w bok jedną z zasłon, otworzył na oścież okno i stanął tak, trzymając rozchylone zasłony, patrząc na wygiętą jak ogromny bumerang przestrzeń wodną pod płynącym księżycem.

Spojrzał na zegarek. Już druga.

Ziewnął i zadygotał. Dał zasłonom opaść na miejsce. Schylił się, aby wyłączyć światła na toalecie. Wtem zesztywniał i serce mu na moment zamarło.

Z cienia w głębi pokoju dobiegł nerwowy chichot i dziewczęcy głos powiedział:

– Biedny mister Bond. Na pewno jest pan zmęczony. Proszę do łóżka.

XX Czarne z różowym

Bond obrócił się gwałtownie. Spojrzał na łóżko, ale oczy miał niewidzące od wpatrywania się w księżyc. Przeszedł przez pokój i zapalił różowe światło przy łóżku. Pod samym prześcieradłem kryło się wyciągnięte długie ciało. Brązowe włosy leżały rozrzucone na poduszce. Dostrzegał czubki palców, trzymających na twarzy prześcieradło. Poniżej widniały piersi jak wzgórza pod śniegiem.

Bond zaśmiał się krótko. Nachylił się i lekko pociągnął za włosy. Spod prześcieradła dobiegł pisk protestu. Bond usiadł na krawędzi łóżka. Po chwili milczenia odciągnięto ostrożnie róg prześcieradła i spojrzało na niego jedno wielkie niebieskie oko.

– Wygląda pan bardzo nieprzyzwoicie. – Prześcieradło tłumiło głos.

– A ty? I jak się tu dostałaś?

– Zeszłam dwa piętra. Też tu mieszkam. – Jej głos był niski i prowokujący. Prawie bez obcego akcentu.

– No to ja wchodzę do łóżka.

Prześcieradło ściągnięto szybko pod brodę i dziewczyna podciągnęła się na poduszki. Zarumieniła się.

– Och nie. Tak nie można.
– Ależ to jest moje łóżko. A poza tym sama mnie zaprosiłaś. – Jej twarz była niewiarygodnie piękna. Bond przyglądał się dziewczynie chłodnym okiem. Rumieniec się pogłębił.
– To był tylko frazes. Żeby się przedstawić.
– Aha. Miło poznać. Nazywam się James Bond.
– A ja Tatiana Romanowa. – Drugie „a" w imieniu i pierwsze w nazwisku akcentowała bardzo przeciągle. – Przyjaciele nazywają mnie Tania.

Nastąpiła pauza, w której przyglądali się jedno drugiemu, dziewczyna z ciekawością, Bond w sposób chłodno domyślny.

Ona pierwsza przerwała milczenie.

– Wygląda pan zupełnie jak na fotografiach. – Znów się zarumieniła. – Ale musi pan coś na siebie włożyć. Mnie to peszy.

– Ty mnie tak samo peszysz. To się nazywa seks. Jeśli pójdę z tobą do łóżka, będzie w porządku. A ty masz coś na sobie?

– Mam to. – Obsunęła prześcieradło troszkę niżej, pokazując wokół szyi tasiemkę z czarnego aksamitu.

Bond zajrzał jej w przekorne niebieskie oczy, rozszerzone teraz, jakby pytała, czy ta wstążka nie wystarczy. Poczuł, że ciało wymyka mu się spod kontroli.

– A niech cię, Taniu. Gdzie reszta twoich rzeczy? Czy w takim stanie zjechałaś tu windą?

– Och nie. To by nie było *kulturno*. Są pod łóżkiem.

– I co, myślisz, że wyjdziesz z tego pokoju bez...

Bond nie dokończył zdania. Wstał z łóżka i poszedł nałożyć jeden z granatowych jedwabnych szlafroków, które nosił zamiast piżamy.

– To, co sugerujesz, jest *niekulturno*.

– Ach tak – odparł Bond sarkastycznie. Wrócił do łóżka i przysunął sobie do niego krzesło. Uśmiechnął się do niej z góry. – W takim razie powiem ci coś *kulturno*. Jesteś jedną z najpiękniejszych kobiet na świecie.

Dziewczyna znów się zarumieniła. Spojrzała na niego poważnie.

– Naprawdę tak uważasz? Mam chyba za duże usta. Czy jestem taka piękna jak dziewczęta z Zachodu? Powiedziano mi kiedyś, że wyglądam jak Greta Garbo. Czy rzeczywiście?

– Jesteś piękniejsza – powiedział Bond. – W twarzy masz więcej światła. A twoje usta wcale nie są za duże. Są akurat takie jak trzeba. Przynajmniej dla mnie.

– Co znaczy: światło w twarzy? Co masz na myśli?

Bond miał chyba na myśli, że ona wcale nie wygląda na rosyjskiego szpiega. Jakby nie przejawiała żadnego dystansu, powściągliwości. Nic z tego chłodnego wyrachowania, jakie ma szpieg. Sprawiała wrażenie serdecznie ciepłe i wesołe. Wszystko to przeświecało jej z oczu. Szukał na to jakiegoś nieobowiązującego określenia.

– Masz w oczach mnóstwo żartu i wesołości – wymówił koślawo.

Tatiana spojrzała poważnie.

– To dziwne – powiedziała. – W Rosji nie ma wiele żartu i wesołości. Nikt nie mówi o tych rzeczach. Nigdy jeszcze mi tego nie powiedziano.

Wesołość? – pomyślała, po dwóch ostatnich miesiącach? Jak ona może mieć wesoły wygląd? A jednak, owszem, czuje w sercu jakąś lekkość. Czyżby z natury była kobietą lekkich obyczajów? A może to ma coś wspólnego z tym nigdy jeszcze niewidzianym mężczyzną? Czuła też ulgę, jaką przyniósł jej po udręce rozmyślań nad tym, do czego ją zmuszono. A przecież wszystko okazało się dużo łatwiejsze, niż przypuszczała. On to ułatwił: obrócił to w żart, przyprawiony odrobiną niebezpieczeństwa. Bardzo przystojny. I chyba taki czysty. Czy wybaczy jej, kiedy się znajdą w Londynie i ona mu powie? Że wysłano ją, aby go uwiodła? Że ustalili nawet, której nocy musi to zrobić, i numer pokoju? Chyba nie będzie miał jej tego za złe. Co mu to szkodzi? A dla niej to prostu sposób na dostanie się do Anglii, żeby sporządziła te raporty. „Żart i wesołość w oczach". Czemuż by nie? To całkiem możliwe. Owo cudowne poczucie wolności, że jest się sam na sam z takim człowiekiem i wiadomo, że nie spotka jej za to kara. To naprawdę strasznie podniecające.

– Jesteś bardzo przystojny – powiedziała. Szukała porównania, które by mu sprawiło przyjemność. – Jak amerykański aktor filmowy.

– Na litość boską! – Była zaskoczona jego reakcją. – To najgorsza obelga, jaka może spotkać mężczyznę!

Czym prędzej usiłowała naprawić swój błąd. Jakie to dziwne, że ten komplement mu się nie spodobał. Czy na Zachodzie każdy nie chciałby wyglądać jak gwiazdor filmowy?

– Skłamałam – rzekła. – Chciałam ci sprawić przyjemność. Bo naprawdę wyglądasz jak mój ulubiony bohater. Z książki rosyjskiego pisarza Lermontowa. Kiedyś ci o nim opowiem.

Kiedyś? Bond pomyślał, że czas przejść do rzeczy.

– Posłuchaj, Taniu. – Usiłował nie patrzeć na piękną twarz na poduszce. Skupił wzrok na czubku jej brody. – Musimy skończyć te wygłupy i być poważni. O co w tym wszystkim chodzi? Czy naprawdę chcesz ze mną jechać do Anglii? – Spojrzał jej w oczy. Fatalny błąd. Znów otworzyła je szeroko z tą cholerną szczerością.

– Oczywiście!

– Och! – Bonda zaskoczyła tak bezpośrednia odpowiedź. Przyjrzał się jej podejrzliwie. – Na pewno?

– Tak. – Jej oczy błyszczały prawdą. To już nie flirt.

– Nie boisz się?

Cień przemknął po jej oczach. Ale nie to, co myślał. Przypomniała sobie, że ma odegrać rolę. Przestraszonej tym, co robi. Przerażonej. Udawanie zdawało się łatwe, ale okazało się trudne. Jakie to dziwne! Wybrała coś pośredniego.

– Owszem. Boję się. Ale już nie tak bardzo. Ty mnie obronisz. Tak sobie pomyślałam.

– No tak, oczywiście. – Bond pomyślał o jej krewnych w Rosji. Czym prędzej pozbył się tej myśli. Co on właściwie robi? Stara się ją odwieść od tego zamiaru? Wyrzucił z myśli czekające ją konsekwencje, które mógł sobie wyobrazić. – O to się nie martw. Ja się o ciebie zatroszczę. – A teraz pytanie, na które sam się zżymał. Poczuł śmieszne zakłopotanie. Ta dziewczyna jest zupełnie inna, niż się spodziewał. Nowe pytanie może wszystko zepsuć. Ale trzeba je zadać.

– A co z maszyną?

Tak. Jak gdyby ją trzepnął po twarzy. W oczach dziewczyny pojawił się żal, była o krok od płaczu.

Podciągnęła prześcieradło, aż zakryło jej usta, i dopiero wtedy się odezwała. Oczy stały się chłodne.

– Więc o to ci chodzi.

– Posłuchaj. – Bond narzucił sobie ton nonszalancji. – Ta maszyna nie ma nic wspólnego z tobą i ze mną. Ale jest potrzebna moim ludziom w Londynie. – Przypomniał sobie o zasadach bezpieczeństwa. Dorzucił obojętnie: – Nie jest aż taka ważna. Wszystko już o niej wiedzą i uważają, że to świetny rosyjski wynalazek. Tylko chcą mieć egzemplarz. Tak jak wasi kopiują zagraniczne fotoaparaty i tym podobne.

Boże, jak to kulawo zabrzmiało!

– Teraz kłamiesz. – Wielka łza stoczyła się z rozwartego niebieskiego oka po delikatnym policzku i opadła na poduszkę. Tania podciągnęła sobie prześcieradło aż na oczy.

Bond wyciągnął rękę i położył dłoń na jej ramieniu pod prześcieradłem. Ramię gniewnie umknęło.

– Do cholery z całą tą maszyną – zniecierpliwił się. – Ale musisz wiedzieć, Taniu, że ja mam robotę do wykonania. Po prostu powiedz tak albo nie, i zapomnimy o tym. Mamy mnóstwo innych spraw do obgadania. Musimy zorganizować naszą podróż i tak dalej. Wiadomo, że moi ludzie chcą tej maszyny, w przeciwnym razie nie wysłaliby mnie tutaj, żebym cię przywiózł razem z nią.

Tatiana osuszyła sobie oczy prześcieradłem. I ściągnęła je znów do ramion. Była świadoma, że zapomniała o swym zadaniu. Tylko że... No dobrze. Gdyby tylko był powiedział, że maszyna się dla niego nie liczy, byle ona z nim pojechała. Ale nie można się aż tyle spodziewać. On ma rację. Ma do wykonania robotę. I ona też.

– Przyniosę ją. – Popatrzyła na niego spokojnie. – Nie obawiaj się. Ale nie mówmy już o niej. A teraz posłuchaj. – Usiadła prosto na poduszkach. – Musimy wyjechać jeszcze tej nocy. – Przypomniała sobie wyuczoną lekcję. – To nasza jedyna szansa. Dziś wieczór mam dyżur nocny od szóstej. Będę sama w biurze i zabiorę Spektora.

Oczy Bonda zwęziły się. Nastąpiła gonitwa myśli, gdy uświadomił sobie, z jakimi problemami przyjdzie mu się uporać. Gdzie ją ukryć. Jak ją przemycić do pierwszego samolotu, kiedy strata zostanie odkryta. Będzie to bardzo ryzykowne. Rosjanie przed niczym się nie cofną, byle odzyskać ją i to urządzenie. Blokady po drodze na lotnisko. Bomba w samolocie. Niczego nic zaniedbają

– Wspaniale, Taniu – powiedział Bond jakby nigdy nic. – Ukryjemy cię i złapiemy jutro rano pierwszy samolot.

– Nie bądź głupi. – Tatianę przygotowano na to, że jej rola nie obejdzie się bez paru trudnych kwestii. – Pojedziemy pociągiem. Orient Express odjeżdża dziś o dziewiątej. Myślisz, że ja sobie tego nie przemyślałam? Nie zostanę w Istambule ani minutę dłużej niż to konieczne. O świcie będziemy już na granicy. Musisz załatwić bilety i paszport. Pojadę z tobą jako twoja żona. – Popatrzyła na niego radośnie. – To mi się spodoba. W takim przedziale, o jakich czytałam. One muszą być bardzo wygodne. Jak mały domek na kółkach. W dzień będziemy rozmawiać i czytać, a w nocy będziesz stał na korytarzu pod naszym domkiem i pilnował go.

– Jak cholera – rzekł Bond. – Ale posłuchaj, Taniu. To szaleństwo. Tu czy tam w końcu nas dopadną. Podróż do Londynu tym pociągiem trwa cztery dni i pięć nocy. Musimy wymyślić coś innego.

– Nic z tego – odparła bez ogródek. – Ja tylko tak pojadę. Jeżeli będziesz sprytny, to skąd się dowiedzą?

O Boże, pomyślała. Dlaczego się uparli przy tym pociągu? Ale uparli się. Że to dobre miejsce do miłości. Że będzie miała cztery dni na spowodowanie, by ją pokochał. I kiedy już dotrą do Londynu, będzie tam miała lekkie życie. On będzie ją chronił. A gdyby polecieli do Londynu, zaraz by ją wsadzili do więzienia. Od tych czterech dni wszystko zależy. I ostrzegli ją: nasi ludzie w pociągu dopilnują, żebyście nie wysiedli. Więc uważaj i wykonuj rozkazy. O Boże. O Boże. Ale teraz już pragnęła spędzić z nim te cztery dni w domku na kołach. Jakie to dziwne! Jej obowiązkiem było zmusić go. A teraz stało się to jej namiętnym pragnieniem.

Przyglądała się zamyślonej twarzy Bonda. Pragnęła wyciągnąć do niego dłoń i zapewnić go, że wszystko będzie dobrze; że to tylko nieszkodliwa *kanspiracija*, wymyślona po to, aby ona trafiła do Anglii; i że nic złego nie może się stać żadnemu z nich, bo tego nie obejmuje plan.

– No cóż, ja i tak uważam, że to szaleństwo – rzekł Bond, zastanawiając się, jak M by na to zareagował. – Ale może podziałać. Paszport mam. Potrzebna mi będzie wiza jugosłowiańska. – Popatrzył na nią surowo. – Nie wyobrażaj sobie, że cię zabiorę do tej części pociągu, która przejeżdża Bułgarię, albo pomyślę, że chcesz mnie porwać.

– Bo chcę. – Tatiana zachichotała. – Tego właśnie pragnę.

– Przymknij się, Taniu. Musimy to wszystko przemyśleć. Załatwię bilety i żeby towarzyszył nam jeden z naszych ludzi. Na wszelki wypadek. On jest dobry. Polubisz go. Ty się nazywasz Caroline Somerset. Nie zapomnij. Jak dostaniesz się do pociągu?

– Karolin Siomerset. – Dziewczyna obracała w myśli to nazwisko. – Nawet ładnie brzmi. A ty jesteś mister Siomerset. – Zaśmiała się radośnie. – To żart. Nie martw się o mnie. Zjawię się w pociągu tuż przed odjazdem. Ze stacji Sirkeci. Wiem, gdzie to jest. I to wszystko. Więcej nie będziemy się już martwić. Dobrze?

– A jeżeli nerwy cię poniosą? A jeżeli cię złapią? – Bonda raptem zaniepokoiła w tej dziewczynie pewność siebie. Jak ona może być wszystkiego tak pewna?

Po kręgosłupie przebiegł mu dreszcz podejrzenia.

– Zanim cię zobaczyłam, bałam się. A teraz już się nie boję. – Tatiana usiłowała przekonać samą siebie, że to prawda. W jakimś sensie prawie tak było. – Otóż mnie nerwy nie poniosą, jak to nazywasz. I nie złapią mnie. Zostawię swoje rzeczy w hotelu, a do biura wezmę tylko torebkę, jak zwykle. Mojego futra nie mogę zostawić. Za bardzo je kocham. Ale dziś jest niedziela i to będzie wytłumaczenie, dlaczego w nim poszłam do biura. Dziś wieczorem o wpół do dziewiątej wyjdę i pojadę taksówką na dworzec. A teraz przestań już robić taką zmartwioną minę. – Impulsywnie, już nie mogąc się od tego powstrzymać, wyciągnęła do niego rękę. – Powiedz, że ci się to wszystko podoba.

Bond przeniósł się na krawędź łóżka. Wziął jej dłoń i popatrzył w oczy. Boże, pomyślał. Mam nadzieję, że wszystko będzie w porządku. Że ten zwariowany plan się powiedzie. Czy ta wspaniała dziewczyna może oszukiwać? Czy to prawda? Czy jest rzeczywista? Oczy nic mu nie mówiły poza tym, że czuje się szczęśliwa i że pragnie, aby ją kochał, i że dla niej samej zaskoczeniem jest to, co się z nią dzieje. Druga dłoń Tatiany uniosła się, objęła go za szyję i gwałtownie ściągnęła go na siebie. Usta jej z początku drżały pod jego ustami, a potem, gdy ją ogarnęła namiętność, poddały się i uległy w niekończącym się pocałunku.

Bond podniósł nogi na łóżko. Jego usta nie przestawały jej całować, a dłoń się przeniosła na lewą pierś i pozostała na niej, czując już twardniejący z żądzy czubek. Dłoń powędrowała w dół po płaskim brzuchu. Nogi Tatiany zaczęły się poruszać omdlewająco. Jęknęła z cicha i wargi usunęły się z jego ust. Poniżej przymkniętych oczu długie rzęsy zadygotały jak skrzydła kolibra.

Bond sięgnął do góry i ująwszy brzeg prześcieradła, ściągnął je w dół, zrzucił z nóg olbrzymiego łoża. Nie miała na sobie niczego z wyjątkiem czarnej wstążki na szyi oraz czarnych jedwabnych pończoch, zwiniętych nad kolanami. Jej ramiona się uniosły, szukając go na oślep.

Ponad nimi, bez wiedzy któregokolwiek z nich, za oprawnym w złoto fałszywym lustrem na ścianie ponad łóżkiem siedzieli dwaj fotografowie ze Smierszu, stłoczeni w ciasnym *cabinet de voyeur*, tak jak przed nimi wielu przyjaciół właściciela siadywało tam w noce miodowego miesiąca, spędzane przez kogoś w tym apartamencie Kristal Palas.

Ich wizjery wpatrywały się chłodno w namiętne arabeski dwóch ciał, składające się i rozplątujące i znowu splatające się, a sprężynowy mechanizm kamer filmowych raz po raz powarkiwał cichutko, w miarę jak chrapliwy oddech wydobywał się z rozwartych ust dwóch funkcjonariuszy i pot sączący się w podnieceniu ociekał im po nabrzmiałych gębach w głąb tanich kołnierzyków.

XXI Orient Express

Wielkie pociągi krążą po całej Europie, jeden za drugim, ale trzy razy w tygodniu Orient Express dumnie grzmi po dwóch tysiącach dwustu kilometrach stalowego lśniącego szlaku od Paryża do Istambułu.

Pod łukowymi światłami długa lokomotywa niemieckiej produkcji posapywała z cicha wytężonym dyszeniem smoka umierającego na astmę. Każde z jej ciężkich westchnień zdawało się być ostatnim. A potem przychodziło następne. Kłębki pary ulatywały ze złączy pomiędzy wagonami i od razu konały w ciepłym powietrzu sierpnia. Orient Express był jedynym żywym pociągiem w brzydkiej, architektonicznie tandetnej bruździe, będącej głównym dworcem Istambułu. Składy z innych linii stały bez lokomotyw i obsługi, czekając jutra. Jedynie tor nr 3 i jego peron pulsowały tragiczną poezją odjazdów.

Wykonany z ciężkiego brązu napis na boku granatowego wagonu głosił: COMPAGNIE INTERNATIONALE DES WAGONS-LITS ET DES GRANDS EXPRESS EUROPÉENS.

Nad tym napisem, wpasowana w metalowe listewki, widniała płaska żelazna tablica, ogłaszająca czarnymi wersalikami na białym tle: ORIENT EXPRESS i pod tym w trzech linijkach:

ISTANBUL THESSALONIKI BEOGRAD
VENEZIA MILAN
LAUSANNE PARIS

James Bond spoglądał od niechcenia na jedną z najbardziej romantycznych tablic na świecie. Po raz dziesiąty spojrzał na zegarek. Ósma pięćdziesiąt jeden. Jego oczy powróciły do tablicy. Wszystkie miasta wypisano w języku danego kraju z wyjątkiem MILAN. Dlaczego nie MILANO? Bond sięgnął po chustkę i wytarł sobie twarz. Gdzie, u diabła, podziewa się ta dziewczyna? Czy ją złapano? Czy się rozmyśliła? Czy okazał się dla niej zbyt brutalny ubiegłej nocy, a raczej tego ranka, w wielkim łożu?

Ósma pięćdziesiąt pięć. Ciche posapywanie lokomotywy umilkło. Zastąpił je głęboki szum, kiedy automatyczny zawór bezpieczeństwa wydychał nadmiar pary. W odległości stu metrów, przez kłębiący się tłum, Bond przyglądał się zawiadowcy, jak podniesioną ręką daje znak maszyniście i strażnikowi, po czym rusza z wolna w stronę końca pociągu, zatrzaskując na przodzie drzwi wagonów trzeciej klasy. Pasażerowie, przeważnie wieśniacy powracający do Grecji po weekendzie spędzonym z rodziną w Turcji, wychylali się z okien do uśmiechającego się pod nimi tłumu.

Za nimi, gdzie kończą się blaknące łukowe światła i zaczyna się granatowa noc z gwiazdami prześwitującymi w półksiężycowatym wylocie tunelu, Bond zobaczył, jak czerwony punkt zamienia się w zielony.

Zbliżył się zawiadowca. Konduktor z wagonu sypialnego w brązowym mundurze poklepał Bonda po ramieniu. *En voiture, s'il vous plaît*. Dwaj zamożni z wyglądu Turcy ucałowali swe kochanki – zbyt ładne jak na żony – i zaśmiewając się w żartobliwych upomnieniach, wstąpili na niski żelazny stopień, a z niego po dwóch wysokich stopniach weszli do wagonu. Na peronie już nie było więcej podróżnych do sypialnego. Konduktor, niecierpliwie popatrując na wysokiego Anglika, zabrał żelazny stopień i wspiął się z nim do pociągu.

Zdecydowanym krokiem przeszedł zawiadowca. Jeszcze dwa przedziały, wagony pierwszej i drugiej klasy, a potem dojdzie do przedziału strażników i podniesie brudną zieloną chorągiewkę.

Nikt nie nadbiega po peronie od strony kas. Wysoko ponad nimi, pod sufitem dworca, duża wskazówka oświetlonego, wielkiego zegara przeskoczyła na dziewiątkę.

Nad głową Bondowi łupnęło okno. Spojrzał w górę. Odniósł natychmiastowe wrażenie, że czarna woalka ma zbyt rzadkie oczka. Amatorska próba ukrycia namiętnych ust i podnieconych niebieskich oczu.

– Prędzej.

Pociąg ruszył. Bond chwycił za mijającą go poręcz i wskoczył na stopień. Konduktor ciągle przytrzymywał otwarte drzwi. Bond, nie śpiesząc się, wszedł przez nie do środka.

– Madame się spóźniła – rzekł konduktor. – Przyszła korytarzem. Widocznie wsiadła do ostatniego wagonu.

Bond przeszedł po dywanie wyściełającym korytarz do środkowego przedziału. Biały metalowy romb ukazywał czarną siódemkę nad czarną ósemką. Drzwi stały otworem. Bond wszedł i zamknął je za sobą. Dziewczyna zdjęła woalkę i czarny słomkowy kapelusz. Siedziała w rogu pod oknem. Długie, gładkie, rozchylone futro z soboli ukazywało suknię z surowego jedwabiu w naturalnym kolorze, plisowaną u dołu, nylony w barwie miodu, czarny pasek i pantofle z krokodylowej skóry. Wyglądała na całkiem opanowaną.

– Nie masz do mnie zaufania, James.

Bond usiadł koło niej.

– Taniu – powiedział – gdyby tu było więcej miejsca, położyłbym cię na kolanie i spuścił ci lanie. Omal nie przyprawiłaś mnie o atak serca. Co się stało?

– Nic – odparła niewinnie. – A co mogło się stać? Powiedziałam, że będę, i jestem. Nie ufasz mi. Ponieważ bardziej ci chodzi o mój posag niż o mnie, jest tam na górze.

Bond od niechcenia popatrzył w górę. Na siatce obok jego walizki leżały dwie nieduże torby. Wziął ją za rękę.

– Chwała Bogu, że jesteś bezpieczna – powiedział.

Coś w jego spojrzeniu, może przebłysk poczucia winy, kiedy sam przed sobą przyznał, że bardziej obchodzi go ta dziewczyna niż urządzenie, uspokoiło ją. Nie wypuszczając jego dłoni z uścisku, osunęła się zadowolona do swojego kąta.

Pociąg z wolna i zgrzytliwie objeżdżał Seraglio Point. Latarnia morska oświetlała dachy i nędzne rudery wzdłuż torów. Wolną ręką Bond sięgnął po papierosa i zapalił go. Pomyślał sobie, że wkrótce powinni mijać wielki billboard, gdzie dwadzieścia cztery godziny temu jeszcze mieszkał Krylenko. Bond znów zobaczył tę scenę w najdrobniejszych szczegółach. Białe skrzyżowanie ulic, dwóch mężczyzn w cieniu, skazanego na śmierć mężczyznę, który wymyka się z purpurowych ust.

Dziewczyna czujnie wpatrywała mu się w oczy. Co myśli sobie ten mężczyzna? Co się dzieje za tymi chłodnymi, szaroniebieskimi, prosto patrzącymi oczyma, które czasami stawały się miękkie, a czasami, jak ubiegłej nocy, zanim namiętność wypaliła się w jej ramionach, płonęły jak brylanty. Teraz były pogrążone w zamyśleniu. Czy martwi się o nich oboje? Czy pochłania go ich bezpieczeństwo? Gdyby tylko mogła go zapewnić, że nie ma się czego bać, że on to jedyny jej paszport do Anglii; on i ten ciężki futerał, który tego wieczora jej przekazał w biurze rezydent. „To wasz paszport do Anglii, kapralu – oznajmił wesoło. – Patrzcie. – Rozsunął zamknięcie torby. – Nowiutki Spektor. W żadnym razie nie otwierajcie go po raz drugi, albo wynieście go ze swego przedziału, dopóki nie znajdziecie się u celu. W przeciwnym razie ten Anglik wam go zabierze, a was wyrzuci na śmietnik. Im jest potrzebna ta maszyna. Nie pozwólcie jej sobie odebrać, bo nie spełnicie swego obowiązku. Zrozumiano?".

Sygnał zamajaczył w granatowym mroku za oknem. Tatiana patrzyła, jak Bond wstaje, odsuwa w dół okno i wygląda w ciemność. Miała jego ciało tuż przy swoim. Poruszyła kolanem, żeby go dotknąć. Jakie to niezwykłe, ta namiętna czułość, która ją przepełnia od momentu, gdy zobaczyła Bonda ubiegłej nocy stojącego nago przy oknie, jak podniesionymi rękoma odchyla zasłony, a jego profil pod zmierzwioną czarną czupryną był wyrazisty i blady w świetle księżyca. A potem dokonało się niezwykłe stopienie ich oczu i ciał. Nagle rozgorzał pomiędzy nimi płomień pomiędzy dwójką tajnych agentów, rzuconych ku sobie z dwóch wrogich obozów odległych o cały świat – każde z nich zostało wplątane we własny spisek przeciw krajowi tego drugiego; przeciwnicy z zawodu, a jednak rozkazami swych rządów przeobrażeni w kochanków.

Tatiana wyciągnęła dłoń, uchwyciła skraj marynarki, lekko szarpnęła. Bond podciągnął okno i odwrócił się. Uśmiechnął się do niej z góry, czytając w jej oczach. Schylił się i położył dłonie na futrze, na jej piersiach, pocałował ją mocno w usta. Tatiana odchyliła się w tył, ściągając go na siebie.

Dwa razy cicho zastukano do drzwi. Bond wstał. Wyjął chustkę i energicznie starł sobie szminkę z ust.

– To chyba mój przyjaciel Kerim – oświadczył. – Muszę z nim porozmawiać. Powiem konduktorowi, żeby posłał łóżka. Nie wychodź, kiedy będzie to robił. Nie potrwa to długo. Będę za drzwiami. – Nachylił się, dotknął jej dłoni, popatrzył w rozszerzone oczy i na posmutniałe, rozchylone usta. – Będziemy dla siebie mieli całą noc. Najpierw muszę się przekonać, że jesteś bezpieczna.

Otworzył drzwi z zamka i wymknął się.

Korytarz wypełniała ogromna postać Darko Kerima. Wsparty na mosiężnej poręczy, palił i wpatrywał się posępnie w morze Marmara, oddalające się, kiedy długi pociąg skręcał od wybrzeża w głąb lądu i na północ. Bond oparł się przy nim o poręcz. Kerim popatrzył w twarz Bonda odbitą w ciemnym oknie.

– Niedobre wiadomości – przemówił cicho. – Jest ich trzech w pociągu.

– Och! – Bondowi przebiegł jakby elektryczny dreszczyk po kręgosłupie.

– To ci trzej nieznajomi, których widzieliśmy w biurze przez peryskop. Widocznie obstawiają ciebie i dziewczynę.
– Kerim ostro popatrzył w bok. – To znaczy, że jest podwójną agentką. Nie uważasz?

Bond chłodno myślał. Więc dziewczyna służy jako przynęta. A jednak... jednak. Nie, do diabła. Na pewno nie udaje. To niemożliwe. A maszyna cyfrowa? Może jednak jej nie ma w tej torbie.

– Zaczekaj chwilę – powiedział. Odwrócił się i cicho zapukał do drzwi. Usłyszał, jak odryglowała je i zwolniła z łańcucha. Wszedł i zamknął je za sobą. Wyglądała na zaskoczoną. Myślała, że to konduktor przyszedł posłać łóżka.

– Skończyłeś? – Uśmiechnęła się promiennie.

– Usiądź, Tatiano. Musimy porozmawiać.

Dostrzegła wreszcie chłód w jego twarzy i uśmiech jej zniknął. Usiadła posłusznie z dłońmi na kolanach.

Bond stał nad nią. Czy w jej twarzy dostrzegł winę, czy lęk? Nie, tylko zaskoczenie i chłód odpowiadający temu, co zobaczyła w jego wyrazie twarzy.

– Słuchaj, Tatiano. – Bond był nieubłagany. – Coś wyszło na jaw. Muszę zajrzeć do tej torby i zobaczyć, czy maszyna tam jest.

Odrzekła obojętnie:

– Zdejmij i popatrz. – Wpatrywała się w dłonie na swych kolanach. Więc teraz to nastąpi. Co zapowiedział szef. Zabiorą tę maszynę, a jej się pozbędą, może ją wysadzą z pociągu. Boże! Ten mężczyzna tak z nią postąpi.

Bond sięgnął do góry, zdjął ciężką torbę i położył ją na siedzeniu. Odciągnął w bok zamek błyskawiczny i zajrzał. Owszem, jest – szara i czarno lakierowana obudowa z trzema rzędami niewysokich klawiszy, trochę jak w maszynie do pisania. Pokazał jej wnętrze otwartej torby.

– Czy to jest Spektor?

– Tak. – Zajrzała przelotnie do wnętrza torby.

Bond zapiął torbę i odłożył ją na półkę. Usiadł koło dziewczyny.

– W pociągu są trzej agenci z MGB. Wiemy, że to ci, którzy przyjechali do waszej centrali w poniedziałek. Co oni tutaj robią, Tatiano? – Bond mówił ściszonym głosem. Przyglądał się jej. Badał ją wszystkimi zmysłami.

Spojrzała na niego ze łzami w oczach. Czy to łzy przyłapanego dziecka? Ale w jej twarzy nie było poczucia winy. Wyglądała tylko na przerażoną albo coś w tym rodzaju.

– Nie wyrzucisz mnie z pociągu, kiedy już dostałeś tę maszynę? – Wyciągnęła dłoń i cofnęła ją.

– Pewnie, że nie – zniecierpliwił się Bond. – Nie bądź idiotką. Ale musimy wiedzieć: co oni tu robią? O co w tym wszystkim chodzi? Czy wiedziałaś, że oni będą w pociągu?

– Próbował coś wyczytać z wyrazu jej twarzy. Dojrzał tylko ogromną ulgę. I co jeszcze? Wyrachowanie? Wyraz jakiejś rezerwy? Tak, ona coś ukrywa. Ale co?

Tatiana jakby się zdecydowała. Szorstko przeciągnęła sobie grzbietem dłoni po oczach. Wyciągnęła ją i położyła mu na kolanie. Na grzbiecie dłoni było widać smugę łez. Popatrzyła Bondowi w oczy, przymuszając go, by jej uwierzył.

– James – rzekła. – Nie wiedziałam, że oni są w pociągu. Powiedziano mi, że dzisiaj wyjeżdżają. Do Niemiec. Myślałam, że tam polecą. Tylko tyle mogę ci powiedzieć. Póki nie znajdziemy się w Anglii, poza zasięgiem naszych, nie pytaj mnie o nic więcej. Zrobiłam to, co powiedziałam, że zrobię. Jestem tu wraz z maszyną. Zaufaj mi. Nie bój się naszych ludzi. Jestem pewna, że nie mają wobec nas złych zamiarów. Absolutnie pewna. Zaufaj mi. – (Czy naprawdę jestem taka pewna? – zastanawiała się Tatiana. Czy ta Klebb powiedziała jej całą prawdę? Ale ona też powinna ufać: wierzyć w rozkazy, które otrzymała. Ci ludzie z pewnością tylko pilnują, żeby nie wysiadła z pociągu. Nie mogą żywić złych zamiarów. Później, kiedy już będą w Londynie, on ją ukryje w miejscu niedostępnym dla Smierszu i wtedy ona mu powie wszystko. W głębi duszy tak już postanowiła. Ale Bóg jeden raczy wiedzieć, co by się stało, gdyby *Tamtych* zdradziła już teraz. *Tamci* jakoś by ją dopadli. I jego również. Jest tego pewna. Dla tych ludzi nie ma tajemnic. I nie znają litości. Dopóki ona gra swoją rolę, wszystko będzie dobrze). Tatiana wypatrywała w twarzy Bonda oznak, że jej uwierzył.

Bond wzruszył ramionami. Wstał.

– Nie wiem, co o tym myśleć, Tatiano – powiedział. – Coś przede mną ukrywasz, ale przypuszczam, że nie wiesz, jakie to ważne. I wierzę w twoje przekonanie, że jesteśmy bezpieczni. Może jesteśmy. Może to przypadek, że oni znaleźli się w tym pociągu. Muszę porozmawiać z Kerimem i postanowić, co zrobię. Nie przejmuj się. Zaopiekujemy się tobą. Ale musimy teraz być bardzo ostrożni.

Bond rozejrzał się po przedziale. Sprawdził drzwi łączące go z następnym. Zablokowane. Postanowił je zaklinować po wyjściu konduktora. To samo zrobi z drzwiami na korytarz. I nie wolno mu zasnąć. Tyle co do miodowego miesiąca na kołach! Bond posępnie zaśmiał się sam do siebie i zadzwonił na konduktora. Tatiana z lękiem podniosła na niego oczy.

– Nie przejmuj się, Taniu – powtórzył. – Nie martw się o nic. Jak on wyjdzie, połóż się do łóżka. Nie otwieraj drzwi, jeśli nie będziesz pewna, że to ja. A ja przesiedzę tę noc na straży. Może jutro będzie już łatwiej. Zaplanujemy coś z Kerimem. On jest dobry.

Zapukał konduktor. Bond wpuścił go i wyszedł na korytarz. Kerim wciąż tam stał i wyglądał. Pociąg nabrał szybkości i pędził przez noc, a jego chrypliwie melancholijny gwizd odbijał się echem od ścian głębokiego wykopu, na których migotały i tańczyły oświetlone okna wagonów. Kerim nie poruszył się, ale miał czujne spojrzenie, odbijające się w zwierciadle okna.

Bond powtórzył mu rozmowę.

Niełatwo było wyjaśnić Kerimowi, dlaczego tak wierzy dziewczynie. Widział jego usta odbite w oknie, krzywiące się ironicznie, gdy próbował opisać, co wyczytał w jej oczach i co podpowiadała mu intuicja.

Kerim westchnął z rezygnacją.

— James — powiedział — teraz ty dowodzisz. To twoja część operacji. Większość tego już dzisiaj przedyskutowaliśmy: zagrożenie w pociągu, możliwość przewiezienia maszyny w bagażu dyplomatycznym, uczciwość albo jej brak u tej dziewczyny. Niewątpliwie na to wygląda, że bezwarunkowo ci zawierzyła. A może tylko w części. Lecz ty postanowiłeś jej zaufać. Kiedy rozmawiałem dziś rano z M przez telefon, powiedział mi, że poprze twoją decyzję. Więc niech tak będzie. Ale nie wiedział, że dostaliśmy eskortę składającą się z trzech emgiebistów. My też nie wiedzieliśmy. I myślę, że to zmienia wszystko. Czy tak?

— Tak.

— Więc nie ma innego wyjścia, niż wyeliminować tych trzech facetów. Pozbyć się ich z pociągu. Bóg jeden raczy wiedzieć, po co oni tu są. Nie wierzę w przypadki, tak samo jak ty. Ale jedno jest pewne. Nie będziemy jechać z nimi w tym samym pociągu. Zgoda?

— Oczywiście.

— Więc mnie to pozostaw. Przynajmniej na tę noc. Na razie jesteśmy w moim kraju i ja tutaj mam jakąś władzę. I mnóstwo pieniędzy. Nie mogę sobie pozwolić na zabicie ich. Pociąg zostałby opóźniony. Ty i dziewczyna moglibyście zostać w to zamieszani. Ale coś urządzę. Dwaj z nich mają wykupione miejsca w slipingu. Ten starszy, wąsaty i z fajeczką, zajmuje przedział sąsiadujący z twoim, pod szóstką. — Wykonał gest głową do tyłu. — Podróżuje z niemieckim paszportem jako „Melchior Benz, akwizytor". A ten ciemny, Ormianin, jest pod dwunastką. On też ma niemiecki paszport jako „Kurt Goldfarb, inżynier budowlany". Mają bilety do samego Paryża. Widziałem ich dokumenty. Mam legitymację policyjną. Konduktor nie robił trudności. On ma w swoim przedziale wszystkie bilety i paszporty. A trzeci, ten z czyrakiem na karku, okazuje się, że na twarzy też ma czyraki. Głupie, brzydkie chamisko. Nie widziałem jego paszportu. Jedzie na miejscu siedzącym w pierwszej klasie, w przedziale sąsiadującym ze mną. Nie musi pokazywać paszportu aż do granicy. Ale dał mi swój bilet. – Kerim jak sztukmistrz mignął wydobytym z kieszeni marynarki żółtym biletem pierwszej klasy. Schował go na powrót. Z dumą uśmiechnął się do Bonda, szczerząc zęby.

– Skąd u licha?

Kerim parsknął rozbawiony.

– Zanim się usadowił na noc, ten głupi buc poszedł do klozetu. A ja stałem na korytarzu i nagle przypomniałem sobie, jak jeździło się pociągiem na gapę za moich lat chłopięcych. Dałem mu minutę czasu. A później podszedłem i zacząłem się dobijać do drzwi klozetu. Mocno trzymałem za klamkę. Powiedziałem głośno: „Kontrola biletów. Proszę okazać bilet". Po francusku i po niemiecku. Tam w środku zamamrotało. Czułem, jak próbuje otworzyć drzwi. Ale trzymałem mocno, aby pomyślał, że drzwi się zacięły. „Proszę się nie irytować, monsieur – odezwałem się grzecznie – Wystarczy wysunąć bilet pod drzwiami". A on dalej majstrował przy tej klamce i słyszałem, jak sapie. Wreszcie nastąpiła przerwa i pod drzwiami zaszeleściło. *Merci, monsieur*, powiedziałem bardzo grzecznie. Wziąłem bilet i przeszedłem po złączu do następnego wagonu. – Kerim machnął beztrosko dłonią. – Ten ćwok na pewno spokojnie usnął. Myśli, że oddadzą mu bilet na granicy. Ale myli się. Będzie z niego popiół rozwiany na cztery wiatry. – Kerim wskazał ciemność za oknem. – Już ja dopatrzę, aby go wysadzono z pociągu, choćby miał kupę forsy. Powiedzą mu, że trzeba zbadać okoliczności, potwierdzić jego oświadczenie w biurze podróży. Pozwolą mu zabrać się późniejszym pociągiem.

– Ale z ciebie numer, Darko. A co z dwoma pozostałymi? – Bond uśmiechnął się, wyobrażając sobie, jak Kerim odstawia kawał z lat szkolnych.

Darko Kerim wzruszył potężnymi ramionami.

– Coś wymyślę – odparł z przekonaniem. – Rosjan się bierze na to, że robi się z nich durniów. Zawstydza się ich. Wyśmiewa. Tego nie mogą znieść. Jakoś damy im wycisk. A potem niechaj MGB ich ukarze za to, że nie dopełnili swych obowiązków. Na pewno ich swoi zastrzelą.

Kiedy tak czekali, konduktor wyszedł spod siódemki. Kerim zwrócił się do Bonda i położył mu dłoń na ramieniu.

– Nie obawiaj się, James – rzekł wesoło. – Pokonamy ich. Wracaj do swojej dziewczyny. Zobaczymy się rano. Tej nocy się nie wyśpimy, ale na to już nie ma rady. Każdy dzień jest inny. Może jutro sobie pośpimy.

Bond przyglądał się, jak ogromny mężczyzna lekko i sprawnie oddala się po tańczącym korytarzu. Spostrzegł, że chociaż pociąg się tak zatacza, Kerim nigdy nie dotknie ramieniem ścian korytarza. Bond poczuł przypływ serdeczności dla tego twardego, wesołego, zawodowego szpiega.

Kerim zniknął w przedziale konduktorskim. Bond odwrócił się i cicho zapukał do drzwi z numerem siedem.

XXII Rozstanie z Turcją

Pociąg z rykiem gnał w noc. Bond siedział i patrzył na przelatujący za oknem księżycowy krajobraz, koncentrując się na tym, aby nie zasnąć.

A wszystko sprzysięgło się, żeby go uśpić: pośpieszny metaliczny galop kół, hipnotyczne falowanie srebrnych drutów telegraficznych, od czasu do czasu melancholijny, kojący jęk parowego gwizdka wołającego o wolną drogę, senny żelazny grzechot sprzęgających wagony złączy na obu końcach korytarza, poskrzypywanie drewna w ciasnym pokoiku. Nawet ciemnofioletowy połysk nocnego światełka ponad drzwiami zdawał się mówić: Będę czuwać za ciebie. Nic się nie może przydarzyć, kiedy ja świecę. Zamknij oczy i śpij, śpij.

Głowa dziewczyny spoczywała mu ciepło i ciężko na kolanach. Jakże oczywiste było, że pozostaje w sam raz tyle miejsca, by mógł się wsunąć pod nakrywające ją prześcieradło i przytulić się do niej, przednią stroną swych ud przylgnąwszy do jej ud z tyłu, z głową na poduszce z jej rozrzuconych włosów.

Bond zacisnął oczy i znów je otworzył.

Uniósł ostrożnie przegub. Czwarta. Pozostała już tylko godzina do tureckiej granicy. Może będzie mógł przespać się w ciągu dnia. Oddałby jej pistolet i zaklinował ponownie drzwi. Mogłaby czuwać.

Popatrzył na piękny uśpiony profil. Jakże niewinnie wygląda ta dziewczyna z rosyjskiej tajnej służby: rzęsy na skraju miękko wygiętego policzka, wargi rozchylone i niczego nieświadome, przybłąkane na czole długie pasmo włosów, które chciało mu się delikatnie odgarnąć i połączyć z resztą, stałe powolne tętno w wystawionej na dotyk szyi. Odczuł przypływ czułości, odruch, aby ją zagarnąć w ramiona i mocno przytulić. Pragnął, by się zbudziła, może z jakiegoś snu, ażeby mógł ją ucałować i powiedzieć jej, że wszystko w porządku, i popatrzeć, jak uszczęśliwiona znów układa się do snu.

Ona zaś uparła się, że tak właśnie chce spać.

– Nie zasnę, jeżeli nie będziesz mnie trzymał – oświadczyła. – Muszę wiedzieć, że ciągle tu jesteś. Straszne byłoby zbudzić się i nie dotykać ciebie. Proszę cię, James. Proszę, *duszka*.

Bond zdjął marynarkę i krawat, usadowił się w kącie ze stopami ułożonymi na walizce i berettą w zasięgu dłoni pod poduszką. Na pistolet nie zareagowała słowem. Całkowicie się rozebrała, pozostawiwszy czarną wstążkę wokół szyi i udawała, że wcale go nie prowokuje, wchodząc bez zawstydzenia do łóżka i układając się w wygodnej pozycji. Wyciągnęła do niego ramiona. Bond odchylił jej głowę, wziąwszy delikatnie za włosy, i tylko raz ją pocałował, długo i namiętnie. Potem kazał jej zasnąć, a sam odchylił się i odczekał lodowato, aż własne ciało da mu spokój. Pomrukując sennie ułożyła się, jedno ramię przełożywszy mu przez uda. Z początku mocno go ściskała, ale ramię jej stopniowo się rozluźniło i wreszcie zasnęła.

Bond, stanowczo usunąwszy ją ze swych myśli, skupił się na czekającej ich podróży.

W bardzo niedługim już czasie wyjadą z Turcji. Ale czy w Grecji będzie łatwiej? Grecja i Anglia nie przepadają za sobą. A Jugosławia? Po czyjej stronie jest Tito? Zapewne po obu. Jakiekolwiek rozkazy otrzymali trzej emgiebiści, albo już wiedzą, że Bond i Tatiana są w pociągu, albo niebawem się dowiedzą. On i dziewczyna nie mogą przesiedzieć czterech dni zamknięci w tym przedziale z opuszczonymi zasłonami. Istambuł zostanie powiadomiony o ich obecności, z którejkolwiek stacji przez telefon, a rankiem już odkryją, że brak Spektora. I co wtedy? Zapewne dojdzie do pośpiesznej interwencji ze strony ambasady rosyjskiej w Belgradzie lub Atenach. Czy zdejmą dziewczynę z pociągu jako złodziejkę? A może to zbyt proste? A jeżeli wszystko jest bardziej skomplikowane – jeżeli to wszystko stanowi część jakiejś zawiłej intrygi, jakiegoś pokrętnego rosyjskiego spisku – czy nie powinien się jej wymknąć? Czy nie powinni wraz z dziewczyną wysiąść z pociągu na jakiejś bocznej stacji, po niewłaściwej stronie szyn, ażeby wynająć samochód albo złapać jakiś samolot do Londynu?

Za oknem jaśniejący poranek zaczął zaznaczać pędzące drzewa i skały na niebiesko. Bond spojrzał na zegarek. Piąta. Niedługo będą w Uzunköprü. Co Kerimowi udało się załatwić?

Rozluźnił się i odchylił na oparcie. W końcu na jego problem istnieje prosta i rozsądna odpowiedź. Jeżeli zdołają, wspólnymi siłami, szybko pozbyć się trzech agentów MGB, mogliby pozostać w tym pociągu i przy swoim pierwotnym planie. Jeżeli nie, to Bond gdzieś w Grecji zabierze dziewczynę i maszynę z pociągu i ruszy inną drogą do kraju. Gdyby jednak szanse ich się poprawiły, Bond wolałby kontynuować podróż. On i Kerim wiele potrafią. Kerim ma w Belgradzie agenta, który wyjdzie po nich na pociąg. I zawsze jest jeszcze ambasada.

Puszczony w ruch umysł Bonda nie ustawał, podliczając wszystkie za, usuwając kolejne przeciw. W tle swojego rozumowania Bond powściągliwie przyznawał, że ma szaloną ochotę rozegrać rzecz do końca i przekonać się, o co w tym wszystkim chodzi. Chciałby stanąć twarzą w twarz z przeciwnikiem, rozwiązać zagadkę i jeżeli to jakaś intryga, udaremnić ją. M pozostawił mu swobodę decyzji. Ma w ręku dziewczynę i maszynę. Czego tu panikować? Szaleństwem byłoby uciekać, może tylko po to, aby wymknąć się z jednej pułapki, żeby wpaść w drugą.

Pociąg wydał przeciągły gwizd i zaczął zwalniać.

A więc pierwsza runda. Gdyby Kerimowi się nie powiodło... Gdyby ci trzej pozostali w pociągu...

Minął ich szereg wagonów towarowych, które z wysiłkiem ciągnęła lokomotywa. Mignęły zarysy jakichś magazynów. Szarpiąc się i jęcząc na złączach, Orient Express pokonywał zwrotnice i zjeżdżał z linii przelotowej. Za oknem pokazały się cztery pary szyn z porastającą między nimi trawą i pusty rozładunkowy peron. Zapiał kogut. Ekspres zwolnił do szybkości idącego człowieka i wreszcie, z westchnieniem hamulców próżniowych i niskim szumem wypuszczanej pary, ze zgrzytem zatrzymał się. Dziewczyna poruszyła się przez sen. Bond łagodnie przeniósł jej głowę na poduszkę, wstał i wymknął się za drzwi.

Typowa bałkańska boczna stacyjka: fasada surowych budynków z chropawego kamienia, zapylona przestrzeń peronu nie podniesionego, lecz równego z gruntem, tak iż robi się długi zeskok, wysiadając z pociągu, kilka dziobiących kurcząt i paru niechlujnych funkcjonariuszy, którzy tylko stoją leniwie i nawet nie próbują strugać ważniaków. Ku przodowi, przy taniej części pociągu, rozgadana banda wieśniaków z tobołkami i koszykami z wikliny czekała na kontrolę celną i paszportową, żeby móc się wdrapać do środka i przyłączyć do upchanej tam ciżby.

Po przeciwnej niż Bond stronie peronu widniały zamknięte drzwi, a nad nimi napis POLIS. Przez brudne okno koło tych drzwi Bondowi chyba mignęły w środku głowa i ramiona Kerima.

– *Passeports. Douanes!*

Na korytarzu pojawili się cywil i dwaj policjanci w ciemnozielonych mundurach z kaburami u czarnych pasów. Przed nimi szedł konduktor ze slipingu i pukał do drzwi.

U drzwi przedziału z numerem dwanaście konduktor przemówił po turecku tonem pełnym oburzenia, wyciągając przed siebie plik biletów i paszportów, rozkładając je niczym talię kart. Kiedy skończył, cywil skinieniem wezwał dwóch policjantów, zapukał grzecznie do drzwi, a gdy je otwarto, wszedł do środka. Dwaj policjanci czuwali za jego plecami.

Bond przybliżył się nieco. Słyszał bełkot kiepskiej niemczyzny. Jeden głos chłodny, drugi przestraszony i podniecony. Herr Kurt Goldfarb nie ma paszportu ani biletu. Czy Herr Goldfarb zabrał je z kabiny konduktora? Nie! Czy naprawdę Herr Goldfarb w ogóle wręczył swoje papiery konduktorowi? Ależ oczywiście! W takim razie to przykra sprawa. Nie obejdzie się bez dochodzenia. Konsulat niemiecki w Istambule na pewno to wyjaśni (Bond uśmiechnął się na to przypuszczenie). Na razie jednak bardzo nam przykro, ale pan Goldfarb nie może dalej jechać. Jutro z pewnością będzie mógł kontynuować przerwaną podróż. Pan Goldfarb zechce się ubrać. Jego bagaż zostanie przeniesiony do poczekalni.

Emgiebista wypadł na korytarz. Był to ów ciemny typ kaukaski, najmłodszy z „gości". Jego śniada twarz poszarzała ze strachu. Włosy miał rozczochrane, a na sobie tylko spodnie od piżamy. Mimo to nic śmiesznego nie było w tym, jak rozpaczliwie popędził przez korytarz. Niemalże zawadził o Bonda. U drzwi numeru sześć stanął i trochę wziął się w garść. Zapukał, ledwie panując nad sobą. Drzwi uchyliły się, zamknięte na łańcuch, Bondowi mignął w szparze gruby nos i kawałek wąsów. Potem zdjęto łańcuch i Goldfarb zniknął w środku. Zapadła cisza, podczas której cywil sprawdzał papiery dwóch starszych Francuzek spod numerów dziewięć i dziesięć, po czym zwrócił się do Bonda.

Ledwie spojrzał na jego paszport. Zamknął go i wręczył konduktorowi.

– Pan jedzie z Kerim Beyem? – zapytał po francusku. Wyraz oczu miał jakby nieobecny.

– Tak.

– *Merci, Monsieur. Bon voyage.* – Zasalutował. Odwrócił się i mocno zapukał do drzwi numeru sześć. Drzwi się otworzyły i wszedł.

Pięć minut później drzwi się gwałtownie rozwarły. Cywil, teraz już władczo i sztywno, skinął na policjantów. Przemówił do nich twardo po turecku. Obrócił się do przedziału.

– Jest pan aresztowany, *mein Herr*. Próba przekupienia urzędnika jest w Turcji poważnym przestępstwem. – Goldfarb zaczął gniewnie wykrzykiwać w swojej kiepskiej niemczyźnie. Ucięło ją jedno ostre zdanie po rosyjsku. Goldfarb już odmieniony, Goldfarb z oczyma szaleńca wynurzył się z drzwi, ruszył na oślep korytarzem i wszedł do numeru dwanaście. Policjant stanął pod drzwiami i czekał.

– A *pańskie* dokumenty, *mein Herr*. Proszę bliżej. Muszę porównać ze zdjęciem. – Cywil podniósł do światła zielony niemiecki paszport. – Proszę tu podejść.

Ociągając się, z grubą twarzą pobladłą z gniewu, emgiebista podający się za Benza wyszedł na korytarz w jaskrawym szlafroku z niebieskiego jedwabiu. Jego twarde brązowe oczy popatrzyły wprost na Bonda, jakby ignorując go.

Cywil zatrzasnął paszport i wręczył go konduktorowi.

– Pańskie dokumenty są w porządku, *mein Herr*. A teraz proszę bagaż. – Wszedł do przedziału, a za nim drugi policjant. Emgiebista odwrócił się niebieskimi plecami do Bonda i przyglądał się rewizji.

Bond spostrzegł coś masywnego pod lewą pachą szlafroka i odcinający się poniżej brzeg pasa. Czy nie zwrócić na to uwagi cywilowi? Uznał, że lepiej milczeć. Mogliby go zatrzymać jako świadka.

Rewizja się skończyła. Cywil zimno zasalutował i ruszył dalej korytarzem. Emgiebista wrócił do numeru sześć i trzasnął za sobą drzwiami.

Szkoda, pomyślał Bond. Jeden się wymknął.

Bond odwrócił się znów do okna. Zwalisty facet w szarym kapeluszu, z zaognionym czyrakiem na karku, właśnie znikał pod eskortą w drzwiach z napisem POLIS. W głębi korytarza trzasnęły drzwi. Z pociągu wysiadł Goldfarb, prowadzony przez policjanta. Z pochyloną głową przeszedł po zapylonym peronie i zniknął w tych samych drzwiach.

Lokomotywa zagwizdała jakoś inaczej, dziarskim ostrym świstem greckiego maszynisty. Drzwi sypialnego wagonu zatrzaśnięto. Ukazali się cywil i drugi policjant, zmierzający ku stacji. Strażnik u końca pociągu spojrzał na zegarek i podniósł chorągiewkę. Szarpnęło i rozległ się słabnący szereg wybuchowych pyknięć od lokomotywy. Przednia część Orient Expressu ruszyła z miejsca. Druga część, która pojedzie trasą północną przez żelazną kurtynę – przez Swilengrad na granicy bułgarskiej, odległej zaledwie o siedemdziesiąt kilometrów – pozostała w oczekiwaniu przy zapylonym peronie.

Bond ściągnął w dół okno i obejrzał się po raz ostatni na granicę turecką, gdzie w gołym pokoju siedzą dwaj mężczyźni, już jak gdyby z wyrokiem śmierci. To dwaj z trzech ptaszków. Szanse uległy wyraźnej poprawie.

Patrzył na ten martwy, zapylony peron, z jego kurczętami i czarną figurką strażnika, aż długi pociąg przebył zwrotnice i z ostrym szarpnięciem wjechał na pojedynczy tor linii głównej. Poprzez brzydki, spiekły, wiejski krajobraz popatrzył na słońce, jak złota moneta unoszące się z tureckich równin. Zapowiadał się piękny dzień.

Bond cofnął głowę do wnętrza z rozkosznego chłodu porannego powietrza. Z trzaskiem podciągnął okno.

Zdecydował się. Zostanie w tym pociągu i doprowadzi sprawę do końca.

XXIII Rozstanie z Grecją

Gorąca kawa ze skromniutkiego bufetu w Pithion (wagonu restauracyjnego nie będzie jeszcze do południa) oraz bezbolesna wizyta celników greckich i kontrola paszportów, po czym składanie łóżek, i pociąg już pędził ku zatoce Enez u krańców Morza Egejskiego. Na zewnątrz przybywało światła i barw. Powietrze stało się suchsze. Ludzie na stacyjkach i w polach byli przystojni. Słoneczniki, kukurydza, winogrona dojrzewały w słońcu i suszył się tytoń.

Inny dzień, jak zapowiadał Darko.

Bond umył się i ogolił pod rozbawionym spojrzeniem Tatiany. Doceniła fakt, że nie namaszcza sobie włosów olejkiem.

– To wstrętny zwyczaj – powiedziała. – Mówiono mi, że robi to wielu Europejczyków. Nam w Rosji do głowy by to nie przyszło. Przecież poduszki się od tego brudzą. Ale dziwne, że wy na Zachodzie nie używacie perfum. U nas wszyscy mężczyźni używają ich.

– My się myjemy – odparł sucho Bond.

W trakcie jej gorących protestów zapukano do drzwi. Był to Kerim. Bond mu otworzył. Kerim ukłonił się dziewczynie.

– Co za urocza scena z życia rodzinnego – skomentował wesoło, siadając zwaliście w kącie przy drzwiach. – Rzadko zdarzało mi się widzieć tak urodziwą parę szpiegów.

Tatiana popatrzyła na niego z urazą.

– Nie jestem przyzwyczajona do zachodnich dowcipów – oświadczyła chłodno.

– Nauczysz się, kochana. – Kerim roześmiał się rozbrajająco. – W Anglii nie ma to jak dowcip. Oni w tym przodują.

Tam uważa się za właściwe ze wszystkiego żartować. Ja też nauczyłem się żartować. To jak smar dla kół. Ale się obśmiałem tego ranka. Ci nieszczęśnicy w Uzunköprü. Chciałbym być przy tym, jak policja telefonuje do konsulatu niemieckiego w Istambule. Z fałszywymi paszportami to jest najgorsze. Nietrudno je wykonać, ale prawie niemożliwe jest, żeby sfałszować im także metrykę... całą dokumentację z kraju, który to wszystko rzekomo wydał. Obawiam się, że kariery twoich dwóch towarzyszy dobiegły smutnego końca, pani Somerset.

– Jak to załatwiłeś? – Bond wiązał krawat.

– Pieniądze i wpływy. Pięćset dolarów dla konduktora. Trochę wielkich słów dla policji. To się nieźle złożyło, że nasz koleżka spróbował dać im w łapę. Szkoda, że nie włączył się w to wasz sąsiad – pokazał na ścianę – ten cwaniak Benz. Sztuczki z paszportem nie mogłem wykonać dwa razy. Musimy jakoś inaczej go załatwić. Ten z czyrakami to była pestka. Nie umiał po niemiecku, a jazda bez biletu to poważna sprawa. No cóż, dzień dobrze się zaczął. Wygraliśmy pierwszą rundę, ale nasz kumpelek z sąsiedniego przedziału będzie teraz bardzo uważał. Wie, z czym się musi liczyć. Może to i lepiej. Krycie was obojga przez cały dzień byłoby męczące. Teraz możemy się poruszać – nawet zjeść razem obiad – tylko zabierzcie z sobą rodzinne klejnoty. Musimy przypilnować, czy nie telefonuje z którejś stacji. Ale wątpię, żeby sobie poradził z łączami greckich telefonów. Chyba poczeka, aż znajdziemy się w Jugosławii. Ale tam ja znowuż mam swój aparat. W razie potrzeby dostaniemy posiłki. Powinna to być bardzo ciekawa podróż. W Orient Expressie nigdy nie brakuje podniecającej rozrywki – Kerim powstał. Otworzył drzwi na korytarz – i romansu. – Uśmiechnął się do nich na odległość. – Pokażę się u was w porze obiadowej! Jedzenie greckie jest gorsze nawet od tureckiego, ale mój żołądek także pozostaje w służbie Królowej.

Bond wstał i zablokował drzwi.

– Twój przyjaciel wyraża się niekulturno! Nie wolno mu tak mówić o waszej Królowej – rzuciła Tatiana sucho.

Bond usiadł koło niej.

– Taniu – wytłumaczył cierpliwie – to jest cudowny człowiek. A także dobry przyjaciel. Jeżeli o mnie chodzi, wolno mu się odzywać, jak tylko zechce. On mi zazdrości. Chciałby mieć taką dziewczynę jak ty. Więc drażni się z tobą. To taki rodzaj flirtu. Powinnaś to uważać za komplement.

– Tak sądzisz? – Zwróciła na niego wielkie niebieskie oczy. – Ale to, co mówił o swoim żołądku i głowie waszego państwa. To grubiaństwo w stosunku do Królowej. Gdyby coś takiego powiedzieć w Rosji, uważałoby się to za bardzo niegrzeczne.

Wciąż jeszcze spierali się, kiedy pociąg z rumorem zatrzymał się na spalonej słońcem, rojącej się od much stacji w Alexandropolis. Bond otworzył drzwi na korytarz i słońce napłynęło do środka po bladym lustrze morza stapiającego się, prawie bez linii horyzontu, z niebem w kolorach greckiej flagi narodowej.

Spożyli obiad, z ciężką torbą ułożoną pod stołem między stopami Bonda. Kerim szybko zaprzyjaźnił się z dziewczyną. Emgiebista zwany Benz unikał wagonu restauracyjnego. Dostrzegli go na peronie, jak kupował kanapki i piwo w bufecie na kółkach. Kerim zaproponował, żeby go zaprosić na czwartego do brydża. Bond poczuł się raptem bardzo znużony i wyraziło się to w poczuciu, że robią sobie z tej niebezpiecznej podróży piknik. Tatiana spostrzegła jego milczenie. Podniosła się i oświadczyła, że musi odpocząć. Wychodząc z wagonu restauracyjnego, usłyszeli jeszcze wesoły głos Kerima wołającego o koniak i cygara.

Kiedy wrócili do przedziału, Tatiana oznajmiła wyjątkowo stanowczo:

– Teraz ty zaśniesz. – Ściągnęła zasłonę w oknie, odcinając ostre popołudniowe światło i niekończącą się spiekotę na polach kukurydzy, tytoniu i więdnących słoneczników. Przedział zamienił się w ciemnozieloną podziemną grotę.

Bond zablokował drzwi, oddał Tatianie swój pistolet, wyciągnął się z głową na jej kolanach i natychmiast zasnął.

Długi pociąg wił się poniżej wzgórz północnej Grecji u podnóża wysokich Rodopów. Minąwszy stare miasta Xanthi, Drama i Serrai, znaleźli się na wyżynach Macedonii, po czym linia skręciła na południe ku Salonikom.

Zapadał zmierzch, kiedy Bond obudził się w miękkiej kołysce ponad jej kolanami. Tatiana, jakby tylko czekała na ten moment, natychmiast ujęła w dłonie jego twarz i z góry wpatrując mu się w oczy, zadała niecierpliwe pytanie:

– *Duszka*, jak długo tak z nami będzie?

– Długo. – Bond jeszcze pławił się w rozkoszy snu.

– Ale jak długo?

Bond wpatrzył się w piękne, zatroskane oczy ponad sobą. Otrząsnął się w myśli ze snu. Nie da się odgadnąć, co będzie po trzech dniach w tym pociągu ani po przyjeździe do Londynu. Trzeba liczyć się z faktem, że ta dziewczyna jest wrogą agentką. Jego uczucia będą nieważne dla przesłuchujących w Secret Service i w ministerstwach. Inne komórki wywiadu też będą chciały wiedzieć, co ta dziewczyna ma im do powiedzenia o aparacie, w którym była zatrudniona. Prawdopodobnie już z Dover zabrana będzie do „Klatki", tego dobrze strzeżonego prywatnego budynku w pobliżu Guildford, gdzie ją umieszczą w wygodnym, ale jakże dokładnie okablowanym pokoju. Bardzo sprawni ludzie w cywilu będą jeden za drugim przychodzić, przesiadywać i rozmawiać z nią, a w pokoju pod nimi będzie się obracał magnetofon, zapisy będą transkrybowane i przesiewane w poszukiwaniu każdego ziarenka nowych faktów, jak również – oczywiście – sprzeczności, na których dałaby się przyłapać. Może podstawią jej też kapusia w osobie sympatycznej rosyjskiej dziewczyny, współczującej Tatianie, że tak się ją traktuje, i podsuwającej sposoby, jak uciec, jak pracować dla obu stron, jak przekazać „nieszkodliwe" informacje rodzicom. Może się to ciągnąć tygodniami, albo i miesiącami. A Bond w tym czasie będzie taktownie trzymany od niej z daleka, chyba że przesłuchujący dopatrzą się możliwości wydobycia dalszych sekretów przez wykorzystywanie ich wzajemnych uczuć. A co potem? Zmiana nazwiska, propozycja nowego życia w Kanadzie, tysiąc funtów rocznie z tajnych funduszów? A gdzie on będzie, kiedy ona wreszcie pozostawi to wszystko za sobą? Może po drugiej stronie świata. A jeżeli jeszcze w Londynie, to ile z jej uczuć do niego zdoła przetrwać mielącą maszynerię tego śledztwa? Jak bardzo ona znienawidzi Anglików lub zacznie gardzić nimi, kiedy przejdzie już przez to wszystko? A także, nawiasem mówiąc, na ile w nim samym przetrwa ten dzisiejszy płomień?

– *Duszka* – powtórzyła bardzo niecierpliwie Tatiana. – Jak długo?

– Ile to tylko możliwe. To zależy od nas. Mnóstwo ludzi będzie ingerować. Rozdzielą nas. Nie zawsze będzie tak jak w tym pokoiku. Za kilka dni wyjdziemy na świat. Nie będzie to łatwe. Głupotą byłoby mówić ci coś innego.

Twarz Tatiany rozjaśniła się. Uśmiechnęła się do niego.

– Masz rację. Nie będę więcej zadawała głupich pytań. Ale już nie marnujmy tych dni. – Przesunęła jego głowę, wstała i położyła się przy nim.

Godzinę później, kiedy Bond stał na korytarzu, obok niego zjawił się raptem Darko Kerim. Przyjrzał się jego twarzy. Przemówił chytrze:

– Nie powinieneś tak długo sypiać. Straciłeś historyczny krajobraz północnej Grecji. A teraz czas na pierwszą turę posiłku.

– Ty myślisz tylko o jedzeniu – rzekł Bond. Wskazał głową do tyłu. – Co z naszym przyjacielem?

– Ani drgnął. Konduktor ma go dla mnie na oku. Ten facet okaże się najbogatszym konduktorem w towarzystwie wagonów sypialnych. Pięćset dolarów za dokumenty Goldfarba, a teraz po sto dolarów dziennie aż do końca podróży. – Kerim parsknął. – Powiedziałem mu, że nawet może zasłużyć na medal od Turcji. On myśli, że tropimy gang przemytników. Bo oni ciągle używają tego pociągu do przemycania tureckiego opium do Paryża. Wcale go to nie zaskakuje, tylko cieszy się, że mu tak dobrze płacą. A teraz powiedz: dowiedziałeś się czegoś więcej od tej swojej rosyjskiej księżniczki? Mnie to wciąż niepokoi. Wszystko przebiega zbyt spokojnie. Ci dwaj faceci, których pozbyliśmy się, mogli całkiem niewinnie jechać do Berlina, tak jak ona uważa. A ten Benz może się nie pokazywać, bo się nas boi. Podróż nam się dobrze układa. A jednak, jednak... – Kerim potrząsnął głową. – Ci Rosjanie to świetni szachiści. Kiedy chcą przeprowadzić jakąś intrygę, robią to znakomicie. Rozgrywka zostaje drobiazgowo zaplanowana, gambity przeciwnika są rozpatrzone. Z góry przewidziane i skontrowane. Gdzieś tam w głębi duszy – odbita w oknie twarz Kerima była posępna – odczuwam, że ty i ja, i ta dziewczyna, jesteśmy pionkami na bardzo dużej szachownicy – że dają nam wykonywać te ruchy – bo nie przeszkadzają one Rosjanom w ich rozgrywce.

– Ale co ta intryga ma na celu? – Bond patrzył w ciemność. Mówił do swojego odbicia w oknie. – Co oni chcą osiągnąć? Stale do tego powracamy. Oczywiście wszyscy węszymy w tym jakiś spisek. A dziewczyna może nawet nie uświadamiać sobie, że jest w to wciągnięta. Wiem, że coś ukrywa, ale myślę, że chodzi o jakiś drobny sekret, który jej wydaje się nieistotny. Mówi, że powie mi wszystko, kiedy się znajdziemy w Londynie. Wszystko? Co ma na myśli? Powtarza tylko, żebym ufał... że nic nie grozi. Musisz przyznać, Darko – Bond spojrzał mu w łagodne, przebiegłe oczy, szukając potwierdzenia – że jak dotąd się sprawdza.

W oczach Kerima nie było widać entuzjazmu. Nie odpowiedział.

Bond wzruszył ramionami.

– Przyznaję, że mnie wzięła. Ale nie jestem głupcem, Darko. Ciągle wypatruję jakiejś poszlaki, która by nam pomogła. Wiesz, że można dużo odczytać, kiedy znikły pewne opory. Więc one znikły i wiem, że dziewczyna mówi prawdę. Albo dziewięćdziesiąt procent prawdy. I że według niej reszta nie ma znaczenia. Jeżeli oszukuje, to ją też oszukują. W twojej analogii do szachów to możliwe. Ale wciąż powraca pytanie: czemu to służy? – Głos Bonda stwardniał. – I żebyś wiedział, że chcę ciągnąć tę grę, póki się nie dowiemy.

Wyraz uporu w twarzy Bonda pobudził Kerima do uśmiechu. Nagle roześmiał się.

– Ja na twoim miejscu, przyjacielu, wymknąłbym się z pociągu w Salonikach z maszyną – i z dziewczyną też, skoro ci na niej zależy – chociaż to nie jest takie ważne. Wynajałbym samochód do Aten i wskoczył w najbliższy samolot do Londynu. Ale mnie nie wychowano „po sportowemu". – Kerim nadał tym słowom ton ironiczny. – Dla mnie to nie gra. Tylko interes. Z tobą co innego. Ty jesteś hazardzistą. M również. Jest nim z pewnością, inaczej nie dałby ci wolnej ręki. On także chce poznać rozwiązanie tej zagadki. Niech wam będzie. A ja lubię grać na pewniaka, zabezpieczać się, jak najmniej zdawać na przypadek. Według ciebie szanse przedstawiają się nieźle, wychodzą na twoją korzyść? – Darko Kerim zwrócił się całą twarzą do Bonda. Przemówił z naciskiem. – Posłuchaj mnie, przyjacielu. – Wsparł ogromną dłoń na ramieniu Bonda. – Oto stół bilardowy. Wygodny, równy, zielony stół. A tyś uderzył swoją białą kulę i ona teraz lekko i spokojnie toczy się ku czerwonej. Tuż obok jest łuza. To już pewne i nieuniknione, że trafisz w czerwoną, a czerwona wpadnie do łuzy. Takie jest prawo stołu bilardowego i prawo sali bilardowej. Tylko że, gdzieś poza tym wszystkim, pilot odrzutowca stracił przytomność i jego samolot nurkuje wprost na ten pokój, albo zaraz eksploduje rurociąg gazowy, albo uderzy piorun. I budynek się zawali na ciebie i na ten stół bilardowy. I co z tą białą kulą, która nie mogła chybić czerwonej, i z czerwoną, co już nie mogła nie trafić do łuzy? Biała kula nie mogła chybić wedle praw stołu bilardowego. Ale prawa stołu bilardowego to nie jedyne prawa, a prawa kierujące ruchem tego pociągu i twoim do wytyczonego celu też nie są jedynymi prawami, rządzącymi w tej grze.

Kerim przerwał. Zbył swoją perorę lekkim wzruszeniem ramion.

– Ty, przyjacielu, jesteś tego wszystkiego świadom – rzekł przepraszająco. – A mnie się zachciało pić od wygadywania tych banałów. Pogoń swoją dziewczynę i pójdziemy coś zjeść. Tylko błagam, uważaj na niespodzianki. – Uczynił palcem krzyżyk na środku swej marynarki. – Ja się wcale nie żegnam. Sprawa jest na to zbyt poważna. Ja robię krzyżyk na żołądku, co dla mnie równa się poważnej przy siędze. Obu nas czekają po drodze niespodzianki. Cygan powiedział, żebyśmy uważali. Teraz ja to powtarzam.

Możemy to rozgrywać na stole bilardowym, ale obydwaj musimy wystrzegać się świata poza tą salą bilardową. Tak mi powiada mój nos. – Poklepał się po nim.

Żołądek Kerima wydał odgłos niezadowolenia, jak zapomniana słuchawka telefoniczna ze złoszczącym się rozmówcą po drugiej stronie.

– No proszę – powiedział z troską. – A nie mówiłem? Teraz trzeba coś zjeść.

Kończyli kolację, kiedy pociąg wjechał na obrzydliwy, nowoczesny węzeł kolejowy w Thessalonikach. Ruszyli z powrotem wzdłuż pociągu, Bond niosąc ciężką torbę, i rozstali się na noc.

– Wkrótce znów nas obudzą – ostrzegł Kerim. – O pierwszej mijamy granicę. Z Grekami nie będzie kłopotu, ale ci Jugosłowianie lubią budzić każdego, komu się za wygodnie podróżuje. Gdyby was dręczyli, wezwijcie mnie. W ich kraju też jest kilka nazwisk, na które mogę się powołać. Jestem w przedziale drugim następnego wagonu. Mam go tylko dla siebie. Jutro przeniosę się na łóżko naszego przyjaciela Goldfarba pod numerem dwunastym. Na razie całkiem nieźle jest mi w tej pierwszej klasie.

Bond czujnie podrzemywał, kiedy pociąg wspinał się mozolnie oświetloną przez księżyc doliną Vardar na próg Jugosławii. Tatiana znów usnęła z głową na jego kolanach. Myślał o tym, co powiedział Darko. Zastanawiał się, czy nie powinien odesłać swego wielkiego towarzysza do Istambułu, kiedy już bezpiecznie przejadą Belgrad. Nieprzyzwoicie byłoby wlec go przez całą Europę i wciągać w awanturę, rozgrywającą się poza jego terytorium i w dodatku niebudzącą jego sympatii. Darko najwyraźniej podejrzewał, że Bond zakochał się w dziewczynie i przestał jasno widzieć całość operacji. No cóż, nie brak w tym ziarenka prawdy. Na pewno bezpieczniej byłoby wysiąść z pociągu i obrać inną drogę do kraju. Jednakże Bond nie zniósłby nawet myśli – przyznając się do tego sam przed sobą – że mógłby uciec od tej intrygi, jeśli to jest intryga. A jeżeli nie jest, wówczas tym bardziej nie uśmiechała mu się rezygnacja z pozostałych trzech dni z Tatianą. A przecież M jemu pozostawił decyzję. Tak jak powiedział Darko, M również chciałby prześledzić tę grę do samego końca, przewrotnie ciekaw, o co chodzi w całej tej łamigłówce.

Bond odsunął od siebie problem. Podróż przebiega jak należy. Nie widać powodów do paniki.

Dziesięć minut po przybyciu na grecką stację graniczną Idomeni zapukano pośpiesznie do drzwi. Dziewczyna zbudziła się. Bond wysunął się spod jej głowy. Przyłożył ucho do drzwi.

– Tak?

– *Le conducteur, monsieur.* Zdarzył się wypadek. Pański przyjaciel Kerim Bey.

– Zaraz – odparł gwałtownie Bond. Włożył berettę do kabury i wrzucił na siebie marynarkę. Szarpnięciem otworzył drzwi.

– Co się stało?

Twarz konduktora w świetle korytarza była żółta.

– Chodźmy. – Pobiegł korytarzem w stronę pierwszej klasy.

Przy otwartych drzwiach drugiego przedziału stłoczyli się funkcjonariusze. Stali, przypatrując się.

Konduktor zrobił przejście dla Bonda. Bond przedarł się do drzwi i zajrzał do środka.

Włosy na głowie ruszyły mu się z lekka. Na kanapie po prawej stronie leżały dwa ciała. Zamarły w upiornej walce na śmierć i życie, jak gdyby upozowanej do filmu.

Pod spodem leżał Kerim, z kolanami podciągniętymi w ostatnim wysiłku, aby się zerwać. Z jego szyi okręcona taśmą rękojeść sztyletu sterczała przy samej żyle szyjnej. Głowę miał odrzuconą w tył i puste, przekrwione oczy wytrzeszczone do światła. Wargi wykrzywione jak do warknięcia. Cienki strumyczek krwi spływał z podbródka.

Połowę jego ciała przygniotło zwaliste cielsko agenta MGB zwanego Benz, zakleszczone wokół szyi lewym ramieniem Kerima. Bond dojrzał róg stalinowskiego wąsa i bok poczerniałej twarzy. Prawe ramię Kerima spoczywało, jakby przypadkiem, na plecach tamtego, kończąc się zaciśniętą pięścią i wystającą z niej gałką na rękojeści noża. Na marynarce pod pięścią widniała rozległa plama.

Bond poddał się swej wyobraźni. Jakby oglądał film. Śpiący Darko. Tamten zakrada się cicho przez drzwi. Dwa kroki do przodu i szybki cios w szyję. Potem ostatni, gwałtowny skurcz umierającego, który wyrzuca ramię do góry, chwyta swego mordercę i wbija mu nóż pod piąte żebro.

Ten cudowny człowiek, mężczyzna niosący ze sobą słońce. Teraz już zgaszony. Nie żyje.

Bond odwrócił się gwałtownie i zszedł z oczu człowiekowi, który za niego umarł.

Zaczął odpowiadać na pytania. Bacznie i beznamiętnie.

XXIV Rozstanie z niebezpieczeństwem?

Orient Express wjechał powoli do Belgradu o trzeciej po południu, z półgodzinnym opóźnieniem. Czekała go ośmiogodzinna zwłoka, zanim druga część pociągu dojedzie przez żelazną kurtynę z Bułgarii.

Bond wyglądał przez okno, patrząc na tłumy i czekając na pukanie do drzwi, którym da o sobie znać człowiek Kerima. Tatiana siedziała w sobolowym futrze, skulona przy drzwiach, patrząc na Bonda i zastanawiając się, czy jeszcze kiedyś do niej powróci.

Widziała to wszystko z okna: jak wnoszą do pociągu długie wiklinowe kosze, jak błyskają flesze fotografów z policji, jak kierownik pociągu gestykuluje, usiłując przyśpieszyć wszystkie formalności, oraz wysoką postać Jamesa Bonda, wyprostowaną, twardą, zimną jak rzeźnicki nóż, kiedy przychodził i odchodził.

Bond wrócił i usiadł, przypatrując się jej. Zadawał ostre, brutalne pytania. Walczyła rozpaczliwie, zmagając się, chłodno i nie odstępując od swojej wersji, ponieważ wiedziała, że jeśli mu teraz powie o wszystkim, na przykład o tym, że w sprawie maczał palce Smiersz, niewątpliwie straci go już na zawsze.

Teraz siedziała przerażona tą siecią, w jaką jest uwikłana, przerażona tym, co mogło się kryć za kłamstwami, jakich naopowiadano jej w Moskwie – a nade wszystko przerażona, że może stracić tego mężczyznę, który stał się nagle światłem jej życia.

Zapukano do drzwi. Bond wstał i otworzył.

Do przedziału wpadł energiczny, wesoły, jakby zrobiony z gumy mężczyzna o niebieskich oczach Kerima i ze zmierzwioną czupryną jasnych włosów nad brązową twarzą.

– Stefan Trempo do usług. – Szeroki uśmiech ogarnął ich oboje. – Nazywają mnie „Tempo". Gdzie jest szef?

– Proszę usiąść – powiedział Bond. I pomyślał sobie: już wiem. To kolejny syn Darko Kerima.

Mężczyzna popatrzył ostro na nich oboje. Usiadł czujnie pomiędzy nimi. Twarz mu przygasła. Bystre oczy wpatrywały się teraz w Bonda ze straszliwym napięciem, w którym był i lęk, i podejrzenie. Jego prawa dłoń wsunęła się od niechcenia w kieszeń marynarki.

Kiedy Bond skończył, mężczyzna powstał. Nie zadawał żadnych pytań.

– Dziękuję, sir. – powiedział. – Proszę ze mną. Udamy się do mojego mieszkania. Jest dużo do zrobienia. – Wyszedł na korytarz i stanął plecami do nich, wyglądając przez okno. Kiedy dziewczyna opuściła pokój, nie oglądając się, poszedł korytarzem. Bond ruszył za dziewczyną, niosąc ciężką torbę i swój mały neseser.

Przeszli peron i znaleźli się na placu przed dworcem. Zaczęło mżyć. Sceneria była przygnębiająca, z garstką sfatygowanych taksówek i perspektywą nudnych, współczesnych budynków. Mężczyzna otworzył tylne drzwi obdrapanego sedana Morris Oxford. Usiadł z przodu za kierownicą. Tłukli się po bruku, a następnie po śliskim asfalcie bulwaru, po szerokich, pustych ulicach. Prawie nie widywało się pieszych i ledwie garstkę innych samochodów.

Zatrzymali się w połowie brukowanej bocznej uliczki. Tempo poprowadził ich przez szeroką bramę kamienicy i po dwóch kondygnacjach schodów o typowo bałkańskiej woni zastarzałego potu, dymu z papierosów i kapusty. Otworzył z klucza drzwi do dwupokojowego mieszkania z pozbawionym stylu umeblowaniem i grubymi zasłonami z czerwonego pluszu, tak rozsuniętymi, że było widać ślepe okna po drugiej stronie ulicy. Na kredensie stała taca z kilkoma nieotwartymi butelkami, a przy nich szklanki oraz talerze owoców i biszkoptów – poczęstunek na powitanie Darka i jego przyjaciół.

Tempo machnął w stronę napitków.

– Proszę, sir, czujcie się z madam jak w domu. Tam jest łazienka. Na pewno zechcecie się wykąpać. Przepraszam, ale muszę zadzwonić. – Twarda fasada jego twarzy jakby zaczęła się kruszyć. Szybko wyszedł do sypialni i zamknął za sobą drzwi.

Nastąpiły dwie puste godziny, podczas których Bond siedział i wyglądał oknem na przeciwległą ścianę. Od czasu do czasu wstawał, chodził tam i z powrotem, znowu siadał. Przez pierwszą godzinę Tatiana siedziała i udawała, że przegląda stos czasopism. Po czym nagle wyszła do łazienki i Bond usłyszał niewyraźny szum wody lejącej się do wanny.

Około godziny szóstej Tempo wynurzył się z sypialni. Powiedział Bondowi, że wychodzi.

– W kuchni jest jedzenie. Wrócę o dziewiątej i zabiorę was do pociągu. Czujcie się jak u siebie. – Nie czekając na odpowiedź, wyszedł i po cichu zamknął drzwi. Bond usłyszał jego kroki na schodach, trzaśnięcie drzwi wejściowych i rozrusznik morrisa.

Przeszedł do sypialni, usiadł na łóżku, sięgnął po telefon i dogadał się po niemiecku z centralą.

Pół godziny później usłyszał spokojny głos M.

Bond rozmawiał z nim tak, jak podróżujący akwizytor rozmawiałby z dyrektorem Universal Export. Powiedział, że jego partner się ciężko rozchorował. Czy są jakieś nowe instrukcje?

– Bardzo ciężko?

– Owszem, sir, bardzo ciężko.

– A co z drugą firmą?

– Było z nami trzech jej przedstawicieli, sir. Jeden z nich ucierpiał od tej samej choroby. Dwaj pozostali kiepsko się poczuli przy wyjeździe z Turcji. Pożegnali nas w Uzunköprü. To na granicy.

– Więc tamta firma się zwinęła?

Bond widział twarz M odsiewającego te informacje. Zastanawiał się, czy wentylator z wolna obraca się na suficie, czy M trzyma w ręku fajkę, czy szef kadr słucha przy drugim aparacie.

– Co przewidujesz? Czy ty i żona chcielibyście powracać inną drogą?

– Wolałbym panu pozostawić decyzję, sir. Moja żona czuje się dobrze. Próbka jest w niezłym stanie. Nie sądzę, aby miała się popsuć. Ja chętnie bym doprowadził tę podróż do końca. W przeciwnym razie teren pozostałby niespenetrowany. Nie wiedzielibyśmy, jakie przedstawia sobą możliwości.

– Chciałbyś mieć do pomocy drugiego akwizytora?

– To chyba niepotrzebne, sir. Jak pan uważa.

– Zastanowię się nad tym. Więc naprawdę chcesz tę akcję sprzedaży doprowadzić do końca?

Bond widział, jak w oczach M lśni ta sama przewrotna ciekawość, ten sam głód informacji co u niego.

– Owszem, sir. Skoro jestem już w połowie drogi, to szkoda byłoby nie wykonać całej trasy.

– No dobrze. Pomyślę o drugim akwizytorze, który by ci dopomógł. – Na linii zapanowała cisza. – Nic innego ci nie przychodzi do głowy?

– Nie, sir.

– W takim razie do widzenia.

– Do widzenia, sir.

Bond odłożył słuchawkę. Siedział i wpatrywał się w nią. Nagle pożałował, że nie skorzystał z sugestii M w sprawie posiłków, na wszelki wypadek. Podniósł się z łóżka. Ale przynajmniej wyniosą się już niedługo z tych przeklętych Bałkanów do Włoch. A potem Szwajcaria, Francja... pośród przyjaznych ludzi, z daleka od tych podejrzanych krajów.

A dziewczyna... co z nią? Czy może ją winić o śmierć Kerima? Bond przeszedł do drugiego pokoju i znów stanął przy oknie, wyglądając, zastanawiając się, odtwarzając to wszystko, każdy wyraz twarzy i każdy jej gest od czasu, gdy po raz pierwszy usłyszał jej głos owej nocy w Kristal Palas. Nie, był pewien, że nie może jej winić. Jeśli była agentką, to nieświadomie. Nie ma na świecie dziewczyny w jej wieku, która potrafiłaby odgrywać tę rolę – jeżeli to rola – nie zdradziwszy się. Poza tym lubi ją. I wierzy w jej instynkty. A poza tym, wraz ze śmiercią Kerima, czyż ta intryga – na czymkolwiek polegała – nie dobiegła kresu? Któregoś dnia dowie się, o co naprawdę chodziło. Na razie jest przekonany, że Tatiana nie jest jej świadomą częścią.

Z taką decyzją Bond podszedł do drzwi łazienki i zapukał.

Kiedy wyszła, wziął ją w ramiona, przytulił i pocałował. Przylgnęła do niego. Czuli, stojąc tak, że powraca między nimi to zwierzęce ciepło, czuli też, jak oddala się od nich po trochu mroźne wspomnienie śmierci Kerima.

Tatiana oderwała się. Popatrzyła Bondowi w twarz. Wyciągnęła dłoń i odgarnęła mu z czoła czarny kosmyk włosów. Jej twarz ożyła.

– Cieszę się, że znów jesteś ze mną, James – powiedziała. A potem dodała rzeczowo: – Teraz musimy zjeść, napić się i wrócić do życia.

Później, po śliwowicy, wędzonej szynce i brzoskwiniach, przyszedł Tempo i zabrał ich na dworzec do pociągu czekającego w ostrym świetle łukowych lamp. Pożegnał się z nimi, prędko i chłodno, i przepadł w głębi peronu i swojej mrocznej egzystencji.

Punktualnie o dziewiątej nowa lokomotywa hałaśliwie wydała swój nowy odgłos i poniosła ich długi pociąg całonocną trasą w dolinę Sawy. Bond udał się do przedziału konduktora, żeby mu wręczyć pieniądze i przejrzeć paszporty nowych pasażerów.

Znał się na większości szczegółów mogących świadczyć, że paszport jest sfałszowany, takich jak rozmyte pismo, zbyt wyraźne pieczątki, ślad starej gumy na brzegach fotografii, lekkie prześwitywanie kartek w miejscach, gdzie włókna papieru zostały naruszone przy zmianie litery albo numeru; ale pięć nowych paszportów – trzy amerykańskie i dwa szwajcarskie – miało niewinny wygląd. Szwajcarskie dokumenty, ulubione przez sowieckich fałszerzy, należały do męża i żony, oboje po siedemdziesiątce, więc Bond w końcu je oddał i wrócił do przedziału, gotów spędzić kolejną noc z głową Tatiany na kolanach.

Przejechali Vincovci, Brod i wreszcie płomiennym świtem zobaczyli brzydki, rozległy Zagrzeb. Pociąg zatrzymał się między szeregami rdzewiejących lokomotyw, zdobytych na Niemcach i wciąż jeszcze stojących smętnie na bocznicach, w trawie i chwastach. Kiedy sunęli przez to żelazne cmentarzysko, Bond przeczytał na jednej z nich tabliczkę: **BERLINER MASCHINENBAU GMBH**. Jej długi czarny kocioł podziurawiony był kulami z broni maszynowej. Bond usłyszał jęk nurkującego bombowca i zobaczył wyrzucone wzwyż ramiona maszynisty. Przez chwilę nostalgicznie i bezsensownie myślał o podnieceniu i zamęcie gorącej wojny, porównując je do własnych, podziemnych potyczek, odkąd wojna stała się zimna.

Z łomotem wpadli w góry Słowenii, gdzie jabłonie i domki były niemalże austriackie. Za ciągnącym uparcie pociągiem pozostała Lublana. Dziewczyna zbudziła się. Na śniadanie była jajecznica z twardym czarnym chlebem i czarną kawą, złożoną głównie z cykorii. Wagon restauracyjny był pełen angielskich i amerykańskich turystów z wybrzeży Adriatyku i Bondowi serce podskoczyło, kiedy pomyślał, że po południu będą już za granicą, w Europie Zachodniej, i że minęła trzecia niebezpieczna noc. Spał aż do Sezany.

W pociągu pojawili się Jugosłowianie o zawziętych obliczach, ubrani po cywilnemu.

Potem zostawili Jugosławię za sobą i oto wyjeżdżali do Poggioreale, gdzie nareszcie zapachniało ciepłym życiem. Wesoła gadanina włoskich urzędników i beztrosko uniesione twarze tłumu na stacji.

Nowa, spalinowo-elektryczna lokomotywa zagwizdała beztrosko, łąka brązowych dłoni zatrzepotała i już gładko zjeżdżali ku Wenecji, do migotliwego w oddali Triestu i w radosny błękit Adriatyku.

Udało się, pomyślał Bond. Chyba rzeczywiście nam się udało. Odpędził od siebie wspomnienia trzech ubiegłych dni. Tatiana ujrzała, jak na twarzy łagodnieją mu linie napięcia. Sięgnęła po jego dłoń. On przesunął się i usiadł tuż przy niej. Przyglądali się willom na Corniche, żaglówkom i ludziom na nartach wodnych.

Pociąg zabrzęczał na zwrotnicach i cicho wjechał na połyskliwy dworzec w Trieście. Bond wstał, ściągnął w dół okno i stanęli w nim obok siebie, wyglądając. Bond poczuł się nagle szczęśliwy. Otoczył ramieniem kibić Tatiany i mocno przycisnął dziewczynę do siebie.

Patrzyli z góry na odświętny tłum. Złote smugi słońca przebijały skroś wysokich, czystych okien dworca. Ta roziskrzona sceneria tym bardziej podkreślała mrok i brud krajów, z których pociąg tutaj przyjechał, i Bond z niemalże zmysłową rozkoszą patrzył, jak kolorowo ubrani ludzie idą przez plamy słonecznego blasku do wyjścia i jak opaleni, już po wakacjach, śpieszą przez peron, aby zająć miejsca w pociągu.

Promień słońca rozjaśnił głowę mężczyzny jak gdyby typowego w tym szczęśliwym, rozbawionym świecie. Zaśnił przez moment na złotych włosach pod czapką i na młodzieńczym, złocistym wąsie. Do odjazdu pociągu było sporo czasu. Mężczyzna szedł sobie bez pośpiechu. Bondowi przemknęło przez myśl, że to Anglik. Może świadczył o tym znajomy kształt ciemnozielonej czapki firmy Kangol albo mocno zużyty, beżowy płaszcz nieprzemakalny, ten symbol angielskiego turysty, a może nogawki z szarej flaneli albo porysowane brązowe obuwie. W każdym razie przyciągnął spojrzenie Bonda, kiedy zbliżał się tak, idąc po peronie, niczym ktoś znajomy. Niósł także sfatygowaną walizkę firmy Revelation, a pod drugim ramieniem grubą książkę i trochę gazet.

Wygląda na atletę, pomyślał Bond. Ma szerokie bary i zdrową, opaloną na brąz, przystojną twarz zawodowego tenisisty wracającego do kraju po całej rundzie zagranicznych turniejów.

Podszedł bliżej. Teraz patrzył już wprost na Bonda. Czyżby go poznawał? Bond szukał w pamięci. Czy zna tego człowieka? Nie. Zapamiętałby te oczy tak zimno patrzące spod bladych rzęs. Nieprzejrzyste, jak gdyby martwe. Oczy topielca. Ale coś mu przekazujące. Cóż to takiego? Rozpoznanie? Ostrzeżenie? Czy po prostu defensywna reakcja na to, że Bond mu się przygląda?

Mężczyzna zrównał się z wagonem sypialnym. Teraz jego oczy wypatrywały równo wzdłuż pociągu. Przeszedł, a jego obuwie na miękkich podeszwach w ogóle nie sprawiało hałasu. Bond patrzył, jak chwyta za poręcz i z lekkością podciąga się w górę po stopniach do wagonu pierwszej klasy.

Bond nagle zrozumiał, co miało znaczyć to spojrzenie i kim on jest. Ależ oczywiście! To człowiek z Secret Service. Jednak M zdecydował się przysłać mu pomocnika. Takie było przesłanie tych dziwnych oczu. Poszedłby o zakład, że ten człowiek wnet pokaże się, aby nawiązać z nim kontakt.

Jakie to typowe dla M. Żeby mieć absolutną pewność!

XXV Krawat z podwójnym węzłem

Dla ułatwienia kontaktu Bond wyszedł i stanął na korytarzu. Powtórzył sobie w myśli szczegóły kodu na ten dzień, kilka niewinnych zdań, zmienianych zawsze w pierwszym dniu miesiąca, służących jako prosty znak rozpoznawczy dla angielskich agentów.

Pociąg szarpnął i z wolna wyjechał na słońce. Na końcu korytarza trzasnęły drzwi. Kroków nie było słychać, ale w oknie raptem odbiła się czerwonozłota twarz.

– Przepraszam. Czy mógłbym pożyczyć zapałki?

– Używam zapalniczki. – Bond wydobył starego ronsona i podał go pytającemu.

– Tym lepiej.

– Póki się nie zepsuje.

Bond podniósł oczy na twarz mężczyzny, czekając na uśmiech i dokończenie tego dziecinnego rytuału „Kto idzie? Swój".

Grube wargi skręciły się nieznacznie. W bardzo bladych niebieskich oczach nic nie błysnęło.

Mężczyzna zdjął deszczowiec. Miał na sobie starą rudobrązową marynarkę z samodziału do flanelowych spodni, bladożółtą letnią koszulę firmy Viyella i krawat Artylerii Królewskiej w granatowo-brązowe zygzaki. Krawat zawiązany na podwójny węzeł. Bond nie ufał ludziom tak wiążącym krawaty. Przejawiała się w tym nadmierna próżność. A nieraz chamstwo. Postanowił zapomnieć o tym przesądzie. Złoty sygnet, z herbem nie do odcyfrowania, połyskiwał na małym palcu prawej dłoni, trzymającej za poręcz. Róg czerwonej bandany zwieszał się z kieszeni na piersi. Na lewym przegubie miał wytarty srebrny zegarek na starym skórzanym pasku.

Bond znał ten typ: z podrzędnej *public school* wprost na wojnę. Może służył w bezpieczeństwie polowym. Nie wiadomo, co potem robić, więc pozostał w siłach okupacyjnych. Z początku w żandarmerii, a później, w miarę jak starsi odchodzili do domu, dostał awans do jednej ze służb bezpieczeństwa. Przeniósł się do Triestu i dobrze mu się tam powodziło. Został, aby uniknąć angielskich rygorów. Może miał tu dziewczynę lub ożenił się z Włoszką. Tajne służby po wycofaniu się z Triestu potrzebowały tu kogoś na niewielki już posterunek. Ten człowiek był pod ręką. Wzięli go. Zapewne wykonuje prace rutynowe, ma jakieś drobne kontakty w policji włoskiej i jugosłowiańskiej oraz w ich sieci wywiadowczej. I raptem taka sprawa. Musiało lekko nim wstrząsnąć takie wezwanie do natychmiastowej akcji. Pewnie odczuwa trochę nieśmiałości wobec Bonda. Dziwna twarz. Oczy nie całkiem normalne. Ale to częste u tych ludzi od tajnych służb za granicą. Trzeba być nienormalnym, ażeby się na to zdecydować. Facet potężny, pewnie nieco głupawy, ale przydatny do roboty ochroniarskiej. M po prostu wziął pierwszego, który był pod ręką, i kazał mu zabrać się tym pociągiem.

Wszystko to przebiegło przez myśl Bondowi, gdy rejestrował ubiór i ogólny wygląd faceta. Odezwał się:

– Miło poznać. Jak to się stało?

– Dostałem depeszę. Wczoraj późnym wieczorem. Osobiście od M. Powiadam ci, że mną zatrzęsło, staruszku.

Dziwny akcent. Skąd? Odrobinę irlandzki... z dołów. I jeszcze coś, czego Bond nie potrafił uchwycić. Pewnie za długo mieszkał za granicą, ciągle rozmawiając w obcych językach. I na koniec jeszcze to „staruszku". Przez nieśmiałość.

– Pewnie – rzekł Bond ze współczuciem. – Co tam było?

- Tylko żebym dzisiaj rano wsiadł do tego pociągu i skontaktował się z mężczyzną i dziewczyną w tranzycie. Opisano mi w przybliżeniu, jak wyglądacie. Że mam się was trzymać i pilnować, abyście dojechali do Gay Paree. To wszystko, staruszku.

Czy ten głos się nie usprawiedliwia? Bond zerknął z ukosa. Blade oczy obróciły się, aby wyjść naprzeciw jego spojrzeniu. Mignęło w nich coś czerwonego. Jakby uchyliły się drzwiczki od pieca. Żar zgasł. Mężczyzna zatrzasnął drzwi do swojego wnętrza. Jego oczy znów stały się matowe: oczy introwertyka, rzadko wyglądającego na świat, ale nieustannie wpatrzonego w to, co się odbywa wewnątrz niego.

Niewątpliwe szaleństwo, pomyślał Bond, zaskoczony tym, co wypatrzył. Może nerwica reaktywna po wybuchu, a może schizofrenia. Co za nieszczęśnik, przy tym wspaniałym ciele. Któregoś dnia na pewno się załamie. Obłęd weźmie górę. Trzeba o tym powiedzieć w kadrach. Sprawdzić jego badania lekarskie.

Nawiasem mówiąc: jak on się nazywa?

- Cieszę się, że tu jesteś. Chyba nic będziesz miał wiele do roboty. Wyjeżdżając, mieliśmy trzech czerwonych na karku. Pozbyliśmy się ich, ale w pociągu mogą być jeszcze inni. Albo pojawić się. A ja muszę dostarczyć tę dziewczynę do Londynu bez żadnych kłopotów. Po prostu bądź w pobliżu. Dzisiejszej nocy powinniśmy trzymać się razem i wspólnie czuwać. To już ostatnia noc i nie chcę ryzykować. Nawiasem mówiąc, nazywam się James Bond. Jadę pod nazwiskiem David Somerset. A tam w środku jest Caroline Somerset.

Facet pogmerał w wewnętrznej kieszeni i wyjął wyświechtany portfel, chyba zawierający mnóstwo pieniędzy. Wyciągnął z niego wizytówkę i wręczył ją Bondowi. Informowała ona: *Kpt. Norman Nash*, oraz w lewym dolnym rogu: *Royal Automobile Club*.

Chowając ją do kieszeni, Bond przesunął po niej palcem. Litery były wypukłe.

– Dziękuję – powiedział. – Wobec tego, Nash, chodź i poznaj panią Somerset. Nie ma powodu, abyśmy nie podróżowali mniej więcej wspólnie. – Uśmiechnął się zachęcająco.

Znów ten czerwony błysk, po chwili gasnący. Skręt warg pod młodzieńczo złocistym wąsem.

– Bardzo chętnie, staruszku.

Bond zwrócił się do drzwi, cicho zapukał i wymówił swoje nazwisko.

Drzwi się otwarły. Bond skinieniem zaprosił Nasha do środka i zamknął je za sobą.

Dziewczyna wyglądała na zaskoczoną.

– To jest kapitan Nash, Norman Nash. Polecono mu, żeby na nas uważał.

– Jak się pan miewa. – Witając się po angielsku, dziewczyna zawahała się z podaniem ręki. Mężczyzna dotknął jej przelotnie. Z nieruchomo wpatrzonym okiem. Nic nie powiedział. Dziewczyna lekko zaśmiała się w zakłopotaniu. – Nie usiądzie pan?

– Eee... dziękuję. – Nash usiadł sztywno na krawędzi wyściełanej ławki. Jak gdyby sobie coś przypomniał, na przykład co się robi, nie mając nic do powiedzenia. Poszukał w bocznej kieszeni marynarki i wyciągnął paczkę playersów. – Może pani pozwoli... eee... papierosa? – Względnie czystym paznokciem kciuka otworzył pudełko, zdarł sreberko i wypchnął papierosy. Dziewczyna poczęstowała się. Nash drugą dłonią podał jej zapalniczkę z usłużnym pośpiechem, jak sprzedawca samochodów.

Nash podniósł oczy. Bond stał oparty o drzwi, zastanawiając się, jak by tu pomóc temu zakłopotanemu niedojdzie. Nash wyciągnął ku niemu papierosy i zapalniczkę, jakby składał kacykowi ofiarę ze szklanych paciorków.

– A co z tobą, staruszku?

– Dzięki – rzekł Bond. Nie znosił tytoniu Virginia, lecz gotów był na wszystko, byle facet poczuł się swobodniej. Wziął papierosa i zapalił go. Ależ ci w Tajnej Służbie miewają teraz dziwadła, z którymi muszą tak czy inaczej dochodzić do ładu! Jak, u diabła, ten facet może sobie radzić w tym na wpół dyplomatycznym towarzystwie, w którym zmuszony jest obracać się w Trieście?

– Wyglądasz na bardzo sprawnego, Nash – odezwał się Bond kulawo. – Czyżby od gry w tenisa?

– Od pływania.

– Dawno przebywasz w Trieście?

– Około trzech lat. – Znów to bardzo krótkie czerwonawe łypnięcie.

– Masz ciekawą pracę?

– Jak kiedy. Wiesz, jak to bywa, staruszku.

Bond zastanowił się, jak by tu powstrzymać Nasha od nazywania go ciągle „staruszkiem". Nic nie umiał wymyślić. Zapadła cisza.

Nash widocznie poczuł, że teraz jego kolej. Poszperawszy w kieszeni, wydobył z niej wycinek z gazety. Była to pierwsza strona „Corriere della Sera". Wręczył ją Bondowi.

– Widziałeś to, staruszku? – Oczy zapaliły mu się i zgasły.

Był to wstępniak. Grube czarne litery tandetnie wydrukowanego tytułu jeszcze wilgotne. Nagłówek brzmiał:

TERRIBILE ESPLOSIONE IN ISTANBUL.
UFFICIO SOVIETICO DISTRUTTO
TUTTI I PRESENTI UCCISI

Dalszego ciągu Bond nie rozumiał. Złożył wycinek i zwrócił go. Ile ten człowiek wie? Lepiej będzie traktować go jako mocną rękę, goryla i nic poza tym.

– A to brzydka historia – powiedział. – Chyba gazociąg eksplodował. – Bond przypomniał sobie sprośne brzuszysko bomby zwisającej z sufitu we wnęce tunelu, przewody biegnące od niej po wilgotnej ścianie z powrotem do bezwładnościowego wyłącznika w szufladzie biurka u Kerima. Kto nacisnął go wczoraj po południu, kiedy Tempo się tam dodzwonił? Czy „Starszy Kancelista"? Czy pociągnęli losy, a potem stali wokół i śledzili, jak czyjaś dłoń aktywuje bombę i za chwilę potężny grzmot wybucha w Ulicy Ksiąg na wysokim wzgórzu. Wszyscy musieli się tam zebrać, w tym chłodnym pokoju. Z oczyma płonącymi nienawiścią. Łzy miały nastąpić dopiero w nocy. Zemsta ma pierwszeństwo. A szczury? Ile tysięcy ich zmiotło w tunelu? Któraż to była godzina? Około czwartej. Czy odbywało się codzienne zebranie? Trzech zabitych w pokoju. Ilu jeszcze w pozostałej części budynku? Może byli wśród nich przyjaciele Tatiany. Wypada zataić przed nią tę sprawę. Czy Darko się temu przyglądał? Z okna Walhalli? Bond jak gdyby usłyszał gromki śmiech triumfu odbijający się echem od jej murów. W każdym razie Kerim zabrał ich mnóstwo ze sobą.

Nash patrzył na niego.

– Tak, chyba to mógł być gazociąg – przyznał bez objawów zainteresowania.

Korytarzem zbliżał się ręczny dzwonek.

– *Deuxième service. Deuxième service. Prenez vos place, s'il vous plaît.*

Bond spojrzał na Tatianę. Jej twarz pobladła. W oczach miała błaganie, żeby jej oszczędzono dalszej obecności tego niedołęgi, poczynającego sobie tak *niekulturno*. Bond zapytał:

– Co byś powiedziała na lancz? – Podniosła się natychmiast. – A co z tobą, Nash?

Kapitan Nash był już na nogach.

– Już jadłem, dziękuję ci, staruszku. Rozejrzałbym się po tym pociągu. Tam i z powrotem. Czy konduktor... rozumiesz...? – Poruszał palcami, jakby liczył pieniądze.

– Och tak, jest zawsze gotów do współpracy – rzekł Bond. Sięgnął w górę i zdjął ciężką, niedużą torbę. Otworzył drzwi przed Nashem. – To na razie.

Kapitan Nash wyszedł na korytarz.

– Tak, spodziewałbym się, staruszku. – Odwrócił się i odszedł korytarzem, swobodnie poruszając się w rytmie kołysania pociągu, z dłońmi w kieszeniach spodni, pod światłem odbijającym się w ciasnych, złotych kędziorach na tyle głowy.

Bond poszedł za Tatianą w przeciwnym kierunku. Wagony były zatłoczone przez urlopowiczów powracających do domu. W korytarzach trzeciej klasy ludzie siedzieli na swym bagażu, gawędząc, pojadając pomarańcze i twarde z wyglądu bułki ze sterczącymi kawałkami salami. Mężczyźni dokładnie przypatrywali się Tatianie, kiedy przeciskała się między nimi. Kobiety z uznaniem spoglądały na Bonda, zastanawiając się, czy potrafiłyby zadowolić je seksualnie.

W wagonie restauracyjnym Bond zamówił dwa americano i butelkę Chianti Broglio. Podano wyśmienite europejskie zakąski. Tatiana nieco poweselała.

– Zabawny facet. – Bond przypatrywał się, jak wyszukuje sobie drobne przysmaki. – Ale cieszę się z jego przybycia. Będę mógł się troszkę odespać. Kiedy wreszcie będziemy w domu, prześpię cały tydzień.

– On mi się nie podoba – oznajmiła dziewczyna raczej obojętnie. – Nie zachowuje się *kulturno*. Te oczy nie budzą zaufania.

Bond się roześmiał.

– A czy jest dla ciebie ktoś taki, co by zachowywał się dostatecznie *kulturno*?

– Znałeś go przedtem?

– Nie. Ale należy do mojej firmy.

– Jakie podał nazwisko?

– Nash. Norman Nash.

Przeliterowała je.

– N.A.S.H.? Czy tak?

– Tak.

W oczach dziewczyny pojawiło się zdziwienie.

– Chyba wiesz, co to znaczy po rosyjsku? To znaczy „nasz". U nas w tajnych służbach człowiek jest „nasz", czyli jednym z „naszych". A jeżeli się zalicza do wrogów, wówczas „tamci" mają go za „swojego". A ten człowiek się nazywa Nash. To nie jest przyjemne.

– No wiesz, Taniu. – Bond się roześmiał. – Ty wymyślasz całkiem niezwykłe powody, żeby kogoś nie lubić. Nash to bardzo popularne angielskie nazwisko. Ten facet jest całkiem nieszkodliwy. A na pewno wystarczająco twardy dla naszych potrzeb.

Tatiana zrobiła minę. Znów zajęła się lanczem.

Podano *tagliatelle verdi*, potem wino, i wreszcie świetne eskalopki.

– Ach, jakie to pyszne! – powiedziała. – Odkąd wyjechałam z Rosji, zmieniłam się w jeden wielki żołądek. – Oczy się jej rozszerzyły. – Nie pozwolisz mi za bardzo utyć, James? Nie pozwól, żeby zrobiła się ze mnie taka tłusta klępa, nienadająca się do miłości! Musisz na mnie uważać, bo inaczej będę tylko jadła przez cały dzień i spała. Będziesz mnie bił, gdybym za dużo jadła?

– Pewnie, że będę cię bił.

Tatiana zmarszczyła nos. Poczuł lekką pieszczotę jej kostek. Wielkie oczy wpatrzyły się w niego. Długie rzęsy opuściły się wstydliwie.

– Już zapłać – poprosiła. – Chce mi się spać.

Pociąg dojeżdżał do Maestre. Pojawiły się pierwsze kanały. Po tafli wody sunęła wprost ku miastu gondola towarowa pełna warzyw.

– Przecież za chwilę będziemy w Wenecji – zaprotestował Bond. – Nie chcesz jej zobaczyć?

– Stacja taka jak inne. Wenecję też mogę obejrzeć kiedy indziej. A teraz chcę, żebyś mnie kochał. Proszę cię, James. – Tatiana się pochyliła, kładąc dłoń na jego dłoni. Daj mi to, czego pragnę. Tak niewiele nam pozostało czasu.

I znów ten pokoik i zapach morza dochodzący przez półotwarte okno, i ściągnięta zasłona trzepocząca od pędu śpieszącego pociągu. Znowu dwie kupki ubrań rzuconych na podłogę i dwa ciała szepczące na wyściełanej ławce, i z wolna poszukujące dłonie. I zadzierzgnięty węzeł miłosny, kiedy miotając się po zwrotnicach, pociąg wpadał w echa dworca w Wenecji, na koniec rozpaczliwy krzyk.

Spoza próżni ciasnego przedziału dobiegły echem pomieszane nawoływania, metaliczny szczęk i szuranie stóp, po trochu rozmywające się we śnie.

A potem Padwa i Vicenza, i bajeczny zachód słońca nad Veroną zamigotał złotem i czerwienią przez szczeliny w zasłonie. Znów dzwonek zbliżający się korytarzem. Obudzili się. Bond, ubrawszy się, wyszedł na korytarz i oparł się o poręcz. Wyjrzał w dogasające różowe światło nad równiną Lombardii, myśląc o Tatianie i o przyszłości.

Obok jego twarzy pojawiło się w ciemnym szkle oblicze Nasha. Podszedł tak blisko, że łokcie ich zetknęły się.

– Chyba wytropiłem jednego z tamtych, staruszku – rzekł cicho.

Bond nie zdziwił się. Tak przypuszczał, że gdyby już, to właśnie tej nocy. Niemalże obojętnie spytał:

– Co za jeden?

– Nie wiem, jak się naprawdę nazywa, ale raz czy drugi pojawił się w Trieście. Miało to coś wspólnego z Albanią. Może tamtejszy kierownik i rezydent. Teraz na paszporcie amerykańskim. Wilbur Frank. Podaje się za bankiera. Pod dziewiątką, tuż koło ciebie. Nie sądzę, żebym się co do niego mylił, staruszku.

Bond spojrzał w oczy w wielkiej, brązowej twarzy. Drzwiczki pieca znów stały otwarte na oścież. Czerwony żar błysnął w nich i zgasł.

– Dobrze, żeś go wywąchał. To może być ciężka noc. Odtąd lepiej trzymaj się z nami. Nie możemy zostawić dziewczyny samej.

– Tak sądziłem, staruszku.

Zjedli kolację. W milczeniu. Nash siedział koło dziewczyny i nie podnosił oczu znad talerza. Trzymał swój nóż jak wieczne pióro i raz po raz ocierał go o widelec. Ruchy miał niezgrabne. W połowie posiłku, sięgając po sól, przewrócił kieliszek Tatiany z winem Chianti. Rozpływał się w przeproszeniach. Urządził istny pokaz, wołając o nowy kieliszek i napełniając go.

Podano kawę. Tym razem niezręczna okazała się Tatiana. Przewróciła swą filiżankę. Okropnie zbladła i zaczęła szybko oddychać.

– Taniu! – Bond uniósł się z krzesła. Ale kapitan Nash przyskoczył i zajął się nią.

– Dama trochę zasłabła – powiedział krótko. – Pozwól mi. – Nachylił się, objął ją ramieniem i postawił na nogi. – Odprowadzę ją do przedziału. Ty lepiej pilnuj torby. Zapłać rachunek. A ja zajmę się nią do twojego powrotu.

– Już dobrze – protestowała Tatiana, lecz jej zwiotczałe wargi świadczyły o postępującym omdleniu. – Nie przejmuj się, James, ja się położę. – Głowa jej opadała na ramię Nasha. Nash otoczył ją w pasie grubym ramieniem i szybko, a sprawnie wyprowadził przez zatłoczone przejście z wagonu restauracyjnego.

Bond niecierpliwie strzelił palcami na kelnera. Biedactwo. Musi być wykończona. Dlaczego nie pomyślał, jakie przeżywa napięcia? Przeklinał swój egoizm. Dzięki Bogu, że pojawił się Nash. Sprawny facet, choć taki nieokrzesany.

Bond zapłacił rachunek. Podniósł ciężką torbę i jak mógł najszybciej poszedł przez zatłoczony pociąg.

Zapukał cicho do numeru siedem. Nash mu otworzył. Wyszedł, kładąc palec na ustach. Zamknął za sobą drzwi.

– Małe omdlenie – powiedział. – Już w porządku. Łóżka były posłane. Położyła się spać na górnym. Chyba trochę za dużo było dla niej tego wszystkiego, staruszku.

Bond skinął głową. Wszedł do przedziału. Blada dłoń zwisała spod sobolowego płaszcza. Bond stanął na dolnym łóżku i delikatnie schował ją pod futro. Była bardzo chłodna w dotyku. Dziewczyna w ogóle nie wydawała głosu.

Bond zszedł po cichu. Niechaj śpi. Wyszedł na korytarz. Nash popatrzył nań bez wyrazu.

– No to urządźmy się na noc. Ja mam książkę. – Podniósł ją do góry. – *Wojna i pokój*. Od lat starałem się przez nią przebrnąć. Ty pierwszy się prześpij, staruszku. Wyglądasz na trochę wykończonego. Zbudzę cię, kiedy oczy mi się zaczną zamykać. – Wskazał głową na drzwi z numerem dziewięć. – Jeszcze się nie pokazał. I chyba się nie pokaże, jeżeli coś szykuje. – Przerwał. – A nawiasem mówiąc, masz broń, staruszku?

– Mam. A ty nie masz?

– Niestety. – Nash przybrał minę winowajcy. – Mam w domu lugra, ale do takiej roboty byłby za duży.

– No trudno – zgodził się niechętnie Bond. – Weź mojego. Chodźmy.

Weszli do środka i Bond zamknął drzwi. Wyjął i wręczył mu swoją berettę.

– Ośmiostrzałowy – powiedział bardzo cicho. – Półautomat. Zabezpieczony.

Nash wziął pistolet i zważył go fachowo w ręku. Przerzucił tam i z powrotem bezpiecznik.

Bond nie znosił, żeby ktoś dotykał jego pistoletu. Bez niego czuł się nagi.

– Trochę lekki – powiedział szorstko – ale zabija, jeśli trafiać we właściwe miejsca.

Nash kiwnął głową. Usiadł przy oknie na końcu dolnej ławki.

– Tutaj siądę – wyszeptał. – Dobre pole ostrzału. – Położył sobie książkę na kolanach i usadowił się.

Bond zdjął marynarkę i krawat, położył je obok siebie na kanapce. Oparł się o poduszki, stopy umieścił na torbie ze Spektorem, stojącej na podłodze przy jego neseserze. Sięgnął po swego Amblera, odnalazł miejsce i usiłował czytać. Po kilku stronach stwierdził, że nie może skupić uwagi. Był zanadto zmęczony. Położył sobie książkę na kolanach i zamknął oczy. Czy może sobie pozwolić na zaśnięcie? Czy należałoby podjąć jeszcze jakieś środki ostrożności?

Kliny! Wymacał je w kieszeni swej marynarki. Zsunął się z ławki, ukląkł i wcisnął je mocno pod jedne i drugie drzwi. Po czym znowu się usadowił i zgasił lampkę do czytania nad swoją głową.

Z góry łagodnie lśniło fioletowe oko nocnego światła.

– Dziękuję, staruszku – rzekł cicho Nash.

Pociąg zaskowyczał i wpadł do tunelu.

XXVI Zabójcza butelka

Lekkie szturchnięcie w kostkę zbudziło Bonda. Nie poruszył się. Jego zmysły ożyły jak u zwierzęcia.

Nic się nie zmieniło. Wciąż słyszał odgłosy pociągu: miękkie żelazne stąpanie odmierzające kilometry, ciche poskrzypywanie drewna, pobrzękiwanie z szafki nad umywalką, gdzie szklanka do mycia zębów luźno tkwiła w uchwycie.

Co go zbudziło? Widmowe oko nocnego światełka rzucało swój głęboki, aksamitny połysk na cały przedział. Z górnego łóżka żadnego odgłosu. Pod oknem kapitan Nash siedział na swoim miejscu, z otwartą książką na kolanach, spoza brzegu zasłony księżyc połyskiwał bielą na rozłożonych stronach.

Nash wpatrywał się w niego uporczywie. Bond zauważył napięcie w jego fioletowych oczach. Czarne wargi rozchyliły się. Błysnęły zęby.

– Wybacz, że ci przeszkadzam, staruszku. Zebrało mi się na pogawędkę.

Czyżby nowy ton w głosie? Bond opuścił lekko stopy na podłogę. Trochę się wyprostował. W przedziale, jakby stanął ktoś trzeci, pojawiło się niebezpieczeństwo.

– Dobra – powiedział lekko Bond. Co takiego w tych paru słowach sprawiło, że poczuł dreszcz w kręgosłupie? Czyżby ta władcza nuta w głosie? Bondowi przemknęło przez myśl, że być może Nash właśnie oszalał. Może to nie zagrożenie, lecz obłęd Bond wyczuwał w przedziale? Instynkt nie zawiódł go co do tego człowieka. Należałoby się go jakoś pozbyć na najbliższej stacji. Gdzie dojechali? Kiedy będzie granica?

Bond uniósł przegub, chcąc sprawdzić godzinę. Fioletowe światło zaćmiło fosforyzujące cyferki. Bond nachylił tarczę zegarka, żeby padła na nią smużka księżycowego blasku od okna.

Z miejsca, gdzie siedział Nash, dobiegł ostry trzask. Bonda coś mocno uderzyło w przegub. W twarz bryznęły mu odłamki szkła. Rękę mu rzuciło o drzwi. Myślał, że ma złamany przegub. Zwiesił rękę i pozginał palce. Wszystkie się poruszały.

Książka wciąż leżała otwarta na kolanach u Nasha, lecz cienka smużka dymu wydobywała się z otworu na szczycie grzbietu i w przedziale czuć było lekką woń jakby fajerwerków.

Bondowi zaschło w ustach, jak gdyby połknął ałun.

A więc pułapka, od początku do końca. Teraz zamknęła się. Kapitan Nash to wysłannik Moskwy. Nie od M. Rzekomy agent MGB pod dziewiątką, z amerykańskim paszportem, to fikcja. A Bond oddał Nashowi swój pistolet. Nawet i drzwi zaklinował, żeby Nash mógł poczuć się bezpieczniej.

Bond zadygotał. Nie ze strachu. Ze wstrętu.

Nash przemówił. Już nie szeptem, już nie oleiście. Głos miał donośny i pewny siebie.

– To nam zaoszczędzi wielu dyskusji, staruszku. Po prostu mała demonstracja. Uważa się, że jestem dość dobry w te klocki. Mam tu dziesięć nabojów dum-dum kalibru dwadzieścia pięć, wystrzeliwanych za pomocą baterii elektrycznej. Musisz przyznać, że Rosjanie są znakomici w wymyślaniu tych rzeczy. To fatalnie, że twoja książka nadaje się tylko do czytania, staruszku.

– Rany boskie, przestań do mnie mówić „staruszku". – Taka była pierwsza reakcja Bonda w obliczu tej całkowitej klęski, kiedy trzeba było się tyle dowiedzieć, tyle przemyśleć. Reakcja kogoś w płonącym budynku, kto wybiera najgłupsze drobiazgi, żeby je ocalić z pożaru.

– Wybacz, staruszku. Chyba weszło mi to w nawyk. W związku z udawaniem pieprzonego dżentelmena. Jak te łachy. Wszystko z wydziału garderoby. Uznali, że takie malpiarstwo mi obleci. No i obleciało, nie, staruszku? Ale do rzeczy. Pewnie chciałbyś wiedzieć, o co w tym wszystkim chodzi. Chętnie ci wytłumaczę. Mamy jakieś pół godziny, nim z tobą skończę. Będę miał dodatkową radochę, że tak opowiadam sławnemu mister Bondowi z Secret Service, jaki z niego był kretyn. Bo widzisz, staruszku, wcale nie jesteś taki dobry, jak ci się wydawało. Jesteś najzwyklejszy wypchany bałwan, a mnie polecono z ciebie wypruć te trociny. – Głos miał równy i bezbarwny, zdania wybrzmiewały zupełnie martwo. Jak gdyby nudziła go sama czynność mówienia.

– Owszem – powiedział Bond. – Chciałbym się dowiedzieć, o co w tym wszystkim chodzi. Mogę ci darować te pół godziny. – Zastanawiał się rozpaczliwie: czy jest jakiś sposób, żeby wytrącić faceta z uderzenia? Zachwiać tą jego równowagą?

– Nie łudź się, staruszku. – Głos nie zdradzał najmniejszego zainteresowania czy to Bondem, czy jakimś zagrożeniem ze strony Bonda. Dla niego Bond w ogóle nie istniał. Cel i nic więcej. – Za pół godziny umrzesz. Bez cienia wątpliwości czy błędu. Ja nie popełniam błędów. Bo inaczej nie miałbym tej roboty.

– A co to za robota?

– Główny egzekutor Smierszu. – W głosie pojawił się cień ożywienia, cień dumy. I znów stał się bezbarwny. – Przypuszczam, że znasz tę nazwę, staruszku.

Smiersz. Otóż i odpowiedź, najgorsza z możliwych. A oto ich główny morderca. Bond przypomniał sobie czerwony błysk, pojawiający się w tych matowych oczach. Morderca. Psychopata... najprawdopodobniej psychoza maniakalno-depresyjna. On się tym naprawdę rozkoszuje. Śmiersz nie mógł sobie znaleźć kogoś bardziej użytecznego! Bond przypomniał sobie nagle, co mówił Vavra. Popróbował strzału na odległość.

– Czy księżyc ma na ciebie jakiś wpływ, Nash?

Czarne wargi skręciły się.

– Cwaniak z ciebie, co, panie Secret Service. Myślisz, że jestem stuknięty. Nic się nie martw. Nie byłbym tu, gdzie jestem, gdybym był stuknięty.

Gniewne szyderstwo w głosie powiedziało Bondowi, że trafił w czuły punkt. Ale co zyska, wytrącając go z równowagi? Lepiej udobruchać go i zyskać na czasie. A nuż Tatiana...

– A co ma do tego dziewczyna?

– Część przynęty. – Głos znów stał się znudzony. – Nie przejmuj się. Nie wtrąci się nam do rozmowy. Dałem jej szczyptę proszku, nalewając ten kieliszek wina. Wodzian chloralu. Wyłączona na całą noc. A potem na wszystkie następne. Pójdzie za tobą.

– Powiadasz. – Bond z wolna podniósł obolałą dłoń na podołek, zginając palce, aby w nich przywrócić krążenie. – No to posłuchajmy tej historii.

– Uważaj, staruszku. Żadnych kawałów. Nie wywiniesz się z tego żadną sztuczką w guście Bulldoga Drummonda. Jeżeli mi się nie spodoba choćby zapach jakiegoś ruchu, dostaniesz po prostu kulkę w serce. Nic więcej. To samo dostaniesz na koniec. W środek serca. A jak się poruszysz, to trochę wcześniej. I nie zapominaj, kim jestem. Twój zegarek, pamiętasz? Ja nie chybiam. Nigdy.

– Niezły popis – stwierdził beztrosko Bond. – Ale nic się nie bój. Masz moją broń. Pamiętasz? No to gadaj.

– Dobrze, staruszku, tylko nie drap się w ucho, jak będę mówił. Albo ci je odstrzelę. Jasne? Otóż Śmiersz postanowił cię zabić; przynajmniej domyślam się, że postanowiono tak jeszcze wyżej, na samym szczycie. Zdaje się, że chcą mocno przypieprzyć w Secret Service, przytrzeć im nosa jak się patrzy. Kapujesz?

– A dlaczego wybrano *mnie*?

– Bo ja wiem, staruszku. Ale podobno masz nielichą reputację w swojej firmie. A sposób, w jaki zostaniesz zabity, ma wam popsuć cały ten cyrk. Wysmażali to przez trzy miesiące, ten plan, no i po prostu cycuś. To było konieczne. Smiersz ostatnio popełnił parę błędów. Jak ta sprawa z Chochłowem. Pamiętasz tę wybuchającą papierośnicę i w ogóle? Powierzyli robotę nie temu, co należało. Powinni ją byli mnie powierzyć. Ja bym nie przeszedł na stronę Jankesów. Ale wróćmy do rzeczy. Widzisz, staruszku, my w Smierszu mamy niezłego szpenia od planowania. Nazywa się Kronsteen. Świetny szachista. On powiedział, że ciebie załatwi próżność i pazerność, i trochę szaleństwa w tej intrydze. Powiedział, że wy w Londynie wszyscy dacie się złapać na wariactwo. I złapaliście się, no nie, staruszku?

Czy *tak było?*

Bond przypomniał sobie, jak bardzo zaciekawiły ich ekscentryczne aspekty tej historii. A próżność? Owszem, trzeba przyznać, że pomogła w tym koncepcja zakochanej w nim młodej Rosjanki. Do tego jeszcze Spektor. To przeważyło – zwykła pazerność.

– Byliśmy zainteresowani – oświadczył obojętnie.

– Więc zaczęła się operacja. Nasz kierownik wydziału operacyjnego to numerek. Powiedziałbym, że zabiła więcej ludzi na świecie niż ktokolwiek... albo załatwiła ich uśmiercenie. Owszem, to baba. Nazywa się Klebb – Roza Klebb. Po prostu świnia nie kobieta. Ale niewątpliwie zna wszystkie sztuczki.

Roza Klebb. Więc na szczycie Smierszu stoi kobieta! Gdyby mógł wyjść z tego żywy i zająć się nią! Palce u prawej dłoni Bonda zgięły się z lekka.

Bezbarwny głos w kącie przedziału podjął:

– No więc ona wyszukała tę Romanową. Wyszkoliła ją do tej roboty. A nawiasem mówiąc, jaka jest w łóżku? Niezła?

Nie! Bond nie mógł uwierzyć. Ta pierwsza noc, owszem, musiała być wyreżyserowana. Ale potem? Nie. Potem było to już prawdziwe. Skorzystał z okazji, aby wzruszyć ramionami. Przerysował ten ruch. Żeby przyzwyczajać faceta do poruszeń.

– No dobrze. Mnie osobiście te sprawy nie interesują. Ale zdobyli trochę niezłych zdjęć was obojga. – Nash poklepał się po kieszeni w marynarce. – Cały krążek szesnastomilimetrowej taśmy. Pójdzie do jej torebki. Te zdjęcia świetnie wyjdą w gazetach. – Nash roześmiał się, gardłowo i metalicznie. – Niektóre z najbardziej soczystych kawałków, oczywiście, będą musieli wyciąć.

Zmiana pokoju w hotelu. Apartament na miesiące miodowe dla nowożeńców. Wielkie lustro za łóżkiem. Jak to wszystko się zgadza! Bond poczuł, że dłonie mu się pocą. Wytarł je o spodnie.

– Uważaj, staruszku. O mało nie dostałeś. Powiedziałem ci, żebyś się nie ruszał, pamiętasz?

Bond położył ręce z powrotem na książce, na swych kolanach. Do jakiego stopnia można rozbudować te drobne ruchy? Jak daleko może się posunąć?

– Co dalej z tą opowieścią? – zapytał. – Czy dziewczyna wiedziała, o zdjęciach? Czy wiedziała, że w to wszystko jest zamieszany Smiersz?

Nash tylko prychnął.

– Oczywiście, że nic nie wiedziała o zdjęciach. Roza ani trochę jej nie zaufała. Zbyt uczuciowa. Ale od tej strony niewiele mi wiadomo. Pracowaliśmy każde z osobna. Nawet nie widziałem jej aż do dzisiaj. Tylko tyle wiem, co zasłyszałem. Tak, dziewczyna oczywiście wiedziała, że pracuje dla Smierszu. Powiedziano jej, że musi dostać się do Londynu i tam poszpiegować.

Co za idiotka, pomyślał Bond. Dlaczego mi, u diabła, nie powiedziała, że Smiersz ma w tym udział? Pewnie bała się nawet wymówić nazwę. Myślała, że on każe ją zamknąć lub coś takiego. Ciągle powtarzała, że powie wszystko, kiedy znajdzie się w Anglii. Że ma jej zaufać i nie obawiać się. Zaufać! Podczas gdy sama nie miała najmniejszego pojęcia, o co tu chodzi. No, trudno. Biedactwo. Dała się wyprowadzić w pole tak samo jak on. A wystarczyłby cień sugestii – na przykład – ocaliłoby się życie Kerima. A co z jej życiem i jego własnym?

– Później należało się pozbyć tego twojego Turka. Domyślam się, że to był kawał roboty. Twardy orzech. Przypuszczam, że to jego banda wysadziła wczoraj po południu naszą centralę w Istambule. Spowoduje to niemały popłoch.

– Bardzo niedobrze.

– Nie moje zmartwienie, staruszku. Moja część roboty będzie łatwa. – Nash zerknął na zegarek w przegubie. – Za jakieś dwadzieścia minut wjeżdżamy do tunelu Simplon. Tam kazano mi sprawę załatwić. Bardziej dramatycznie dla gazet. Jedna kula dla ciebie. Przy wjeździe do tunelu. Tylko jedna i w serce. Odgłosy tunelu wszystko zagłuszą, gdybyś okazał się głośno zdychającym: rzężenie i tym podobne. Potem jedna w jej kark – z twojego pistoletu – i wyrzucam ją z okna. I druga kula dla ciebie, ale już z *twojego* pistoletu. Oczywiście z odciskami twych palców. Mnóstwo prochu na twojej koszuli. Samobójstwo. Tak będzie to wyglądało na pierwszy rzut oka. Ale w twoim sercu znajdą dwie kule. To później wyjdzie na jaw. Tym większa tajemnica! Znów przeszukają Simplon. Kim był ten jasnowłosy mężczyzna? Znajdą u niej w torebce film, a w twojej kieszeni długi list miłosny od niej – z pogróżką. Dobre! Napisali go w Śmierszu. Powiada, że przekaże ten film do gazet, jeżeli się z nią nie ożenisz. Że obiecałeś jej małżeństwo, jeżeli ukradnie Spektora... – Nash przerwał i wtrącił jakby w nawiasie: – A faktycznie, staruszku, to Spektor zawiera pułapkę z bombą. Kiedy wasi eksperci od szyfrów zaczną przy nim majstrować, wszyscy polecą w niebo. Niezła korzyść na marginesie. – Nash zarechotał. – A dalej list powiada, że ona może ci dać tylko tę maszynę i swoje ciało, po czym rozwodzi się nad swoim ciałem i co z nim robiłeś. Mocna rzecz! Chwytasz? Więc jak to będzie wyglądało w prasie – tej lewicowej – która dostanie cynk, żeby wyjść na pociąg? Staruszku, tam będzie wszystko co potrzeba. Orient Express. Piękna Rosjanka jako szpieg, zamordowana w tunelu pod Simplon. Nieprzyzwoite zdjęcia. Tajemnicza maszyna szyfrowa. Przystojny brytyjski szpieg, który zrujnował sobie karierę, morduje Rosjankę i popełnia samobójstwo. Seks, szpiegostwo, luksusowy pociąg, pan i pani Somerset! Staruszku, to będzie szło miesiącami! Co tu gadać o aferze Chochłowa! Ta sprawa ją pobije na głowę. I co za kompromitacja dla sławy Intelligence Service! Najlepszy z ich agentów, sławny James Bond. Burdel i tyle. A potem łubudu i ta ich maszyna szyfrowa! Co twój szef o tobie pomyśli? Jak to przyjmie opinia publiczna? I rząd. I Amerykanie? Kto tu gada o bezpieczeństwie? Co za tajemnice atomowe wobec Jankesów? – Nash spauzował, żeby wszystko to dotarło do Bonda. Przemówił z odcieniem dumy: – Staruszku, to będzie sensacja stulecia!

Owszem, pomyślał Bond. Owszem. W tym względzie na pewno się nie myli. Francuskie gazety tak rozdmuchają sprawę, że nikt już tego nie wyciszy. Im to wisi, w publikacji zdjęć albo czegokolwiek innego mogą się posunąć bardzo daleko. Czy jest na świecie jakieś pismo, które tego nie kupi? A jeszcze Spektor! Czy ludzie od M albo z Deuxième zdobędą się na tyle rozsądku, aby przewidzieć, że w tym urządzeniu może być bomba? Ilu z najlepszych kryptografów Zachodu wyleci z nim w powietrze? Boże, on się z tego musi jakoś wydostać! Ale jak?

Gapił się na niego grzbiet *Wojny i pokoju* Nasha.

Zastanówmy się. Pociąg wjedzie z hukiem do tunelu. Zaraz po tym nastąpi stłumione kliknięcie i kula zrobi swoje. Wpatrzone w fioletowy półmrok oczy Bonda starały się wymierzyć, jak głęboki jest cień w jego kącie pod górnym łóżkiem, odtworzyć dokładnie w pamięci, gdzie stoi na podłodze jego neseser, odgadnąć, co zrobi Nash po wystrzale.

Bond przemówił:

– Jednak ryzykowałeś, czy pozwolę ci się dołączyć w Trieście. A jak poznałeś kod na ten miesiąc?

– Chyba nie chwytasz całości, staruszku – wyjaśniał cierpliwie Nash – Smiersz jest dobry, naprawdę dobry. Nic mu nie dorówna. Znamy wasze kody miesięczne na każdy rok. Gdyby w waszej firmie ktokolwiek zwracał na to uwagę, tak jak w mojej, na tę prawidłowość, to wiedzielibyście, że co rok w styczniu tracicie gdzieś jednego ze swoich drobnych agentów – może w Tokio – a może w Timbuktu. Smiersz po prostu wybiera sobie jednego i zgarnia go. Po czym wydusza się z niego ten kod na bieżący rok. I oczywiście wszystko inne też, cokolwiek by wiedział. Ale chodzi głównie o ten kod. I przekazuje się go naszym centralom. Proste jak dać w mordę, staruszku.

Bondowi paznokcie wbiły się w środek dłoni.

– A jeśli chodzi o wyłapanie cię w Trieście, to wcale się tym nie zajmowałem, staruszku. Jechałem z wami cały czas, tylko w przedniej części pociągu. Bo widzisz, staruszku, czekaliśmy na ciebie już w Belgradzie. Wiedzieliśmy, że zadzwonisz do swego szefa, do ambasady czy gdzie tam. Ten jugosłowiański telefon mieliśmy na podsłuchu od tygodni. Szkoda, że nie uchwyciliśmy hasła, które twój szef przekazał do Istambułu. Może uniknęłoby się tych fajerwerków, a przynajmniej oszczędziłoby się naszych. Ale głównym celem ty byłeś, staruszku, a ciebie mieliśmy obstawionego na cacy. Tkwiłeś u nas w butelce jak mucha od chwili, kiedy w Turcji wysiadłeś z samolotu. Tylko o to szło, kiedy cię zakorkować. – Nash znów szybko spojrzał na zegarek. Podniósł oczy. – Już bardzo niedługo, staruszku. Jest godzina korkowania minut piętnaście.

Bond pomyślał: Wiedzieliśmy, że Smiersz jest dobry, ale nie wiedzieliśmy, że aż tak dobry. Wiedza to rzecz zasadnicza. W jakiś sposób *musi* ją przekazać. MUSI i koniec. Umysł Bonda miotał się po szczegółach żałośnie wątłego, żałośnie desperackiego planu.

– Zdaje się, że Smiersz wszystko nieźle przemyślał – powiedział. – Musiało to kosztować wiele zachodu. Ale jest taka sprawa... – Wypowiedź Bonda zawisła w powietrzu.

– Co takiego, staruszku? – Nash, myśląc już o swym raporcie, nadstawił ucha.

Pociąg zaczął zwalniać. Domodossola. Granica włoska. Co z kontrolą celną? Ale przypomniał sobie. Wagony tranzytowe są zwolnione od formalności, póki nie znajdą się na granicy francuskiej w Vallorbes. Lecz i wtedy nie dotyczy to wagonów sypialnych. Te ekspresy lecą prosto przez Szwajcarię. Tylko wysiadający w Brigue albo w Lozannie przechodzą kontrolę celną na dworcach.

– No, co takiego, staruszku? – Nash złapał się na haczyk.

– Ale muszę zapalić.

– Dobra. Zapal sobie. Ale niech mi się jeden ruch nie spodoba, to będziesz trupem.

Bond wsunął prawą dłoń do kieszeni na biodrze. Wyciągnął swą szeroką spiżową papierośnicę. Otworzył ją. Wyjął papierosa. Z kieszeni w spodniach wyjął zapalniczkę. Zapalił papierosa i schował zapalniczkę. Papierośnicę zostawił na kolanach przy książce. Lewą dłoń położył mimochodem na książce i papierośnicy, jakby po to, żeby się nie zsunęły. Zaciągał się papierosem. Gdyby tylko miał jednego z tych specjalnych – jak flesz z magnezu – albo cokolwiek do rzucenia facetowi w twarz! Gdyby jego firma zgodziła się na te eksplodujące zabawki! Ale chociaż ten cel osiągnął, że nie zastrzelono go w trakcie. Dobry początek.

– Bo widzisz. – Bond zakreślił w powietrzu koło swym papierosem, by odwrócić uwagę Nasha. Jego lewa dłoń wsunęła płaską papierośnicę do wnętrza książki. – Bo widzisz, wygląda to całkiem nieźle, ale co z tobą? Co ty zrobisz, kiedy wyjedziemy z Simplonu? Konduktor wie, że z nami coś kombinowałeś. Z miejsca zaczną cię ścigać.

– Ach, o to chodzi. – Głos Nasha znów stał się znudzony. – Nie dotarło do ciebie, że Rosjanie mają to przemyślane. Ja wysiadam w Dijon i biorę samochód do Paryża. Tam zniknę. Jakiś „Trzeci człowiek" nie zepsuje tej opowieści. Zresztą ta kwestia pojawi się dopiero później, kiedy z ciebie wydłubią drugą kulę i nie znajdą drugiego pistoletu. Nie złapią mnie. Poza tym jutro w południe jestem umówiony – pokój dwieście cztery w hotelu Ritza – z Różą i składam jej raport. Ona zgarnia laury za tę robotę. Potem ja zamieniam się w jej szofera i ruszamy do Berlina. Jak się zastanowić, staruszku – w jego bezbarwnym głosie pojawiło się coś z emocji, jak gdyby chciwość – to myślę, że może już mieć w torebce przeznaczony dla mnie Order Lenina. Sam smak, jak to mówią.

Pociąg ruszył. Bond sprężył się. Już tylko kilka minut. Żeby w ten sposób umierać, jeśli rzeczywiście ma umrzeć!

Przez własną głupotę – ślepą i zabójczą głupotę. Zabójczą również dla Tatiany. Jezu Chryste! W każdej chwili mógł coś uczynić, aby uniknąć tej obłędnej wpadki. Sposobności nie brakowało. Ale własne zarozumialstwo i ciekawość, i cztery dni miłości wystarczyły, aby zassać go w ten łatwy prąd, który wymyślono, żeby go wciągnął. To najbardziej haniebne w całej tej sprawie – triumf dla Smierszu – jedynego wroga, którego przysiągł zawsze niszczyć, gdziekolwiek się na niego natknie. My zrobimy to, a on zrobi tamto. „Towarzysze, to łatwe z takim próżnym głupcem jak ten Bond. Popatrzcie, jak złapie się na przynętę. Zobaczycie. Mówię wam, że to głupiec. Wszyscy ci Angole to głupcy". I na wabia, na kochanego wabia – Tatiana. Bond pomyślał o ich pierwszej nocy. Czarne pończochy i aksamitna wstążka. A przez cały czas Smiersz tylko się przyglądał i przyglądał, jak on stawia zarozumiale te kroki, tak jak zaplanowali, aby można było ubabrać w nagromadzonym plugastwie – ubabrać jego, ubabrać M, który wysłał go do Istambulu, ubabrać Secret Service, żyjącą mitem swojej reputacji. Boże, co za bajzel! Żeby tylko... żeby to ziarenko jego planu mogło się udać!

Z przodu turkot pociągu przeszedł w głęboki łoskot.

Jeszcze kilka sekund. Kilka metrów.

Owalny wylot w środku białych stron książki jak gdyby się poszerzał. Za sekundę mrok tunelu wyłączy światło księżyca na stronicach i błękitny język go liźnie.

– Miłych snów, ty angielski skurwielu!

Turkot zamienił się w ogromny prędki dźwięczny ryk.

Z grzbietu książki wystrzelił płomień.

Kula, mierząca w serce Bonda, śmignęła na odległość dwóch metrów.

Bond zwalił się w przód na podłogę i legł rozłożony w żałobnej fioletowej poświacie.

XXVII Pięć litrów krwi

Wszystko zależało od jego celności. Nash zapowiedział, że Bond dostanie jedną kulę w serce. Bond podjął to ryzyko, że Nash strzela tak celnie jak powiedział. I tak było.

Bond leżał jak trup.

Zanim oddano strzał, przypominał sobie zwłoki, jakie oglądał: jak te ciała wyglądały po śmierci. Teraz leżał, upadłszy całym ciałem na deski jak połamana lalka, z dokładnie rozrzuconymi rękoma i nogami.

Badał swe doznania. W miejscu, gdzie kula uderzyła w książkę, paliły go żebra. Pocisk musiał przejść przez papierośnicę, a następnie przez drugą połowę książki. Czuł gorący ołów na sercu. Jak gdyby go piekło w żebrach. Tylko ostry ból w głowie, od uderzenia o drewno i fioletowy odblask na obdrapanych czubkach obuwia dotykających jego nosa upewniały go, że nie jest martwy.

Jak archeolog Bond rozpatrywał starannie przemyślaną rujnację własnego ciała. Ułożenie rozrzuconych stóp. Kąt, pod jakim znajdowało się na wpół ugięte kolano, które mu dostarczy oparcia, kiedy przyjdzie właściwa chwila. Prawa dłoń, którą jak gdyby chwytał się za przestrzelone serce, znajdzie się o centymetry, kiedy będzie mógł wypuścić z niej książkę, od małego neseseru: o centymetry od bocznego szwu, zawierającego płaskie noże do rzucania, dwustronnie ostre jak brzytwa, z których podrwiwał, kiedy w wydziale Q pokazywano mu trzymający je uchwyt. A jego lewa dłoń, odrzucona w geście poddania się śmierci, spoczywała na podłodze i podeprze go, kiedy przyjdzie moment, aby się zerwać.

Ponad sobą usłyszał długie, przepastne ziewnięcie. Brązowe czubki butów ruszyły się. Bond widział, jak ich skóra napina się, kiedy Nash wstaje. Za minutę, z pistoletem Bonda w prawej ręce, Nash wejdzie na dolną ławkę, sięgnie do góry i przez zasłonę dziewczęcych włosów wymaca podstawę karku Tatiany. Następnie lufa beretty pójdzie swym wylotem w ślad za szukającymi palcami. Nash przyciśnie cyngiel. Przytłumiony huk zginie w łoskocie pociągu.

Wszystko na styk. Bond rozpaczliwie usiłował przypomnieć sobie podstawy anatomii. Gdzie są te śmiertelne miejsca w dolnej części męskiego ciała? Gdzie przebiega główna tętnica? Udowa. Po wewnętrznej stronie uda. A zewnętrzna biodrowa, czy jak ją zwać, przechodząca w udową? Przez środek pachwiny. Jeżeli w żadną z nich nie trafi, to będzie źle. Bond nie miał złudzeń co do wyniku, gdyby mu przyszło pokonywać tego straszliwego draba w walce wręcz. Jego pierwsze gwałtowne dźgnięcie nożem musi być rozstrzygające.

Brązowe czubki butów poruszyły się. Skierowały ku ławce. Co on robi? Nic nie było słychać prócz głuchego szczęku żelaza, kiedy wielki pociąg rwał przez Simplon, przez serce gór Wasenhorn i Monte Leone. Zabrzęczała szklanka do zębów. Skrzypnęło przytulnie drewno. W promieniu stu metrów wokół tej małej celi śmierci szeregi ludzi leżały śpiąc albo nie śpiąc, rozmyślając o swoim życiu czy miłości, snując swe drobne plany, zastanawiając się, kto wyjdzie im na spotkanie na Gare de Lyon. I przez cały czas, tuż obok w korytarzu, razem z nimi podróżowała śmierć, przez ten sam czarny tunel, za tą samą wielką lokomotywą Diesla, po tych samych gorących szynach.

Jeden brązowy but uniósł się z podłogi. Za chwilę przestąpi przez Bonda. Wrażliwy łuk utworzy się ponad jego głową.

Mięśnie Bonda sprężyły się jak u węża. Jego prawa dłoń drgnęła o parę centymetrów w stronę twardego szwu na krawędzi neseseru. Palce nacisnęły z boku. Wyczuły wąską rękojeść noża. Lekko wyciągnęły go na wpół bez poruszenia ręką.

Brązowa pięta uniosła się. Palce stopy zgięły się i przejęły ciężar.

A teraz druga stopa znikła.

Tu przenieść łagodnie ciężar, tam się zaprzeć, uchwycić nóż tak mocno, by się nie omsknął na kości, po czym...

Jednym gwałtownym skrętem ciało Bonda poderwało się z podłogi. Błysnął nóż.

Pięść z długim stalowym palcem, mając za sobą całe ramię i bark Bonda, śmignęła w górę. Na kłykciach poczuł flanelę. Wiódł nóż na wprost, wbijając go jak najgłębiej.

Z góry dobiegł upiorny skowyt. Beretta łupnęła o podłogę. Po czym nóż wyrwał się z dłoni Bonda, kiedy przeciwnik zwinął się konwulsyjnie i zwalił na ziemię.

Bond przewidział jego upadek, ale gdy odskakiwał ku oknu, wymach dłoni trafił go i rzucił na dolne łóżko. Nim się zebrał, znad podłogi uniosła się okropna twarz, z fioletowo świecącymi oczyma, szczerząca fioletowe zęby. Powoli, koszmarnie, zaczęły go szukać dwie ogromne dłonie.

Leżąc pół na wznak, Bond kopnął na oślep. Jego but trafił; ale stopa dostała się w uchwyt, skręcono ją i poczuł, jak osuwa się w dół. Jego palce szukały zaczepienia w pokryciu ławki. Druga dłoń chwyciła go za udo. Wczepiła się paznokciami.

Ciało Bonda było skręcone i ściągane w dół. Lada chwila zęby go dosięgną. Bond walił swobodną nogą. Bez najmniejszego skutku. Obsuwał się coraz niżej.

Nagle jego rozpaczliwie drapiące palce wyczuły coś twardego. Książka! Jak się tym posługiwać? W którą stronę?

Czy zastrzeli Nasha, czy siebie? Bond skierował ją rozpaczliwie w wielką, spoconą twarz. Nacisnął u dołu płóciennego grzbietu.

Łup! Poczuł odrzut. Łup-łup-łup-łup. Teraz już wyczuł gorąco pod palcami. Dłonie na jego nogach zwiotczały. Połyskująca twarz cofała się. Jakiś odgłos wydarł się z gardła, okropny charczący odgłos. Ciało zaczęło się osuwać z coraz głośniejszym łomotem, aż wreszcie zwaliło się do przodu na podłogę i głowa łupnęła o deski.

Bond leżał i dyszał przez zaciśnięte zęby. Wpatrywał się w fioletowe światełko ponad drzwiami. Spostrzegł, że pętelka żarzącego się drutu na przemian rozjarza się i przygasa. Przemknęło mu przez myśl, że prądnica pod wagonem zawodzi. Zamrugał oczyma, by wyostrzyć widzenie tego światełka. Pot mu spływał do oczu i piekł dotkliwie. Bond leżał nieruchomo, nie reagując.

Galopujący łomot pociągu zaczął się zmieniać. Brzmiał teraz bardziej głucho. Z ostatnim grzmiącym echem Orient Express wypadł na światło księżyca i zwolnił.

Bond ospale sięgnął do góry i ściągnął brzeg zasłony. Zobaczył magazyny i bocznice. Zalśniły jasno i czysto światła na szynach. Dobre, mocne światła. Szwajcarskie.

Pociąg zatrzymał się w końcu.

W równej i śpiewnej ciszy dobiegł od podłogi lekki odgłos. Bond zaklął na siebie, że się nie upewnił. Szybko schylił się, nasłuchując. Uniósł w pogotowiu książkę, na wszelki wypadek. Nic nie drgnęło. Bond sięgnął i wymacał żyłę na szyi. Żadnego tętna. Trup i tyle. Ciało zaczęło sztywnieć.

Bond oparł się i czekał z niecierpliwością, kiedy pociąg znów ruszy. Miał mnóstwo do zrobienia. Jeszcze zanim się zajmie Tatianą, trzeba będzie posprzątać.

Długi ekspres szarpnął i cicho ruszył z miejsca. Wkrótce będzie biegł slalomem przez podnóża Alp w stronę kantonu

Valais. Koła brzmiały już inaczej: pojawił się nowy odgłos, pośpieszny zaśpiew, jakby cieszyły się, że już wyjechały z tunelu.

Bond podniósł się i przestąpił przez rozkraczone nogi zabitego. Zapalił górne światło.

Co za bałagan! Przedział wyglądał niby jatka u rzeźnika. Ile krwi zawiera ludzkie ciało? Przypomniał sobie. Jakieś pięć litrów. No, niebawem wypłyną na zewnątrz. Byle nic nie przeciekło na korytarz! Zdjął pościel z dolnego łóżka i wziął się do roboty.

Wreszcie uporał się ze wszystkim: ściany wytarte na mokro aż do podłogi, wokół przykrytej sterty czegoś, walizki ułożone jedna na drugiej i gotowe do wysiadki w Dijon.

Bond pochłonął całą karafkę wody. Po czym wszedł na ławkę i targnął za ramię w futrze.

Żadnej reakcji. Czyżby drań kłamał? Otruł ją na śmierć?

Bond wsunął rękę i dotknął jej szyi. Ciepła. Wymacał płatek ucha i mocno uszczypnął. Dziewczyna poruszyła się ociężale i jęknęła. Znów uszczypnął ją w ucho, i jeszcze raz. Wreszcie odezwał się stłumiony głos:

– Przestań.

Bond uśmiechnął się. Potrząsnął nią. I dalej potrząsał, aż wreszcie Tatiana z wolna odwróciła się na bok. Dwoje odurzonych niebieskich oczu spojrzało w jego oczy i znów się zamknęło.

– O co chodzi? – Głos był senny i gniewny.

Bond przemówił do niej, ostro i rozkazująco, nie bez przekleństw. Potrząsał nią coraz brutalniej. Wreszcie usiadła. Wpatrywała się w niego nieprzytomnie. Wywlókł jej nogi tak, żeby zwisały za krawędź. Jakoś ściągnął ją na dolne łóżko.

Tatiana wyglądała okropnie: obwisłe wargi, nieprzytomnie zaspane oczy, skołtunione wilgotne włosy. Bond wziął się do roboty z mokrym ręcznikiem i grzebieniem.

Minęli Lozannę i godzinę później dotarli do francuskiej granicy w Vallorbes. Bond zostawił Tatianę, wyszedł i na wszelki wypadek stanął na korytarzu. Lecz ludzie z kontroli celnej i paszportowej minęli go, zmierzając do przedziału konduktora, i po pięciu zagadkowych minutach poszli dalej, w głąb pociągu.

Bond wrócił do przedziału. Tatiana znowu spała. Bond spojrzał na zegarek Nasha, teraz na swoim ręku. Czwarta trzydzieści. Jeszcze godzina do Dijon. Wziął się do roboty.

Wreszcie Tatiana szeroko rozwarła oczy. Jej źrenice prawie przestały się rozbiegać. Powiedziała: „Już przestań, James" i znowu zamknęła oczy. Bond otarł spoconą twarz. Przeniósł cały bagaż, jedną sztukę po drugiej, na koniec korytarza i ułożył przy wyjściu. Po czym udał się do konduktora i powiedział mu, że madame źle się czuje i że wysiadają w Dijon.

Dał konduktorowi ostatni napiwek.

– Proszę sobie nie przeszkadzać – powiedział. – Już wyniosłem bagaż, aby małżonce zapewnić spokój. Przyjacielu, ten jasnowłosy to lekarz. Siedział z nami przez całą noc. Położyłem go na moim łóżku, aby się przespał. Był wykończony. Prosiłbym go zbudzić dopiero na dziesięć minut przed Paryżem.

– *Certainement, monsieur.* – Konduktora nikt jeszcze tak nie obsypał pieniędzmi od dawnych, dobrych czasów, kiedy ten pociąg woził milionerów. Wręczył Bondowi paszport i bilety. Pociąg zaczął zwalniać. – *Voilà que nous y sommes.*

Bond wrócił do przedziału. Postawił Tatianę na nogi, wyciągnął ją na korytarz i zamknął drzwi za białą stertą śmierci przy łóżku.

Wreszcie zeszli po stopniach i stanęli na twardym, cudownym, nieruchomym peronie. Numerowy w niebieskim fartuchu wziął ich bagaż.

Zaczynał się wschód słońca. O tak wczesnej godzinie bardzo niewielu pasażerów obudziło się ze snu. Zaledwie garstka w trzeciej klasie, jadąca „na twardym" przez całą noc, widziała młodego mężczyznę, który młodej dziewczynie pomógł wysiąść z zakurzonego wagonu z romantycznymi nazwami na boku i poprowadził ją do zielonkawych drzwi z napisem SORTIE.

XXVIII La Tricoteuse

Taksówka zajechała przed wejście do hotelu Ritz przy Rue Cambon.

Bond popatrzył na zegarek Nasha. Jedenasta czterdzieści pięć. Musi być absolutnie punktualny. Wiedział, że jeśli rosyjski szpieg pojawi się choćby o parę minut za wcześnie albo za późno, spotkanie zostaje automatycznie odwołane. Zapłacił taksówkarzowi i wszedł przez prowadzące na lewo drzwi do baru Ritza.

Potrzebował martini z wódką. Wypił je do połowy. Czuł się cudownie. Nagle cztery ubiegłe dni, a zwłaszcza ostatnia noc, zmyły się z kalendarza. Teraz już działa na własną rękę, załatwiając swoją osobistą przygodę. Zajęto się wszystkim, co wchodziło w skład jego obowiązków. Dziewczynę ułożono do snu w sypialni ambasady. Ciągle jeszcze brzemienny bombą Spektor zabrany został przez jednostkę saperską Deuxième Bureau. Bond odbył rozmowę ze swoim starym przyjacielem René Mathisem, obecnie już szefem Deuxième, a konsjerżce z wejścia do Ritza od Rue Cambon zapowiedziano, że ma wręczyć mu klucz uniwersalny i nie zadawać pytań.

René był zachwycony, że znów uczestniczy wraz z Bondem w *une affaire noire*.

– Możesz być pewien, *cher* James, że wykonam twoje tajemnicze instrukcje. Później opowiesz mi o wszystkim. Dwaj ludzie z pralni z wielkim koszem na bieliznę zjawią się w pokoju dwieście cztery o godzinie dwunastej piętnaście. Będę im towarzyszył, przebrany za kierowcę ich ciężarówki. Zapakujemy co trzeba do kosza na bieliznę i zawieziemy na Orly, gdzie poczekamy na canberrę z RAF-u, która przyleci tam o drugiej. Przekażemy im kosz. Jakieś brudne pranie z Francji przewiezione zostanie do Londynu. Czy tak?

Szef stacji F odbył zaszyfrowaną rozmowę z M. Przesłał mu krótki pisemny raport od Bonda. Poprosił o canberrę. Nie, nie miał pojęcia, w jakim celu. Bond pojawił się tylko na tyle, żeby przekazać dziewczynę i urządzenie Spektor. Zjadł ogromne śniadanie i wyszedł z ambasady, zapowiedziawszy, że wróci po lanczu.

Znowu popatrzył na zegarek. Dopił martini, zapłacił i wyszedł z baru. Poszedł na górę do konsjerżki.

Kobieta spojrzała na niego bacznie i wręczyła mu klucz. Bond przeszedł do windy, wsiadł i pojechał na trzecie piętro.

Drzwi windy zatrzasnęły się za nim. Poszedł cicho korytarzem, patrząc po numerach.

Dwieście cztery. Bond wsunął prawą dłoń pod marynarkę i położył ją na okręconej taśmą kolbie beretty, wetkniętej za pasek spodni. Na brzuchu wyczuwał ciepły metal tłumika.

Puknął jeden raz lewą dłonią.

– Proszę wejść.

Trzęsący się głos starej kobiety.

Spróbował klamki. Drzwi nie były zamknięte na klucz. Wsunął uniwersalny klucz do kieszeni marynarki. Szybkim ruchem otworzył sobie drzwi, wszedł i zamknął je za sobą.

Znalazł się w typowym dla Ritza saloniku, nadzwyczaj eleganckim, dobrze umeblowanym w stylu empire. Białe ściany, a zasłony i obicia foteli z perkalu z drobnym wzorem czerwonych różyczek na białym tle. Dokładnie wpasowany ciemnoczerwony dywan.

W kałuży słonecznego blasku, w fotelu o niskich poręczach, przy biurku w stylu dyrektoriatu, robiąc na drutach, siedziała niska staruszka. Stalowe pręciki nie przestały pobrzękiwać. Oczy za błękitnymi soczewkami o podwójnych ogniskach spojrzały na Bonda z uprzejmą ciekawością.

– *Oui, Monsieur?*

Głos okazał się niski i ochrypły. Grubo przypudrowana, raczej pulchna twarz pod siwymi włosami nie wyrażała niczego prócz zaciekawienia i dobrego wychowania.

Dłoń Bonda pod marynarką była napięta jak stalowa sprężyna. Jego przymknięte oczy śpiesznie obiegły pokój i wróciły do małej staruszki na fotelu.

Czyżby się pomylił? Czy to nie ten pokój? Czy ma przeprosić i wycofać się? Czy możliwe, aby ta kobieta należała do Smierszu? Wyglądała dokładnie jak szanowna, bogata wdowa, po której można by się spodziewać, że będzie samotnie siedziała w Ritzu, zabijając czas robótką na drutach. Takie kobiety mają własny stolik i ulubionego kelnera w kącie restauracji na parterze, ale oczywiście nie przy grillu. Takie kobiety po lanczu ucinają sobie drzemkę, a później elegancka czarna limuzyna z białymi po bokach oponami zabiera je do herbaciarni przy Rue de Berri na spotkanie z inną bogatą staruszką. Staroświecka czarna suknia z odrobiną koronki pod szyją i w przegubach, cienki złoty łańcuszek zwisający na bezkształtnych piersiach i kończący się składanym *lorgnon*, drobne wytworne stopy w praktycznym obuwiu zapinanym na czarne guziczki, ledwie dotykającym posadzki. To nie może być Roza Klebb!

Bond pomylił numer pokoju. Czuł, że poci się pod pachami. Ale musi rozegrać tę scenę.

– Nazywam się Bond, James Bond.

– A ja, monsieur, jestem hrabiną Metterstein. Co mogę dla pana zrobić? – Jej francuszczyzna była dosyć sztuczna. Mogła to być Niemka ze Szwajcarii. Druty pracowicie pobrzękiwały.

– Obawiam się, że kapitan Nash miał wypadek. Nie będzie mógł dzisiaj przybyć. Przyszedłem więc zamiast niego.

Czyżby oczy za błękitnymi szkłami zwęziły się odrobinę?

– Nie mam przyjemności znać kapitana, monsieur. Ani też pana. Proszę usiąść i powiedzieć, o co chodzi. – Kobieta odchyliła z lekka głowę na wysokie oparcie fotela za biurkiem.

Nic jej nie można zarzucić. Wyszukana uprzejmość staruszki była druzgocząca. Bond przeszedł przez pokój i usiadł. Znalazł się o jakieś dwa metry od niej. Na biurku stał tylko staromodny telefon ze słuchawką na widełkach i w zasięgu jej dłoni przycisk dzwonka z kości słoniowej. Grzecznie spoglądał nań czarny wylot słuchawki.

Bond wpatrywał się bezceremonialnie i badawczo w jej twarz. Pod warstwą pudru i siwizną ściągniętych włosów, z dodatkowym koczkiem na wierzchu, była brzydka jak ropucha. Oczy miała tak jasnobrązowe, że prawie żółte. Blade wargi były mokre i spasione pod frędzlą wąsów zabarwionych od nikotyny. Czyżby? A gdzie te papierosy? Nigdzie ani popielniczki... ani śladu woni dymu tytoniowego.

Dłoń Bonda zacisnęła się znów na pistolecie. Spojrzał na torbę z robótką, na bezkształtny flak beżowej wełny, którym była zajęta. Stalowe druty. Co w nich dziwnego? Końce przebarwione, jakby je trzymano w ogniu. Tak wyglądają druty do robótek?

– *Eh bien, monsieur?* – Czyżby ostrzejszy ton głosu? Czyżby coś wyczytał w jej twarzy?

Bond uśmiechnął się. Jego napięte mięśnie czekały na jakiś ruch, jakiś podstęp.

– To na nic – zaryzykował z ironią. – Pani jest Roza Klebb. Szefowa Drugiego *Otdieła* Smierszu. Specjalistka od tortur i mordów, która usiłowała zabić mnie i Tatianę Romanową. Cieszę się, żeśmy się wreszcie spotkali.

Żadnej zmiany w spojrzeniu. Schrypły głos pozostał cierpliwy i uprzejmy. Wyciągnęła lewą dłoń do dzwonka.

– *Monsieur*, obawiam się, że pan zwariował. Muszę zadzwonić po mego *valet de chambre*, żeby pokazał panu drzwi.

Bond sam nie wiedział, co uratowało mu życie. Może zdołał spostrzec brak przewodów, które by szły od przycisku do ściany albo pod dywan. Może dotarło do niego, że odpowiedź na umówione pukanie była po angielsku: *Come in*. Ale kiedy jej palec sięgnął do guzika z kości słoniowej, Bond rzucił się z fotela w bok. Jego uderzeniu o podłogę towarzyszył odgłos rozdzieranego płótna. Wokół posypały się drzazgi z oparcia jego krzesła, które upadło z trzaskiem.

Bond zwinął się, chciał wyrwać pistolet. Kątem oka dostrzegł niebieski kłębek dymu wylatujący z „telefonu". Baba już go dopadła, z drutami do robótek w ściśniętych pięściach.

Dźgnęła go w nogi. Bond kopniakiem odrzucił ją na bok. Mierzyła w nogi! Już zerwawszy się na jedno kolano, Bond zrozumiał, co znaczą te przebarwione ostrza drutów. Zatrute. Pewnie którąś z tych niemieckich trucizn paraliżujących nerwy. Wystarczyło, żeby go zadrasnęła, choćby i przez ubranie.

Już był na nogach. A ona nacierała ponownie. Wściekle szarpnął za swój pistolet. Tłumik się o coś zaczepił. Mignęło.

Bond się uchylił. Jeden z drutów zgrzytnął poza nim o ścianę i straszliwe babsko, w przekrzywionej siwej peruce, szczerząc zęby w zaślinionych ustach, już go dopadło.

Bojąc się użyć gołych pięści przeciwko drutom, Bond przeskoczył bokiem za biurko.

Sapiąc i gadając do siebie coś po rosyjsku, Roza Klebb obiegła biurko, wyciągając przed siebie drut jak szpadę. Bond cofał się, walcząc z ugrzęzłym pistoletem. Łydkami potrącił krzesło. Puścił broń i chwycił mebel, sięgnąwszy do tyłu. Trzymając go za oparcie, z nogami krzesła wysuniętymi jak rogi, okrążył biurko i skoczył jej naprzeciw. Ale już dopadła rzekomego „telefonu". Zgarnęła go i wycelowała. Sięgnęła do guzika. Bond przyskoczył i grzmotnął krzesłem. Kule poszły w sufit i tynk posypał im się na głowy.

Znów skoczył. Nogi krzesła złapały ją w pasie i ramionach. Boże, ależ ona jest silna! Poleciała, ale tylko do ściany. Zaparła się o nią plecami, opluwając Bonda ponad krzesłem i dziabiąc drutem, sięgającym ku niemu jak żądło skorpiona.

Bond cofnął się, trzymając krzesło na wyciągnięcie ramion. Wymierzył jej kopniaka wysoko, w szukający go przegub. Drut poleciał i z brzękiem upadł gdzieś za nim.

Przybliżył się nieco. Zbadał pozycję. Owszem, cztery nogi krzesła trzymały ją mocno u ściany. Nie mogła się z tej klatki wydostać inaczej niż przemocą. Ramiona, głowę i nogi miała wolne, ale ciało przygwożdżone do muru. Syknęła coś po rosyjsku. Opluła go ponad krzesłem. Bond pochylił głowę i wytarł sobie twarz w rękaw.

Popatrzył w jej upstrzoną czerwonymi plamkami twarz.

– To koniec, Roza – powiedział. – Deuxième zaraz tu będzie. A ty mniej więcej za godzinę znajdziesz się w Londynie. Nikt nie zobaczy, że opuszczasz ten hotel. Ani że trafiłaś do Anglii. Mało kto cię już zobaczy. Odtąd jesteś tylko numerem w tajnych aktach. A zanim z tobą skończymy, będziesz się nadawała do domu wariatów.

Jej twarz, o niecały metr, przeobrażała się. Krew z niej odpłynęła i twarz stała się żółta. Ale nie ze strachu, pomyślał Bond. Blade ślepia przyglądały mu się nieruchomo. Niepokonane.

Zaplute, bezkształtne wargi rozdziawił uśmiech.

– A gdzie ty będziesz, mister Bond, kiedy ja się znajdę w domu wariatów?

– Och, będę sobie dalej żył po swojemu.

– Chyba nie, *anglijskij szpion*.

Bond puścił to mimo uszu. Usłyszał, jak otworzono drzwi. Za jego plecami rozległ się wybuch śmiechu.

– *Eh bien!* – Ten zachwycony głos Bond pamiętał tak dobrze! – Pozycja numer siedemdziesiąt! No, teraz już wszystko widziałem. I to Anglik wymyślił! James, moi rodacy mogą się powstydzić.

– Nie polecam jej – rzekł Bond przez ramię. – Zbyt fatygująca. Ale możesz wskoczyć na moje miejsce. Nazywa się Roza. Spodoba ci się. To duża szycha w Smierszu. Ona tam rządzi mordowaniem.

Mathis podszedł. Towarzyszyli mu dwaj ludzie z pralni. Stanęli we trzech i przyglądali się z respektem okropnej gębie.

– Roza – powiedział w zadumie Mathis. – Niby że Róża. Ale tym razem Róża Zła. No, no! Ale chyba jej niewygodnie w tej pozycji. Wy dwaj, przynieście tu *panier de fleurs*. Będzie jej wygodniej na leżąco.

Mężczyźni poszli do drzwi. Bond usłyszał poskrzypywanie kosza na bieliznę.

Kobieta ciągle wpatrywała się Bondowi w oczy. Poruszyła się nieco, balansując ciężar. Poza polem widzenia Bonda i tak, że nie zauważył tego Mathis wciąż przyglądający się jej twarzy, czubek jednego z jej lśniących, zapiętych na guziczki butów nacisnął podbicie drugiego. Z czubka tamtego wysunął się centymetr cienkiego ostrza. Jak w drutach do robótek, tak i tu stal miała odcień brudno niebieskawy.

Dwaj mężczyźni podeszli. Postawili wielki czworokątny kosz obok swojego szefa.

– Zabrać ją – powiedział Mathis. Z lekka ukłonił się kobiecie. – Był to dla mnie zaszczyt.

– *Au revoir*, Roza – rzekł Bond.

Żółte oczy krótko zabłysły.

– Żegnaj, mister Bond.

Bucik ze stalowym języczkiem śmignął do przodu.

Bond poczuł ostry ból w prawej łydce. Jak od kopniaka. Wzdrygnął się i odstąpił. Dwaj mężczyźni chwycili Rozę Klebb za ramiona.

Mathis roześmiał się.

– Biedny James – powiedział. – Możesz na to liczyć, że Smiersz zawsze będzie miał ostatnie słowo.

Brudny stalowy języczek cofnął się do swej skórzanej kryjówki. Do kosza wsadzono już tylko starą babę jak nieszkodliwy tłumok.

Mathis pilnował, żeby dobrze zamknęli wieko. Zwrócił się do Bonda.

– Odwaliłeś, przyjacielu, kawał dobrej roboty – powiedział. – Ale wyglądasz mi na zmęczonego. Wracaj teraz do ambasady i odpocznij, bo dziś wieczór musimy zjeść razem kolację. Najlepszą kolację w Paryżu. A ja do tego wyszukam jeszcze najpiękniejszą dziewczynę.

W ciele Bonda postępowało wzwyż odrętwienie. Było mu bardzo zimno. Podniósł dłoń, aby odgarnąć sobie kosmyk włosów znad prawej brwi. W palcach nie miał czucia. Wydawały się wielkie jak ogórki. Dłoń opadła mu ciężko u boku.

Oddychanie stało się trudne. Bond zaczerpnął tchu do głębi płuc. Zacisnął szczęki i przymknął do połowy oczy, jak ludzie starający się ukryć, że są pijani.

Przyglądał się przez rzęsy, jak wynoszą kosz za drzwi. Z wysiłkiem otworzył oczy. Rozpaczliwie usiłował dojrzeć wyraźny obraz Mathisa.

– Nie będę potrzebował dziewczyny, René – powiedział grubym głosem.

Teraz już musiał walczyć o każdy oddech.

Znowu podniósł dłoń do swej zimnej twarzy. Miał wrażenie, że Mathis rusza w jego stronę.

Poczuł, że kolana zaczynają się pod nim uginać.

– Już mam najpiękniejszą... – powiedział albo zdawało mu się, że powiedział.

Bond z wolna obrócił się na pięcie i jak długi runął na ciemnoczerwoną posadzkę.

Od tłumacza

accidie: archaiczny wyraz ang. z XIII–XVI wieku: nuda, smutek, niesmak, złe samopoczucie itp. Jako lenistwo i opieszałość zaliczane było w chrześcijaństwie do grzechów albo wad głównych, z których biorą się wszystkie inne; lecz pojęcia te, ich znaczenie i kolejność bardzo zmieniały się w rozmaitych czasach i kulturach.

Ambler Eric (1909–1998): popularny angielski autor wielu realistycznych powieści kryminalnych i szpiegowskich. W Polsce wydano jedynie *Epitafium dla szpiega* w 1958 roku.

Amtorg Trading Corporation: amerykańskie przedsiębiorstwo handlowe w Nowym Jorku, założone w 1924 roku dla wymiany handlowej między ZSRR i USA, było przykrywką dla szpiegów sowieckich.

anglijskij szpion: ros. angielski szpieg.

Annigoni Pietro (1910–1988): włoski malarz specjalizujący się m.in. w portretach wybitnych osób. Jego portret angielskiej królowej Elżbiety II reprodukowany jest na banknotach itd.

apparát: ros. aparat. Tu i dalej w rosyjskich wyrazach i nazwiskach zaznaczone bywa miejsce akcentu.

au revoir: fr. do widzenia.

baisodrome: fr. potoczne i z lekka humorystyczne: burdel albo pokój do uprawiania seksu. Od czasownika *baiser* nie w dawnym znaczeniu *całować*, lecz w aktualnym i już tylko wulgarnym.

bandana: duża chustka w stylu amerykańskim jednolitego koloru z pozostawionym na niej zwykle białym wzorem.

B.E.A.: ang. skrót od ***British European Airways***. Linie te istniały w latach 1946–1974 i połączyły się z BOAC w dzisiejsze British Airways. Ich dzieje wyróżniały się dużą liczbą groźnych wypadków: w ciągu dwudziestu ośmiu lat jedenaście katastrof i czterystu dwudziestu dwóch zabitych. Z jednym wyjątkiem ginęli wszyscy pasażerowie i cała załoga. W przeciwieństwie do tego British Airways miały w ciągu trzydziestu czterech lat swego istnienia tylko osiem katastrof lub zagrożeń i sześćdziesiąt troje zabitych w pierwszej i jedynej katastrofie, która spowodowała ofiary.

Beaton Cecil (1904–1980): znany angielski fotograf specjalizujący się w modzie i portretach.

Beria Ławrientij (1899–1953): polityk sowiecki, pełniący najwyższe funkcje zwłaszcza w tajnych służbach i aparacie bezpieczeństwa, głównie albo współodpowiedzialny za największe zbrodnie sowieckie, w tym m.in. za Katyń. Stał się tak groźny dla wszystkich, że po śmierci Stalina w 1953 roku został nagle aresztowany, skazany i stracony. Był to jeden z najbardziej szokujących przewrotów w dziejach ZSRR.

Bey: pierwotnie tur. tytuł wyższych urzędników wojskowych i cywilnych. U nas spolszczone jako *bej*, lecz po tur. jakby część nazwiska, choć naprawdę już tylko zwrot grzecznościowy.

Bianco: wł. imię męskie o znaczeniu Biały.

bloody fools: ang. cholerni głupcy.

Boże moj: ros. staroświecki, ale częsty wykrzyknik, niemieszczący się już w gramatyce współczesnego języka ros.

Bulldog Drummond: prywatny detektyw i prekursor Bonda, choć daleki od dorównania mu pod względem artystycznym. Postać jego stworzył angielski autor Herman Cyril McNeile (1888–1937) piszący jako „Sapper". Od powieściowego debiutu 1920 zasłynął w powieściach, filmach, serialach radiowych i telewizyjnych. Po śmierci autora cykl kontynuował jego przyjaciel Gerard Fairlie, a postać „Buldoga" zachowała popularność niemal do dnia dzisiejszego.

Bułganin Nikołaj (1895–1975): jeden z głównych polityków sowieckich. Wreszcie usunięty z władz i zepchnięty na margines jako przeciwnik Chruszczowa.

Burgess i Maclean: Guy Burgess i Donald Duart Maclean należeli do tzw. Piątki z Cambridge, ujawnionej w 1951 roku, kiedy zbiegli do ZSRR. Była to grupa szpiegów sowieckich rekrutująca się głównie z angielskich studentów tej uczelni, prawdopodobnie dużo liczniejsza, choć nie wszystkim zdołano to udowodnić.

bywszy z ros. *bywszij:* były, dawny, miniony. Dotyczy zwłaszcza instytucji, pojęć i osób już tylko historycznych.

cabinet de voyeur: fr. komórka do podglądania.

Casino: chodzi o debiutancką powieść **Casino Royale**, pierwszą w cyklu o Bondzie. Ukazała się ona w 1990 roku w wydawnictwie „Wema" w przekładzie moim i Agnieszki Sylwanowicz.

certainement: fr. oczywiście.

Chemex: firma słynna z wysokiej jakości kawy oraz wszelkiego potrzebnego do niej wyposażenia.

cher: fr. drogi.

chers collègues: fr. kochani koledzy.

Chochłów Nikołaj (1922–2007): zasłużony w II wojnie oficer KGB, któremu w 1953 roku kazano zamordować w Niemczech przywódcę jednej z emigracyjnych organizacji antysowieckich. Chochłow wyjechał do Niemiec, gdzie ujawnił, co mu rozkazano, i pozostał na Zachodzie. Skandal okazał się tym większy, że w 1957 roku służby sowieckie usiłowały go zamordować, co się im nie powiodło. Później mieszkał i wykładał w USA.

corniche: ogólnie śródziemnomorskie określenie terenu z jednej strony idącego pod górę, a z drugiej spadającego do morza, czy jest to np. szosa, czy usytuowane w ten sposób wille.

coupé de ville: fr. i ang. dwudrzwiowy samochód, którego dach można składać w taki sposób, że zakrywa przednie i tylne albo tylko tylne siedzenia. Również firmowa nazwa dawniejszych, bardzo drogich typów cadillaca i rolls-royce'a.

Darko: imię na wzór wł. ***Bianco*** wg ang. ***dark*** „ciemny".

Deuxième (Bureau): Dwójka, francuska organizacja rządowa zajmująca się m.in. sprawami wywiadu.

Deuxième service... itd. fr. Druga tura (posiłku). Proszę zajmować miejsca.

doner kebab: w tur. pisowni właściwie ***döner kebap*** tym się różni od innych rodzajów kebabu, że mięso piecze się nadziane na obracający się pionowy pręt i w miarę potrzeby ścina jego plasterki.

Drax: chodzi o powieść ***Moonraker***.

duszka: ros. pieszczotliwe: duszko, duszyczko.

efendi: tur. zwrot grzecznościowy, zbliżony do ang. *sir.* Pierwotnie oznaczał mężczyznę z wyższych sfer, wykształconego itd.

Eh bien! fr. No więc?

en papillote: fr. rozmaite potrawy zawinięte na końcu w naoliwiony papier, za który się je trzyma przy jedzeniu.

En voiture, s'il vous plaît: fr. Proszę wsiadać.

eskalopki: potrawa złożona z cieniutkich płatków mięsa, zwłaszcza cielęciny lub ryby, zwiniętych w muszelkę i przysmażonych. Ten kształt oraz podobieństwo do innych wyrazów w paru językach powoduje czasem pomylenie tej potrawy z cenionymi również w gastronomii małżami o ang. nazwie ***scallop***, czyli przegrzebki.

Fabergé Peter Carl (1846-1920): mimo nazwiska po francuskiej rodzinie hugonotów był to rosyjski jubiler z Sankt Petersburga, sławny z przebogatych i nadzwyczaj gustownych wyrobów dla cara i arystokracji, głównie ze złota, srebra i klejnotów.

Foreign Office: brytyjskie Ministerstwo Spraw Zagranicznych.

Fortnum: wielki i bardzo ekskluzywny dom towarowy w Londynie.

Fouché Joseph (1759–1820): polityk francuski, którego można uznać za prekursora późniejszych instytucji policyjnych w najgorszym tego słowa znaczeniu. W kolejnych i najrozmaitszych formacjach politycznych, od rewolucji po dyrektoriat i cesarstwo, bywał wielokrotnie ministrem policji, inicjatorem krwawych represji, twórcą całych systemów tajnej policji, szpiegostwa, nadzoru i terroru policyjnego.

Fuchs Klaus (1911–1988): niemiecki fizyk. Uczestniczył w pracach nad bombą atomową, prowadzonych w Wielkiej Brytanii, USA i Kanadzie, przekazując te materiały do ZSRR. Kiedy go zdemaskował Igor Guzenko, odebrano mu obywatelstwo brytyjskie, odsiedział dziewięć lat w więzieniu i wyjechał do NRD, gdzie robił to samo. Nie jest pewne, na ile przyczynił się do realizacji sowieckiego programu atomowego.

Galata: dzielnica Istambułu, połączona słynnym (wówczas czwartym, obecnie już piątym) mostem o tej samej nazwie, długim na pół kilometra, z europejską częścią miasta i Turcji.

Gay Paree: z fr. w ang. przekręceniu ***Wesoły Paryż***. Prostackie, lecz pospolite określenie Paryża w stylu i pojęciu najniższej kategorii turystów amerykańskich i angielskich.

generał pułkownik: średnia z trzech rang generalskich, typowa dla armii sowieckiej i rosyjskiej. Utworzona w 1940 roku i przyznana podczas wojny stu pięćdziesięciu generałom.

GRU: ros. skrót od ***Gławnoje Razwiedywatielnoje Uprawlenije***: Główny Zarząd Wywiadu (sztabu generalnego sił zbrojnych). Największa sowiecka agencja wywiadu, pięciokrotnie liczniejsza od KGB i z założenia całkowicie od niego niezależna, co prowadziło do licznych konfliktów. Powołał ją do życia Lenin w 1918 roku i dopiero po wielu latach zaczęto się dowiadywać o jej istnieniu i działalności m.in. z książek Wiktora Suworowa, agenta GRU, który wybrał wolność na Zachodzie.

Grubozabójszczikow; mimo zapewnienia w tekście odautorskim postać i nazwisko fikcyjne, chociaż znakomicie wymyślone. Po rosyjsku kojarzy się z brutalnym zabójcą.

Guzenko Igor (1919–1982): oficer GRU, skierowany do Kanady, gdzie w 1945 roku w dramatycznych okolicznościach wybrał wolność i dostarczył ponad sto ważnych i tajnych dokumentów, które pozwoliły zlikwidować sowiecką siatkę szpiegowską w Kanadzie. Zanim do tego doszło, przez dwie doby błąkał się po Ottawie dniem i nocą, w towarzystwie żony i córeczki, zlekceważony przez niepoczytalne władze kanadyjskie i tropiony przez agentów NKWD gotowych zamordować ich, dopóki wieść o tym nie trafiła do instancji brytyjskich, które zmusiły Kanadyjczyków do poważnego zajęcia się tą sprawą.

Gyllius Petrus, czyli ***Pierre Giles*** (1490–1555): francuski humanista zasłużony m.in. dla archeologii Konstantynopola.

Hymettos: łańcuch górski wchodzący w plan i krajobraz Aten. We współczesnej wymowie ***Imittós,*** po polsku Hymet. Słynny od starożytności miód z Hymetu do dzisiaj pojawia się w handlu nawet międzynarodowym i jego wyjątkowy smak potwierdza klasyczne tradycje.

inspektoskop: urządzenie prześwietlające z fluoroskopem do wykrywania kontrabandy.

Intelligence Service: wywiad brytyjski.

J'aime les sensations fortes: fr. Lubię mocne wrażenia.

Jersey: brytyjska wyspa u wybrzeży Francji, słynna z wybornej rasy krów i wysokiej jakości produktów mlecznych.

Jinmen i Mazu: wym. ***dźinmen i madzu***, zwane też Quemoy i Matsu. Grupa czternastu wysepek i pojedyncza wysepka Mazu w cieśninie dzielącej Tajwan od Chin kontynentalnych. Kiedy w 1949 roku Tajwan oddzielił się od Chin, wyspy te zostały ufortyfikowane jako przyszła baza wypadowa do ponownego wyparcia komunistów z kontynentu. W następnych latach wynikło stąd wiele konfliktów, w których USA chroniły Tajwan i groziły atomowym atakiem na Chiny komunistyczne, zwłaszcza w konflikcie 1954–1955 roku, do czego jednak nie doszło.

jouons mal, mais jouons vite: fr. grajmy choćby źle, ale szybko.

kaik: długa wąska łódka turecka.

Kangol: słynna angielska firma produkująca od 1938 roku rozmaite wzory beretów i czapek.

Kavaklidere: znakomite wino tureckie, nazwane tak od jednej z dzielnic stołecznej Ankary.

Klebb Roza: postać fikcyjna. Fleming nazwał ją według popularnego w sowieckim ruchu kobiecym hasła ***chleb i rozy***, czyli ***chleb i róże***, które zapożyczono z laburzystowskiego ***bread and roses.***

Kołłontaj Aleksandra (1872–1952): czołowa działaczka bolszewicka i skrajna feministka, najwybitniejsza z kobiet czynnych w administracji sowieckiej. Mimo dobitnych przejawów krytyki wobec programu i działań partii komunistycznej nigdy nie była osobiście zagrożona, lecz od wpływu na życie polityczne ZSRR odsuwano ją do dyplomacji, gdzie została pierwszym na świecie ambasadorem płci żeńskiej, najpierw w 1920 roku w Norwegii, potem w Meksyku i Szwecji.

korytarz: miał zapewniać samolotom brytyjskim, amerykańskim i francuskim swobodny przelot nad terytorium NRD do Berlina Zachodniego. Kiedy na przełomie 1948/49 roku Sowieci uniemożliwili zaopatrywanie go drogą lądową i wodną, państwa zachodnie stworzyły tzw. most powietrzny, którym podczas dwustu tysięcy lotów przewieziono półtora miliona ton towarów, co spowodowało poważny kryzys polityczny.

kraina róż: w ang. tytule I rozdziału ***Roseland*** jest to dwuznaczna aluzja zarazem do róż i do Rosji.

Krýlenko: w oryginale ***Krilencu***. Tak egzotyczna pisownia wynikła po prostu z nieznajomości języków i nazwisk słowiańskich.

Kúczino: na mapach nie znajdziemy tej miejscowości pod Moskwą, gdzie zajmowano się fizyką termojądrową, bo należy ona do mnóstwa utajnionych, oficjalnie mających tylko numer. Znajdowała się tam ***szaraszka***, czyli działające jako instytut badawczy więzienie dla uczonych, skazanych pod pretekstem sabotażu albo dywersji. To właśnie opisał Sołżenicyn w powieści ***Krąg pierwszy.***

kulturno: ros. kulturalnie i in. odpowiednie formy przymiotnikowe. Ale pojęcie to w istocie nie pokrywa się z polskim czy europejskim, gdyż oznacza niemal wyłącznie zewnętrzne przestrzeganie dobrych manier, czego angielskim odpowiednikiem byłoby nie ***cultural***, tylko ***well-mannered.***

Lalique René (1860–1925): jeden z wybitniejszych twórców okresu secesji, francuski jubiler i projektant szkła artystycznego.

Lérmontow Michaił (1814–1841): najwybitniejszy obok Puszkina rosyjski poeta epoki romantyzmu, też młodo zabity w pojedynku. Chodzi o jego prekursorską powieść nie bez motywów autobiograficznych ***Bohater naszych czasów***, którym jest Pieczorin, będący więc tyleż ideałem Tatiany, co i poniekąd jej wyobrażeniem o Bondzie.

Litwinow Maksim (1876–1951): Żyd z Białegostoku, pierwotnie Maks Wallach, wybitny dyplomata sowiecki, jedna z wyjątkowo czystych postaci w historii ZSRR. Rodzina jego, którą bliżej poznałem w Moskwie i w Londynie, należała już do czołówki opozycji antykomunistycznej.

Marans: rozpowszechniona w świecie rasa kur, nazywana tak od miasta w zachodniej Francji, znana z ciemnobrązowych jaj bardzo wysokiej jakości.

mein Herr: niem. mój panie.

Mention in Dispatch: ang. zaszczytne ***umieszczenie nazwiska w rozkazie dziennym***. Jest to ceniona w Wielkiej Brytanii forma wyróżnienia z powodu zasług wojskowych.

Merci, Monsieur, Bon voyage: fr. Dziękuję panu. Miłej podróży.

MGB: ros. skrót od ***Ministierstwo Gosudarstwiennoj Biezopasnosti,*** czyli sowieckie Ministerstwo Bezpieczeństwa Państwowego. Mimo kolejnych zmian w nazwie i organizacji odpowiednik wcześniejszej Czerezwyczajki, zwanej tak potocznie od skrótu Czeka, potem OGPU, GPU, NKWD i wreszcie KGB oraz MWD.

MI 5 czyli ***Military Intelligence No. 5:*** służba wywiadowcza brytyjskiego Ministerstwa Obrony.

Milan: ang. nazwa Mediolanu, wł. ***Milano.***

Minton: angielska fabryka kremowej porcelany, założona w końcu XVIII i doprowadzona do rozkwitu w XIX wieku.

Mogołowie: muzułmańska dynastia królewska pochodzenia turecko-mongolskiego, która opanowawszy większość Indii, rządziła nimi, w ciągłych konfliktach zbrojnych, od XVI do XIX wieku.

Murzyn w Harlemie: chodzi o powieść ***Żyj i pozwól umrzeć.***

mużýk: z ros. chłop, cham.

MWD: ros. skrót od ***Ministierstwo Wnutriennich Dieł:*** Ministerstwo Spraw Wewnętrznych.

Nin Andreu albo po hiszp. ***Andrés*** (1899–1937): Katalończyk i jeden z założycieli Hiszpańskiej Partii Komunistycznej, przebywając w ZSRR, związał się z opozycją antystalinowską, wróciwszy do Hiszpanii, założył partię POUM i pełnił wysokie funkcje m.in. podczas wojny domowej. Na żądanie Sowietów pod groźbą wstrzymania ich pomocy militarnej usunięty z władz, następnie aresztowany wraz z większością kierownictwa POUM, był w obozie torturowany i wreszcie zamordowany.

O.B.E. ang. skrót od ***Order of British Empire:*** Order Imperium Brytyjskiego

OGPU: skrót z ros. ***Objedinionnoje Gosudarstwiennoje Politiczeskoje Uprawlenije:*** Zjednoczony Państwowy Zarząd Polityczny. Patrz ***MGB***.

Orły: lotnisko pod Paryżem.

ouzo: wym. ***udzo.*** Ceniona grecka anyżówka.

panier de fleurs: fr. kosz (do) kwiatów.

Passeports. Douanes! fr. Paszporty. Kontrola celna!

Pietrów Władimir (1907–1991): agent OGPU i MWD, w roku 1951 wysłany jako szpieg sowiecki do Australii, pełnił tam kierownicze funkcje i jako szyfrant poznał mnóstwo ważnych i kompromitujących dokumentów. W roku 1954 on i też będąca szpiegiem żona Jewdokija w dramatycznych okolicznościach wybrali wolność, w praktyce unicestwiając sowiecką działalność szpiegowską w Australii.

POUM: hiszp. skrót z ***Partido Obrero de Unificación Marxista:*** Partia Robotnicza Zjednoczenia Marksistowskiego. Utworzona w 1935 roku hiszpańska partia komunistyczna o ideologii silnie trockistowskiej, przeciwna koncepcjom Stalina i skłócona z Komunistyczną Partią Hiszpanii, nad którą miała znaczną przewagę liczebną; dochodziło między nimi nawet do krwawych walk, w których wspólnie występowali komuniści i żandarmeria faszystowska. Przez stalinistów i ZSRR natomiast POUM szkalowana była nawet jako faszystowska. Podczas wojny domowej były po tej samej stronie; walczył w niej także George Orwell. Jednakże konflikt ich oraz anarchistów jako trzeciej siły stał się jednym z głównych powodów zwycięstwa generała Franco. Patrz *Andreu Nin*.

pół korony: ang. *halfcrown*, moneta o wartości dwóch i pół szylinga.

public schools: ta nazwa ang. jest powszechnie myląca, jak i jej tłumaczenie zwrotem „szkoły publiczne". W istocie są to właśnie prywatne szkoły o wielkich tradycjach, prywatnie opłacane, gdzie uczniowie na ogół mieszkają i wychowują się w tychże tradycjach. Znaczenie *public schools* jako „szkół publicznych" występuje tylko poza Anglią.

RAF: skrót od *Royal Air Force*. Brytyjskie lotnictwo wojskowe.

raki: turecka wódka podobna do gr. *ouzo*.

Récamier Jeanne Françoise (1777–1849): słynna z urody i dowcipu dama, w której paryskim salonie skupiały się najwybitniejsze osobistości jej czasów. Sławny też i przysłowiowy portret półleżącej madame na sofie namalował Louis David (1748–1825).

Románow: nazwisko wymordowanej rodziny carskiej, co autor wyraźnie skomentował. Znałem na Ziemiach Odzyskanych piękną asystentkę dentysty, która na wszelki wypadek ukrywała swoje dalekie pokrewieństwo z tą rodziną przed tutejszymi donosicielami, używając potocznie nazwiska Roman.

Rote Kapelle: niem. Czerwona Orkiestra. Gestapo przez pomyłkę nazywało tak dwie niezależne od siebie organizacje: grupę sowieckiego GRU pod kierunkiem Leopolda

Treppera oraz grupę, której przewodził Harro Schultze--Boysen, a która odmówiła współpracy z GRU. Zostały one wykryte w 1941 i 1942 roku. Przywódców aresztowano i w większości uśmiercono w toku przesłuchań, powieszono lub wyginęli w obozach, lecz sam Trepper (1904–1988) zdołał uciec do Moskwy. Był on polskim Żydem, którego cała rodzina w liczbie 48 osób też została wymordowana, on zaś spędził następnie dziesięć lat w sowieckim więzieniu, po czym wrócił do Warszawy, gdzie prowadził wydawnictwo i w 1974 roku wyjechał do Izraela.

Royal Automobile Club: ang. Królewski Klub Automobilowy, zwykle w skrócie RAC, założony 1897, co do ważności drugi obok Automobile Association, służy swym członkom pomocą drogową itd.

RUMID: ros. skrót od **Razwiedywatielnoje Uprawlenije Ministierstwa Inostrannych Dieł,** czyli sowiecki Zarząd Wywiadu Ministerstwa Spraw Zagranicznych.

Saloniki: patrz **Thessaloniki.**

Samara: miasto w Iraku. Tu jednak chodzi o powieść z 1934 roku, której tytuł **Spotkanie w Samarze** (ang. **Appointment in Samarra**) stał się przysłowiowy jako określenie charakteru i ciągu wydarzeń, prowadzących do nieuniknionej śmierci. Jej autor, wybitny amerykański pisarz John O'Hara (1905–1970), zapożyczył temat z orientalnej anegdoty wspomnianej u Williama Somerseta Maughama i rozbudował go w tym słynnym utworze. Jedyne polskie wydanie ukazało się w 1937 roku.

Sea Island: popularny ośrodek wczasowy na niedużej wyspie u brzegów stanu Georgia.

Secret Service: ang. Tajna Służba. Wywiad brytyjski.

Sierow Iwan (1905–1990): szef sowieckiego aparatu bezpieczeństwa, odpowiedzialny za największe akcje i masowe zbrodnie w stosunku do ludności Polski kresowej, krajów nadbałtyckich, Niemców nadwołżańskich, Czeczeńców, Inguszów itd. Lecz nazwisko to bywało też kryptonimem innych pracowników tajnych służb, gdyż kojarzy się po rosyjsku przez idiom „ubranego na szaro".

Simplon: rejon w Alpach, przełęcz i tunel.

Sinn Féin: (wym. Szin Fejn) irlandzka partia narodowa, powiązana z terrorystami z IRA.

Smiersz (СМЕРШ): potoczny i używany także przez Stalina skrót od ros. nazwy Смерть Шпионам, czyli Śmierć Szpiegom, oficjalnie Dziewiąty Oddział do Spraw Terroru i Dywersji, stworzony podczas II wojny światowej nadzwyczaj groźny wydział sowieckiego kontrwywiadu, zajmujący się m.in. uśmiercaniem, porywaniem oraz innymi formami likwidacji wrogów ZSRR za granicą. Często spotykany w utworach Iana Fleminga, który jednak nie wymyślił go, chociaż bywa o to posądzany. Nazwa bywała też rozumiana jako eufemistyczny skrót od *Sowietskij Mietod Razobłaczenija Szpionow:* sowiecka metoda demaskowania szpiegów.

Sorge Richard (1895-1944): urodzony w Azerbejdżanie syn niemieckiego inżyniera i Rosjanki, później chowany w Niemczech, w sumie kosmopolita o nadzwyczaj barwnym życiorysie, to niewątpliwie jeden z największych szpiegów świata i postać w efekcie pozytywna. Szpiegował wprawdzie dla Sowietów, ale na szkodę Niemiec hitlerowskich i Japonii, a działalność jego wywarła w tym zakresie poważny i dodatni wpływ na przebieg wojny. W roku 1941 zdemaskowany w Tokio, po trzech latach śledztwa i tortur został powieszony. Bywa czasem określany w przenośni jako sowiecki James Bond.

sortie: fr. wyjście.

Stálino: taką nazwę nosiło w latach 1924–1961 wielkie ukraińskie miasto przemysłowe Doneck, czyli Donieck, co usiłowano wyjaśniać, jakoby szło tutaj o huty stali, a nie o Stalina.

Swilengrad: nieduże, miasto bułgarskie przy granicy z Grecją i Turcją.

Szkotka: odzywa się z pojedynczymi wtrętami z mowy szkockiej, która jest najbardziej odrębnym z dialektów języka angielskiego, starym i szanowanym, a nawet ma własną liczącą się literaturę. Gospodyni Bonda tylko trochę ujawnia tę odrębność, co tłumacz też musi bardzo ostrożnie zaznaczać w stylu jej wypowiedzi.

tagliatelle: jeden z włoskich typów makaronu w postaci wstążek szerokości do centymetra. Tu określone jako *verdi,* zielone, co znaczy, że doprawione i zabarwione szpinakiem.

TASS: główna i oficjalna sowiecka agencja prasowa.

Telekrypton: angielska maszyna szyfrująca wprowadzona w 1943 i stosowana mniej więcej do 1980 roku.

Terribile esplosione... itd. wł. Straszliwa eksplozja w Istambule. Sowieckie biuro zniszczone. Wszyscy obecni zabici.

Thessaloniki: w spolszczeniu inaczej Saloniki. Drugie co do wielkości miasto w Grecji.

Tiffany Case: z powieści **Diamenty są wieczne.**

Tokajew Grigorij: wybrał wolność i ujawnił sowieckie działania szpiegowskie związane z brytyjsko-australijskim ośrodkiem prób z bronią rakietową i nuklearną Woomera Range.

Trebizonda albo *Trapezunt:* starożytne miasto i państwo nad Morzem Czarnym, obecnie dwustutysięczny tur. port Trabzon.

tricoteuse: fr. trykociarka. W okresie terroru za rewolucji francuskiej zasłynęły stare baby, które przesiadywały tłumnie wokół gilotyny, robiąc na drutach i z chamską satysfakcją przypatrując się egzekucjom. Rewolucyjne władze płaciły im za to, ponieważ formalność wymagała, by egzekucje odbywały się publicznie i z wyroku otaczającej ciżby, wyrażanego w zbiorowym krzyku: Ściąć mu głowę! itp.

trucizna paraliżująca nerwy: puenta sugeruje śmierć Bonda i bywała tak odbierana. Ale już w następnej powieści **Doktor No** wyjaśniono, że i w jakim stanie Bond powrócił do zdrowia. Ponieważ zaś od ekranizacji **Doktora No** zaczęła się filmowa kariera Jamesa Bonda, a drugim filmem była od razu słynna ekranizacja **From Russia with Love**, więc i Bond w filmowej wersji wychodzi z tego bez szwanku.

Trzeci człowiek: ang. **The Third Man**. Wybitna powieść Grahama Greene'a (1904–1991) i oparty na niej jeszcze słynniejszy film o sensacyjnej i dramatycznej fabule.

une affaire noire: fr. czarna tzn. ciemna sprawa.

Uzunköprü: turecka stacja kolejowa w pobliżu granicy z Grecją, Macedonią i Bułgarią.

valet de chambre: fr. kamerdyner.

Viscount: pierwszy na świecie samolot pasażerski o napędzie turboodrzutowym, zbudowany w 1948 roku przez angielską wytwórnię Vickers. Tym się tłumaczy sensacyjna podówczas nowość wrażeń, opisanych tu w XIII rozdziale. Patrz **B.E.A.**

Viyella: firmowa nazwa wprowadzonej w 1893 roku angielskiej bielizny pół na pół z wełny i bawełny.

Voilà que nous y sommes: fr. To jesteśmy na miejscu.

Walhalla: w mitologii staroskandynawskiej miejsce, gdzie po śmierci spotykają się i ucztują bohaterowie.

***Wodehouse P. G.**, czyli **Pelham Grenville** (1881–1975):* angielski autor humorystycznych powieści obyczajowych, niezwykle płodny i poczytny, zarazem jednak o wysokiej klasie literackiej.

Zachody miłosne: aluzja do sztuki Szekspira.
Złoty Róg: zatoka po europejskiej stronie Bosforu.
żantielmien: w ros. wymowie skrajnie prostackiej. Z akcentem na końcu.
Żelazny Krab: ang. podchwycony gdzieś zwrot ***Iron Crab*** oznaczał u Fleminga atak serca, na który w końcu pisarz umarł. Później zapożyczano ten zwrot w bardzo różnych celach, od zabawek i wszelkiego rodzaju przenośni nawet po sugestie zoologiczne.

PW „Rzeczpospolita" SA sprawuje patronat
nad Domem Dziecka „Julin" w Kaliskach.

Pomóżmy potrzebującym dzieciom.

Dom Dziecka „Julin" w Kaliskach
07-130 Łochów
Nr konta: 94 9236 0008 0000 0257 2000 0020